L’INST’Addict

DINA TOZ

L'INST' Addict

Roman

Ce livre est une fiction. Toute référence à des évènements historiques, des personnes ou des lieux réels serait utilisée de façon fictive. Les autres noms, personnages, lieux et évènements sont issus de l'imagination de l'autrice, et toute ressemblance avec des personnages vivants ou ayant existé serait totalement fortuite.

Credits :
Illustration : Magalie Foutrier
Correction : Emilie Robert

ISBN : 978-2-494201-00-2

Dépôt légal : juin 2022
Imprimé à la demande par Amazon

Vous pouvez retrouver l'autrice sur sa page Instagram : https://www.instagram.com/dina_toz/

Ose rêver.
Ose essayer.
Ose te tromper.
Ose avoir du succès.
Vas-y.

Kingsley Ward

Chapitre 1
Vous êtes virée !

— Virée ? Mais euh… Attendez, comment ça je suis virée ?

— Écoutez, Izzie, je vous propose qu'on rende les choses plus agréables. Pour vous comme pour moi, poursuit mon futur ex-employeur sans une once d'émotion dans la voix. Comme vous le savez, nous arrivons à la fin de votre période d'essai et j'imagine que vous avez dû réaliser que vos compétences sont clairement insuffisantes pour ce poste.

— Mais… Je…

— Et croyez bien que je m'en vois désolé, il complète tout en jetant un coup d'œil au smartphone posé sur son bureau. Toutefois, j'ai à cœur le bien-être de mon équipe, et je sais d'expérience que ce métier d'assistante ne vous permettra pas de vous épanouir pleinement. Aussi, voyez cela comme l'occasion d'accueillir un nouveau départ.

Mais non, stop ! Je ne veux pas de nouveau départ moi ! Tout ce que je souhaite, c'est rester ici… Quand je pense que j'avais l'impression que tout se passait bien. J'aime mon job d'assistante. Enfin, non, ce n'est pas que je l'aime, mais… c'est le premier poste qui me laisse entrevoir la porte d'un CDI… Et un contrat à durée indéterminée en cette période économique, ce n'est pas rien comme n'ont de cesse de me le répéter papa et maman. Surtout que de toutes les entreprises où j'ai eu l'occasion de faire un essai, celle-ci est la première à posséder un espace pause comme ceux que l'on voit dans les séries américaines ! Il y a des pâtisseries et des fruits frais chaque matin, et la machine à café ressemble à s'y méprendre à une carte Starbucks ! Je ne détaille même pas la salle de jeux et l'espace sport présent au sous-sol (même si, je n'ai jamais saisi l'intérêt d'un tel endroit). En plus, l'immeuble dans lequel je travaille est situé en plein centre du quartier d'affaires de notre ville. Le seul coin à cent kilomètres à la ronde où l'on trouve des buildings. Ce n'est quand même pas rien de se rendre dans un lieu pareil chaque matin pour travailler. Je sens des larmes monter dans mes yeux et décide de stopper leur ascension en glissant ma main dans la poche de ma jupe pour me pincer la cuisse. Guérir le mal par le mal. Hors de question de paraitre plus pathétique que la situation ne l'est déjà. À défaut d'avoir encore un travail, il me reste au moins ma dignité, et je compte bien la garder. Mes doigts entrent en contact avec un bout de papier et ce frôlement suffit à me faire perdre toute contenance.

Saleté de liste ! Je suis certaine que c'est elle qui m'a porté la poisse ! Jamais je n'aurais dû écouter les « soi-disant » conseils de Driss et Stella. C'est vrai après tout, c'est hyper hautain de demander une augmentation de salaire le jour même de la signature de son CDI. Oui, car pour moi, c'est bien de cela qu'il s'agissait. Voilà comment je pensais que ma période d'essai allait se clôturer. J'étais à mille lieues de me douter que ce rendez-vous avait pour objet mon renvoi ! Quand je songe à ma soirée d'hier gaspillée à dresser la liste des points pour lesquels je méritais d'être augmentée… Quelle cruche vraiment! Oh bon sang, j'imagine déjà la réaction de papa et maman quand je vais leur annoncer la nouvelle… Pour une fois qu'ils étaient fiers que leur fille unique de vingt-quatre ans entre enfin dans la « vraie » vie active… Ce sentiment aura été de courte durée… Comme d'habitude… J'observe mon patron reboutonner la veste de son costume après s'être levé de son siège et comprends par là même qu'il souhaite mettre fin à notre entretien. C'est ce moment que choisit une réplique du film *Sexy Dance* pour s'immiscer dans mon esprit : « Si tu veux une deuxième chance, fais le premier pas ». Mais oui, c'est ça ! Oh et puis zut hein, à bas la fierté !

— Attendez ! je l'implore en joignant mes mains en signe de prière. Vous êtes sûr que nous ne pouvons pas refaire un essai ? Je veux dire, tout le monde a droit à une seconde chance, non ? j'insiste en dégainant mon sourire le plus suppliant.

— Izzie, s'il vous plait, ne rendez pas les ch…

— Non ! Je suis sérieuse ! Il me faut ce CDI ! J'en ai besoin pour prouver à mes parents qu'ils n'ont pas payé mes études, mon appartement et tous mes frais pour rien pendant toutes ces années. Pitié…

Il faut que ça marche, il doit me garder. Je suis prête à travailler gratuitement si nécessaire ! Du moment que je signe un CDI… Ou une deuxième période d'essai, qu'importe ! De toute façon, je ne suis plus à ça près désormais… Je crois que c'est ma septième boite en moins d'un an alors… Ma mâchoire commence à me faire un mal de chien à force de garder mon sourire figé, mais je tiens bon et observe avec ravissement mon patron reprendre place derrière son bureau (ou plutôt, redéboutonner à nouveau sa veste avant de s'assoir.

Non, mais vraiment, il faudrait calculer le temps que passent les hommes à effectuer cette action au cours d'une journée de travail. Je suis sûre que c'est bien plus que moi en train d'actualiser ma page Zalando pour savoir si les sandales de mes rêves sont revenues en stock. Dire que cela m'avait valu une remarque de sa part à l'époque…). Bon, en revanche, ce silence commence à devenir assez pesant. D'autant plus que cela va bientôt faire une trentaine de secondes que mon patron me fixe tout en se balançant de gauche à droite sur son siège de bureau. Ah ! S'il croit qu'il va m'avoir… Je suis certaine qu'il s'agit d'un de ces tests pour évaluer ma détermination sur une échelle d'un à dix. Un truc du genre « le premier qui baisse les yeux a perdu ». Bien qu'après réflexion, j'ai plus l'impression qu'il regarde dans le vide. Mais dans le vide vers moi. C'est très gênant. Je cherche un point à fixer dans une autre direction pour dissiper mon malaise et tombe sur un laveur de vitres occupé à faire scintiller le bâtiment voisin. Maintenant que j'y pense, cette vue aussi va me manquer… Cruellement… Et ce bureau… Oh… J'aimais tellement y faire irruption lorsqu'il était en pleine réunion avec des collègues. Je prenais soin de bien faire claquer mes talons au sol et ajoutais avec ma voix la plus professionnelle en me penchant vers lui : « Ce document requiert votre attention de toute urgence ». En réalité, j'ai un tas de phrases d'assistante hyper accrocheuses en réserve, mais j'avoue que celle-là est clairement ma favorite. Il faut dire qu'au moment où j'ai obtenu ce job, nous avons recommencé avec ma colocataire Stella toutes les saisons de la série *Suits*. J'ai un carnet rempli des meilleures répliques de Donna, la secrétaire d'Harvey, qui lui est avocat dans la série. Mais ce n'est pas tout. Pour les tenues, je me suis inspirée de Meghan Markle, qui joue elle aussi une assistante au tout début avant de devenir une avocate. D'ailleurs, mon look du jour avec ma jupe crayon et mon chemisier vaporeux est une parfaite copie de ce qu'elle porte dans l'épisode cinq de la saison trois.

— Izzie, permettez-moi de vous donner un conseil.

Mince, perdue dans mes pensées, j'en étais presque venue à oublier la raison de ma présence dans ce bureau. Mon chef semble attendre un assentiment de ma part. Je hoche timidement la tête en sa direction et il reprend :

— Enlevez vos œillères et ouvrez-vous au champ des possibles.

Que je m'ouvre au champ des possibles ? Mais qu'est-ce qu'il raconte ?

— Ce que je veux dire par là, c'est qu'il pourrait être bon pour vous d'envisager d'autres voies professionnelles.

— Mais, c'est mon diplôme…

— Izzie, réveillez-vous ! poursuit-il en tapant sa main contre la pile de dossiers posée sur son bureau. Au risque de vous paraitre un peu brutal, il est temps que vous réalisiez qu'un diplôme n'est rien d'autre qu'un bout de papier. En aucun cas, un gage de qualité. La preuve, regardez-moi ! Je me suis fait tout seul, sur le terrain, sans diplôme et voyez où j'en suis aujourd'hui.

Son téléphone se met à vibrer et après un bref regard dessus, il reprend :

— Écoutez, j'aimerais pouvoir rester avec vous à bavarder à la façon d'un conseiller d'orientation, mais comme vous le savez, j'ai un rendez-vous en ville et je suis déjà en retard. Faites-moi savoir, lorsque vous partirez de nos locaux, s'il vous reste des affaires, mon futur assistant vous les fera parvenir par coursier. Encore abasourdie par toute cette situation, il me faut quelques instants pour penser à me lever lorsqu'il se présente devant moi, la main tendue en guise d'adieu.

— Très bien, Izzie, je vous souhaite le meill… Oh attendez, vous semblez avoir perdu quelque chose, il s'interrompt en fixant le parquet.

Le temps que je me contorsionne pour trouver de quoi il parle, il tient déjà dans sa main un bout de papier sur lequel je reconnais sans peine mon écriture manuscrite et mon léger penchant pour les surligneurs pastel. Oh non, il ne manquait plus que ça… Après une rapide vérification dans ma poche désormais vide, j'ai la confirmation que c'est bien de ma liste qu'il s'agit.

— Ah oui, c'est à moi, je lui réponds en essayant de dompter les trémolos présents dans ma voix, tout en prenant sur moi pour ne pas lui arracher la feuille des mains.

Ne la lis pas, ne la lis pas, ne la lis pas. Rends-la-moi, rends-la-moi, rends-la-moi…

— 10 raisons pour augmenter Izzie ? lit-il en mettant le papier à l'endroit. Mais qu'est-ce que…

— Rien, rien, une broutille, que je vais récupérer sur le champ si vous le voulez bien.

Ignorant mes gestes de bras, je l'observe reculer de quelques pas puis me tourner le dos, avant de commencer à lire à haute voix :

— Raison 1 : J'ai un style qui déchire ; Raison 2 : Je suis capable de retenir une commande de cafés pour 4 personnes sans avoir besoin de noter quoi que ce soit ; raison 3 : Qui mieux que moi sait dire : bureau de Monsieur Lemoine, j'écoute ; raison 4…

Toujours dos à moi, il continue sa lecture à voix basse cette fois-ci et je sens le poids de mon corps se liquéfier sur place. Je n'ai même pas le courage de crier au scandale vis-à-vis de son atteinte à ma vie privée. Fichu pour fichu de toute façon… Et puis qui sait, peut-être que si je lui fais suffisamment pitié, il décidera de me le rendre cet emploi.

— Ainsi donc, vous ne vous attendiez vraiment pas à ce licenciement ? reprend-il une fois de retour vers moi. Vous tombez réellement de haut ?

Je ne réponds rien.

— Ai-je besoin de vous rappeler les nombreux mails internes que vous avez envoyés par mégarde à nos clients ? Et donc les milliers d'euros que cela nous a fait perdre ? Ou vos interruptions intempestives lors de réunions avec pour objet des signatures de documents sans importance. Enfin, Izzie, tout de même. Et sans parler de toutes vos erreurs quant aux prises de notes de rendez-vous. Ah et la gestion de mon emploi du temps. Et je ne parle même pas de Piggy ! Vous vous souvenez de Piggy, j'imagine ?

Bien sûr que je me souviens de Piggy… Son poisson rouge… Mais je pensais sincèrement qu'il serait en sécurité dans la cuvette des toilettes pendant que je nettoyais son bocal. Jamais je ne me serais doutée que cela puisse signer son arrêt de mort…

— Non vraiment, Izzie, loin de moi l'envie de vous rabaisser, mais souhaitez-vous réellement que je poursuive ?

Honteuse, je fais signe que non de la tête en même temps que son vibreur qui se refait entendre pour la seconde fois. L'arrêtant d'un geste de la main, il me tend ma liste de l'autre, sans rien ajouter. Ni même me regarder. C'est fou de constater que celle qui m'emplissait de fierté hier soir a réussi à devenir ma pire ennemie en l'espace de quelques secondes.

— Mon Uber va partir si je ne descends pas maintenant. Vous trouverez le chemin.

— Oui, oui, je…

Mais il est déjà parti. Comme ça. Donc voilà, je suis virée… Moi, Izzie Perrin, vingt-quatre ans, je viens encore une fois de me faire licencier… Génial…

Chapitre 2

Fais tes bagages, on déménage !

Parfait... Tout est absolument parfait ! Donc après avoir crié sur tous les toits que j'avais enfin décroché un super poste, dans une super boite, voilà que je me retrouve sans emploi. Et si j'en crois les dires de mon ancien patron, je suis également sans perspective... C'est merveilleux... Bon sang et ces étages qui n'en finissent jamais ! C'est bien beau de travailler dans une tour, mais bonjour la perte de temps entre ceux qui entrent et sortent à chaque niveau... Argh, et puis je n'en peux plus de les écouter tous parler travail. Boulot, boulot, boulot... Les gens n'ont donc que ce mot à la bouche ? J'ai besoin d'air ! Je préfère encore finir de descendre à pied plutôt que de faire subir ce supplice à mes oreilles une seconde de plus.

— Excusez-moi, pardon, je lance à qui veut l'entendre en tentant de me faufiler entre les corps. Non, attendez ! Bloquez la porte, il faut que je sorte ! Argh, trop tard... Fichu ascenseur ! je hurle après m'être fait mal en tapant en vain contre la paroi de métal.

Ras-le-bol, ras-le-bol, ras-le-bol ! J'ignore les regards curieux qui se tournent vers moi et sors mon téléphone portable de mon manteau pour penser à autre chose. Six messages non lus. Cinq de Stella et un de Driss.

J'ouvre d'abord celui de mon petit ami. C'est si rare qu'il envoie des textos. Il faut dire qu'il n'est pas trop branché nouvelles technologies. Une fois, il est parti de chez lui sans son smartphone et il s'en est rendu compte seulement à la fin de la journée lorsqu'il l'a retrouvé sur son canapé en rentrant du travail ! Incroyable n'est-ce pas ?

DRISS - 11h03 : Salut, mon cœur, partante pour un resto ce soir histoire de fêter ça ? Je te laisse choisir lequel.

STELLA - 11h14 : Alors ? ! ! ! !

STELLA - 11h23 : C'est à quelle heure déjà ton rendez-vous ?

STELLA - 11h26: N'oublie pas la posture que je t'ai montrée hier pour impressionner ton boss. Pense décontrass : décontractée, mais badass !

STELLA - 11h31 : Izzieeeeeeeeeeeee ? ? ? ? ? ?

STELLA - 11h44 : Tss, fais pas genre tu bosses et arrête de *ghoster* ta meilleure amie !

J'ai à peine le temps de rédiger ma réponse à Driss que déjà mon téléphone se met à sonner.

— Salut… je décroche la mine déconfite tout en sortant de l'ascenseur

— Oh la la ! Vu ta voix, il a dû se passer un truc grave, devine sans mal ma meilleure amie. Ne me dis pas qu'il a baissé ton salaire ! Non, parce que je crois même pas que c'est légal et…

— Non, c'est pas ça… Il m'a virée…

Un blanc s'installe de l'autre côté du téléphone… Pourtant, Stella devrait être capable de réagir au quart de tour désormais, elle a l'habitude de m'aider à essuyer des échecs professionnels…

— Oh non… Je suis désolée ma poulette. Mais bon, tu sais ce qu'on dit : un de perdu, dix de retrouvés !

— Non, pas cette fois, c'est différent. Il m'a dit que j'étais nulle dans ce que je faisais et que je devais me trouver un autre travail.

— Il a dit quoi ? Je rêve ! Bon t'es où là ?

— Je viens de sortir, je suis devant mon bureau. Enfin, mon ancien bureau. Oh non, Stella, c'est affreux. Qu'est-ce que je vais devenir ? Je vais quand même pas reprendre les études à mon âge !

— Attends, attends, calme-toi. Voilà ce qu'on va faire : tu rentres à l'appart et moi pendant ce temps, je te fais couler un bon bain chaud. Et ensuite, on n'aura qu'à regarder une série pour te changer les idées. J'ai de quoi nous faire plein de bons smoothies en plus !

Oh pitié, Stella et ses smoothies… Beurk… En même temps, il faut toujours qu'elle y ajoute des trucs super bizarres. Quand ce ne sont pas des graines de je ne sais quoi, ce sont des pousses d'épinard ou toute autre substance verte qu'on ne devrait clairement pas manger en état de conscience.

— C'est gentil, mais je crois que je vais aller me changer les idées en faisant du shopping.

— Comme tu veux…

— Ou non, tu sais quoi, je vais plutôt aller au cinéma. J'ai besoin d'être seule, dans une immense pièce noire pour oublier tout ça.

— Oui voilà, ça c'est bien comme idée ! En plus, il y a ce film avec Robert Pattinson en ce moment ! Parfait pour se remonter le moral. Écoute, de toute façon j'ai pas prévu de sortir cet aprem, donc je serai là quand tu rentreras. Allez, ma poulette, n'oublie pas que je t'aime fort. On se voit après !

Je raccroche et profite de mon trajet jusqu'au cinéma pour composer un message groupé. Quitte à décevoir tout le monde, autant enlever le pansement rapidement. Je copie-colle mon texte et l'envoie sur toutes mes conversations WhatsApp puis me dépêche de mettre mon téléphone en mode avion pour ne laisser à personne le temps de m'appeler.

Brr ! Ce qu'il fait froid... Une bourrasque hivernale m'accueille à peine sortie de ma séance. Je marque une pause sur les marches du cinéma pour chercher mitaines et bonnet dans mon sac. On a beau être fin mars, il semblerait que l'hiver ne soit pas encore prêt à battre en retrait. J'en profite pour attraper mon téléphone également. Ah, en tout cas, je me sens mieux ! Ces trois dernières heures auront eu le mérite de me changer les idées. Au final, je pense que j'ai bien fait de délaisser Robert Pattinson au profit d'un « truc qui me fasse penser à autre chose », comme je l'ai expliqué au guichetier. Et moi qui ne suis pas pourtant pas coutumière de films de guerre, je dois avouer m'être laissé prendre par l'histoire sans aucun mal, malgré tous ces cris et membres déchiquetés. Une fois sorti du mode avion, il ne faut à mon téléphone que quelques secondes pour qu'il se mette à vibrer en continu. J'ignore les nombreuses notifications qui s'affichent et me rends immédiatement sur la plus douloureuse : la messagerie téléphonique. Il n'y a rien à faire, je déteste écouter un message sur mon répondeur... Mais puisque ce dernier est du genre à ne pas laisser de répit, me relançant de manière intempestive jusqu'à ce que je daigne enfin m'en occuper, il m'est difficile de passer outre.

Vous avez trois nouveaux messages. Aujourd'hui, à midi seize :

« Coucou ma puce, c'est maman. Je viens de voir ton message. Je t'avoue qu'avec papa on commence à se faire du souci pour toi. Ce n'est pas le premier travail que tu perds. As-tu fait une remise en question profonde de ta personnalité pour trouver ce qui cloche ? Je sais que ce n'est pas toujours évident, surtout pour toi, c'est pourquoi avec papa, on a pensé que tu pourrais venir faire un stage dans mon entreprise. Tu sais, je pourrais ainsi te regarder faire et t'expliquer les points que tu dois améliorer. Je sais que c'est parfois un métier pénible, mais ils le sont tous. À toi de mettre du tien pour mieux faire. Rappelle-moi et de mon côté je vais aller voir les RH pour trouver comment on peut goupiller ça. Bisous ma puce ».

Aujourd'hui, à midi dix-neuf :
« Oui ma puce c'est encore moi. Écoute, papa vient de me dire qu'il voit justement ton patron demain. Ils avaient prévu de jouer au golf ensemble. Il va en profiter pour lui toucher deux mots et voir ce qu'il peut faire pour arranger les choses. Et ne traine pas pour me rappeler surtout. Le marché est tellement compétitif en ce moment… D'autant plus que si tu… »

Bon sang ! Je raccroche à la hâte sans écouter la suite de son message. Inutile de l'entendre une seconde de plus me distiller ses précieux conseils pour assurer dans la vie professionnelle. J'aimerais tellement que mes parents me lâchent la grappe… Malheureusement pour moi, les choses se passent ainsi depuis ma plus tendre enfance. Je me souviens parfaitement de la première fois où j'ai compris ce fait. J'étais alors à l'école primaire. Un soir, je suis rentrée de l'école surexcitée et hyper heureuse à l'idée de me trouver enfin assise à côté de ma meilleure amie. Six mois que nous attendions cela ! Grosse erreur pour la concentration et l'apprentissage selon eux. Voilà pourquoi mes parents s'étaient empressés de prendre rendez-vous avec ma maitresse, dès le lendemain, pour que les choses reviennent à la normale et que je retrouve ma place d'origine. À savoir : seule, en face du tableau, avec pour voisins les plantes vertes (plus tellement vertes) et les dictionnaires poussiéreux.

Le moral à nouveau dans les chaussettes, je m'assieds sur les marches du cinéma. J'ai vingt-quatre ans et pourtant, à en croire les réactions de mes géniteurs, on dirait que j'en ai seize. De toute façon, je sais très bien que je ne parviendrai jamais à les satisfaire. Pas faute d'avoir essayé. Mais ils mettent toujours la barre si haut... Déjà à l'époque, quand je rentrais avec des notes inférieures à un quinze sur vingt, s'ensuivait une longue conversation où il était question d'analyser mon devoir et de me faire réfléchir sur les points à améliorer.

Mieux. Encore mieux. Toujours mieux.

De toute façon, je ne crois pas les avoir un jour rendus fiers de moi. Et puis, c'est usant à la longue d'être « la fille de... ». Alors oui, je sais, je ne suis pas une digne descendante des familles Beckham ou Willow-Smith, mais tout de même ! À chaque C.V. que je dépose, chaque entretien auquel j'assiste, j'ai toujours droit à la remarque suivante : « Oh ! Dites-moi, par hasard, vous ne seriez pas de la famille Perrin, comme Luc et Eugénie ? ». Comment voulez-vous que je ne déçoive pas mes patrons ensuite ? Avec un tel pedigree, c'est perdu d'avance tant l'attente est forte. D'ailleurs, moi, Izzie Perrin, je jure solennellement de ne jamais faire subir cela à mes enfants. Si tant est que nous en ayons un jour avec Driss. Oh ! Driss ! Mais oui, c'est ça ! Voilà la solution à tous mes problèmes !

Bon sang, pourquoi j'y pense seulement maintenant ? Je me précipite sur mon téléphone, manquant de le faire tomber et trépigne d'impatience pendant qu'il sonne. Trois tonalités s'enchainent jusqu'à ce que j'entende la voix de mon amoureux :

— Salut mon...

— Bébé ! Est-ce que c'est toujours valable ?

— Quoi ? Qu'est-ce qui est toujours valable ?

— La proposition ! Le boulot que tu as refusé à cause de moi. Enfin je veux dire pour moi ! Tu sais le job à Châtillon ! Est-ce que tu peux encore l'avoir ?

— Euh... Je sais pas, tu me prends de court là. Mais pourquoi tu veux savoir ça ?

— Parce que je pars avec toi ! Plus de soucis de relation longue distance qui risque d'échouer comme ça ! Je me suis fait virer alors qu'est-ce qui me retient ici désormais ?

— Attends, si je comprends bien, tu veux dire que...

— Je veux dire qu'on déménage ! Toi et moi ! On va vivre ensemble ! Accepte l'offre de ton patron et je te suis ! On fait nos cartons et on part !

Chapitre 3
Nouveau départ

— Sérieux, Izzie ? Encore un ? Mais t'as combien de cartons de fringues !

Je m'abstiens volontairement de répondre à la remarque de Driss. Tsss, je suis certaine qu'il ne réagirait pas ainsi si ces fameux cartons contenaient des livres ou des essais sur je ne sais quelle notion scientifique barbante ! Il y en a franchement assez de cette ségrégation ! Les gens qui ne comprennent pas l'énorme pan culturel que représente la mode n'ont vraiment rien compris à notre société, si vous voulez mon avis. Et puis c'est bon hein, tout le monde sait que quelques bouts de tissu ne pèsent rien comparé à des encyclopédies. Monsieur devrait plutôt s'estimer heureux, tiens ! D'ailleurs, il faudra m'expliquer en quoi c'est « classe » de se faire payer le déménagement par sa boite si au final on doit tout de même aider les déménageurs à porter les cartons. Mais bref, recentrons-nous sur l'essentiel ! Car oui, nous y sommes enfin : aujourd'hui est le Jour J ! Jour du déménagement tant attendu ! Et je commence à comprendre mieux que jamais l'expression « partir vers l'inconnu ». Cette semaine est passée si vite que je n'ai même pas eu le temps de googliser la ville dans laquelle nous nous apprêtons à habiter. Il faut dire qu'entre les affaires à trier, à empaqueter, les différents rendez-vous téléphoniques pour mettre en place les nouveaux contrats, les derniers restaurants avec mes copines et j'en passe, c'est à peine si j'ai pu souffler. Je n'ai donc aucune idée de ce à quoi mon futur lieu de vie ressemble. Aucun aperçu des boutiques présentes sur place (pourvu qu'il y ait au moins un Zara…) ni des restaurants, des bars, etc. Mais il y a bien pire que ça ! Figurez-vous que je n'ai jamais vu l'appartement dans lequel nous allons emménager ! C'est un logement de fonction proposé par le travail de Driss et malgré mes nombreuses demandes et insistances, il a « oublié » d'en prendre des photos lorsqu'il l'a visité seul, la semaine dernière. Franchement, je le soupçonne même de ne pas s'être déplacé et de l'avoir choisi directement par téléphone. Entre nous, je ne peux pas vraiment le lui reprocher, je l'ai à peine vu cette semaine. Le pauvre chou est débordé de travail. Il a passé son temps à faire des allers-retours entre les deux villes.

— Tiens, Iz, il te reste encore ce carton à prendre, m'alpague Stella quand je franchis le seuil de la porte de mon futur ancien chez moi.

Entre deux essoufflements, je lui fais signe avec le bras d'attendre quelques secondes. Posant mes mains sur les genoux, je peine à reprendre ma respiration. Bon sang, j'ai l'impression de me revoir au lycée quand notre sadique prof d'EPS nous obligeait à courir vingt minutes autour du stade pour je ne sais quelle obscure raison. Faisant fi de mon état, ma colocataire me dépose tout de même le carton de force dans les bras. C'est plus que je ne peux en supporter. Bon sang, mais ils se sont donné le mot aujourd'hui ou quoi ?

— Ho arrête ! J'en peux plus ! lui dis-je tout en le posant au sol. File-le aux déménageurs !

— Comme tu veux, me suggère-t-elle d'un ton plein de malice, mais mon petit doigt de coloc attristée me dit que tu devrais quand même le prendre !

Son air espiègle suffit à attiser ma curiosité. Je redirige mon attention vers cette boite et la pose sur la table de la salle à manger. Le scotch ne me résiste pas longtemps, mais je ne peux pas en dire autant des multiples couches de papier de soie présentes à l'intérieur. J'ignore quel ruban adhésif elle a utilisé pour les sceller ainsi les unes contre les autres, mais il me faut un temps interminable pour en venir à bout. Lorsqu'enfin mes doigts entrent en contact avec le froid du métal, je ne peux m'empêcher de rester littéralement bouche bée, sentant les larmes me monter rapidement aux yeux.

— J'ai pensé que tu aimerais avoir un petit souvenir de notre coloc dans ton nouveau chez toi.

Je ne lui réponds rien et me contente de ravaler mes larmes tout en sortant du carton son délicat contenu. Un pêle-mêle de photos, tickets, mots relatant nos souvenirs les plus épiques, se présente à moi.

— Ho ! Stel, c'est tellement…

Moi qui m'étais juré de ne pas craquer, je me réfugie dans ses bras sans réussir à finir ma phrase. Ces années de colocation font indéniablement partie des meilleures de ma vie et j'avoue que, passée l'euphorie du déménagement, je me sens de plus en plus anxieuse quant à ce nouveau départ…

— Allez, c'est à nous de jouer maintenant, déclare Driss sur un ton qui semble réellement enjoué.

Je ne retiens pas mon soupir de découragement face à l'ampleur du travail qui nous attend. La simple observation de cette montagne de choses à ranger est déprimante. Il y en a partout. Notre nouveau salon a beau être d'une taille conséquente, rares sont les espaces libres.

— Tu vois, avant de voir tous ces cartons entassés autour de nous, je m'étais pas rendu compte que nous avions autant d'affaires, je constate désemparée.

— Que NOUS avions ? T'es sérieuse ?

— Oui, bon ça va hein !

Avant de laisser à Driss la moindre chance de me refaire le coup du « Tu as trop d'affaires » ou « Je t'avais dit de faire le tri avant le déménagement et pas après », je me relève du carton sur lequel j'étais assise puis reprends avec énergie :

— Allez, on s'y met ! On commence par quoi ?

— Commence par la chambre. De toute façon, je pense que ranger tes fringues va suffire pour diminuer de moitié le tas ! De mon côté, je m'occupe de la cuisine. Et ensuite, on avise.

— Ça marche !

Cette répartition des tâches me redonne le sourire. D'autant plus que nous avons un énorme dressing attenant à notre chambre ! Oui, oui, j'ai bien dit dressing. Et hors de question que je remplisse cette merveille sans un minimum d'organisation ! Munie de mon smartphone, je me pose sur mon lit (oups que dis-je : NOTRE lit), ouvre Pinterest et tape fièrement DRESSING dans la barre de recherche. Après quelques minutes, j'ai déjà enregistré une cinquantaine d'épingles dans mon tableau et le seul mot qui me vient à l'esprit est le suivant : WAOUH ! Non, mais sérieusement ! Depuis que je suis enfant, dans toutes mes chambres, j'ai toujours eu une simple armoire en ma possession. Quelle vie… Le constat me semble sans appel et j'ai l'horrible sensation d'avoir manqué de respect à mes vêtements durant tout ce temps… Les pauvres, tout agglutinés les uns aux autres, pliés en boules, chiffonnés… Deux heures plus tard, c'est avec le sentiment du travail bien fait que je sors de la chambre. J'ai hâte que Driss voie tout ça. À n'en pas douter, il va être fier de moi ! Je constate en parcourant le couloir qu'il n'a pas chômé non plus à en croire la pile immense de cartons vides que je contourne pour le rejoindre.

— Poussin ! J'ai fini ! je m'exclame en entrant dans la pièce à vivre. Plus aucun vêtement en vue !

Je reçois un énorme silence en guise de réponse et réalise que Driss est au téléphone. Il me fait signe d'attendre avec la main. Je comprends rapidement à son air sérieux que c'est le travail et prends place à côté de lui sur le canapé pour entendre sa conversation. Cependant, elle reste inaudible et ce ne sont pas ses quelques acquiescements qui me mettent sur la voie. Tout en prenant comme prétexte de lui faire un câlin, je rapproche discrètement mon oreille du téléphone, mais juste au moment où je commence à dissocier quelques sons, il change son portable de côté puis se lève brusquement. Son départ soudain me fait perdre l'équilibre et je m'écrase le visage contre le canapé.

— Tu dois partir maintenant ? je me plains quelques minutes plus tard. Mais, on vient d'arriver ! Ils peuvent vraiment t'appeler le jour de ton déménagement ?

— Mais bien sûr qu'ils le peuvent, Iz, me répond Driss en prenant le chemin de la chambre pour se changer. C'est d'ailleurs pour ça qu'ils me paient si cher.

Je le suis, non contente à l'idée de passer le reste de la journée seule.

— Mais… et notre soirée ? Notre première soirée en amoureux chez nous… Tu seras quand même rentré hein ?

— Écoute, mon cœur, il me répond en marquant une pause pour se choisir des vêtements, le plus simple c'est que tu ne comptes pas sur moi. On aura plein d'autres soirs pour se commander des pizzas, t'inquiète pas, il conclut avant de déposer un bref baiser sur mon front.

— Oui, mais ce sera pas pareil, ce ne sera plus la première soirée, je bredouille mais il ne m'entend plus. Il est déjà parti se doucher.

Chapitre 4
Bonnes résolutions

— Tu rentres à quelle heure ce soir ? je demande à Driss tout en m'accoudant contre le meuble de l'entrée.

— J'sais pas, mon cœur. J't'appelle si j'ai le temps.

— Mouais, je lui réponds d'une voix dépitée en l'observant enfiler sa veste. C'est aussi ce que tu avais dit hier et je l'attends encore le coup de fil.

— Bébé, je t'avais prévenue que ce serait dur au départ !

— Je sais… Mais on est installé depuis presque une semaine et c'est à peine si je t'ai vu trois heures… Tu me manques, j'ajoute en me blottissant dans ses bras.

— On est sur les chapeaux de roue, c'est normal ! Écoute, le resto ouvre dans quelques semaines. J'te garantis qu'une fois chose faite, ce sera beaucoup plus calme.

Oui, oui, jusqu'à la prochaine ouverture, je me plains intérieurement sans oser pour autant dire le fond de ma pensée à haute voix.

— Allez, mon cœur, t'as qu'à profiter de mon absence pour faire du shopping en ligne ou continuer à te mettre à jour dans tes séries, il me lance d'un air espiègle avant de déposer un bref baiser sur mes lèvres.

Mince, il a placé une caméra dans l'appart ou quoi ? J'observe rapidement les murs une fois qu'il a franchi la porte d'entrée. Évidemment que j'ai fait plein d'autres choses ces derniers jours ! Du genre, terminer de ranger les cartons et aussi… euh… Enfin pas tant de choses que ça, c'est vrai… Mais de toute façon, tout va changer aujourd'hui ! Hier soir, pendant que mon masque à l'argile posait sur mon visage, j'ai lu un article sur le site des Lumineuses qui parlait des bonnes résolutions à prendre à un autre moment que lors du Nouvel An. J'ai immédiatement trouvé cette idée fa-bu-leu-se ! C'est vrai, quoi ! Tout le monde sait que personne ne tient jamais ce qu'il dit au trente et un décembre. D'ailleurs, j'ai plusieurs théories à ce sujet ! Tout d'abord, moi, quand je me lance dans la liste des choses que je vais changer dans ma vie, la soirée est généralement bien avancée et pour faire simple, je suis pompette. On fait déjà face à un gros problème d'éthique ! Et puis franchement, quand on y pense quelques secondes, est-il vraiment possible (même avec la meilleure volonté du monde) de parvenir à se mettre au régime en hiver ? Saison où globalement la moitié des assiettes que nous ingurgitons fait plus du double en matière de kilocalories que la dose conseillée par les nutritionnistes (merci à nos amies raclette et tartiflette…). Il en va de même pour le sport. Comment est-il possible, si tant est que l'on soit un minimum sain d'esprit, de penser à faire un footing en janvier ? Lever du soleil : neuf heures, coucher : seize heures. Très bien… On en parle du taux de criminalité dans les rues et pire dans les parcs publics lorsqu'il fait nuit ? Sans oublier les températures glaciales qui suffiraient à transformer instantanément en stalactite la moindre goutte de sueur qui oserait perler sur le front. Non, non, non, je ne prends pas de risques avec ma santé, moi… Je les connais, les dangers de l'hypothermie, on ne me la fera pas ! Voilà pourquoi je trouve cette idée des bonnes résolutions de printemps absolument géniale ! Telle une fleur qui éclot, lotie de longs mois dans son bourgeon, je vais à mon tour apparaitre et montrer au monde entier la meilleure version de moi-même ! La Izzie 2.0. Celle qui se fera contacter par des chasseurs de tête et qui n'aura plus jamais peur d'être sans-emploi ! Celle qui deviendra la fierté de ses parents ! Voilà sur quoi j'ai décidé de miser aujourd'hui. De toute façon, les agences d'intérim et autres sites seront encore là demain. Et puis, comme Driss ne cesse de me le répéter, un bon mental est toujours signe de succès ou quelque chose dans ce genre. Haut les cœurs !

Après un passage éclair par la salle de bain, je suis enfin prête à m'atteler à ma mission « Résolutions » ! Je rejoins la cuisine pour me faire couler un café et attrape au passage une boite de gâteaux. Les bras chargés de mes provisions, je parcours telle une équilibriste les quelques mètres qui me séparent du canapé et pose le tout sur la table basse à côté de l'ordinateur. Bon ! Par où commencer ? Ah oui, mon carnet ! Il me faut de quoi noter ! Je me relève à la hâte manquant de me prendre les pieds dans le câble d'alimentation et fouille dans le tiroir de la commode. Je crois que je suis addict aux carnets. Mais depuis toujours, vraiment. Pour moi, ils sont aussi importants que les vêtements. Par exemple, si pour mes bonnes résolutions, j'en choisis un noir, tout simple, basique, insipide en somme, je ne donne pas cher de leur durée dans le temps. Non, non, j'ai besoin de quelque chose de beaucoup plus énergique. Quelque chose dans le domaine du solaire… Je fouille dans mon tiroir en quête du précieux sésame. Le voilà ! J'attrape un mini carnet rose à strass et retourne m'installer à mon poste de travail.

C'est parti ! Résolution numéro une ! Sans aucune hésitation, j'inscris en lettres capitales : ME REMETTRE AU SPORT. Mes courbatures du déménagement que je commence seulement à perdre ne peuvent qu'être d'accord avec moi. Et puis, l'été approchant, cela ne pourra pas me faire de mal… Voilà qui est bien ! Passons à la résolution numéro deux ! Euh… Après plusieurs minutes d'intense réflexion, j'ai beaucoup de mal à trouver l'inspiration. Je lance un épisode sur Netflix, en attendant qu'elle vienne à moi et c'est en plein milieu du second qu'elle débarque ! Me munissant à la hâte de mon carnet, je fais tomber sur le tapis la boite de cookies vide qui était posée sur mes genoux. Je n'y prête pas attention, il sera temps de ramasser les miettes plus tard. Et puis, comme dirait tata Vicky, « ça ne pourra pas tomber plus bas ! ». Je m'agite sur le canapé pendant que je recherche dans mon carnet la page sur laquelle j'ai commencé à écrire ma liste et inscris en lettres capitales : RÉSOLUTION N°2 : ARRÊTER DE PROCRASTINER. Et alors là, il ne s'agit pas d'une mince affaire. D'ailleurs, je me demande si ce n'est pas trop ambitieux comme objectif car je suis obligée de me rendre à l'évidence, je ne sais pas faire autrement que de remettre les choses à plus tard. Le seul problème, c'est que j'ai l'impression qu'il n'existe pas de « plus tard » dans mon quotidien. Un peu comme un huitième jour dans une semaine qui n'en compte que sept, un treizième mois dans une année de douze, un… L'inspiration semblant m'avoir retrouvée, je continue dans ma lancée en inscrivant ma troisième et dernière résolution. Dernière, non pas parce que je pense que ma liste s'arrête là, mais uniquement car j'aimerais rester dans le domaine des objectifs atteignables.

Objectifs réalisables = Résolutions réalisées.

Je bute sur le dernier mot de ma liste. On met un T ou deux à *healthy*? Bon, partons sur un, ça ne change pas grand-chose en soi. Donc je disais : RÉSOLUTION N°3 : ADOPTER UN MODE DE VIE PLUS *HEALTHY*. Bon, par contre, j'avoue que je ne sais pas vraiment comment je vais l'appliquer au quotidien. J'ai déjà du mal à boire mon litre et demi d'eau par jour et à manger mes cinq fruits et légumes alors… Hum réflexion faite, je me demande si je ne me suis pas surestimée avec cette résolution. J'arrête la mine de mon crayon à quelques millimètres de la feuille dans le but de la rayer puis me ravise. Non, non, non, si je veux que ma vie change, je dois changer ! C'est uniquement comme cela que je parviendrai à trouver un emploi. C'est bien connu, toutes les *working-girl* qui réussissent sont *healthy*! Il suffit de regarder les articles qui pullulent à ce sujet. Allez, Izzie, un peu de courage ! Une nouvelle vie en est-elle vraiment une sans quelques défis ? Déterminée, je souligne avec entrain le mot *healthy*. Et puis déjà, comment je suis censée le prononcer ? Heal"ti" ? Heal"fi" ? Heal"ssi" ? Il faudra que je demande à Driss quand il rentrera. Après tout, c'est son domaine, la restauration, même si son truc à lui c'est plus la coordination des ouvertures de restaurant ou quelque chose comme ça. Mais il n'empêche qu'il baigne quand même dedans. Ayant à cœur de respecter ma deuxième résolution (à bas la procrastination), je ne perds pas une minute et ouvre un nouvel onglet sur ma page internet pour y entrer les mots clés suivants : manger *healthy*. Après une lecture en diagonale, je prends conscience que la tâche risque d'être bien plus ardue que je ne pensais. Histoire de faire passer la pilule, je vais me chercher un cappuccino à la cuisine et reviens avec deux Twix. Si je veux commencer à manger sainement, il va bien falloir que je vide mes réserves et elles sont conséquentes ! En tout cas, la mission « résolutions » a été rondement menée, j'ai bien mérité une pause ! Ah, il n'y a pas à dire, on se sent tellement bien quand on devient véritablement une adulte !

Chapitre 5
À vos souhaits !

— Alors, pour vous, ce sera plutôt caf? Activ'attack ou activ'pump ?

Debout devant le comptoir, je regarde la femme de l'accueil en me sentant complètement dépassée. Prenant mon silence pour du mécontentement, elle enchaine :

— Ou bien si cela ne vous convient pas, nous proposons aussi, mais seulement les jours pairs, des cours de body pump, xcore… À moins que vous ne préfériez le VIPR ou le RPM.

OK, stop ! Est-il possible de rembobiner tout ce discours et revenir à l'époque simple et surtout compréhensible où régnaient en maitre les cours de fitness et de step ? Moi, je veux juste réaliser des talons fesses et des pas chassés. Trouver un cours basique qui me permettra de devenir la meilleure version de moi-même pour accéder à l'emploi de mes rêves. C'est tout. Voyant que mon interlocutrice attend désespérément une réponse de ma part, j'essaie de me dépatouiller comme je peux :

— Euh c'est à dire que… je jette un rapide coup d'œil aux différents cours qui se déroulent dans les pièces aux murs vitrés qui entourent le hall d'accueil et en repère un qui me semble moins difficile que les autres, je le désigne de la main et poursuis : j'étais plutôt partie pour des cours de ce genre.

— Ah ! Vous souhaitez pratiquer le yoga ! Très bien, continue-t-elle avec le même air commercial. Voilà qui est parfait. Idéal pour l'harmonie corps-esprit. Quel type de yoga souhaitez-vous choisir ?

— Euh…

— Notre établissement a la chance de compter parmi les meilleurs de la région, c'est pourquoi, une fois encore, nous pouvons proposer différentes disciplines à nos clients. Tout dépend de ce que vous recherchez. Dites-moi tout, quel serait votre objectif ?

Mon objectif ? J'attrape le tabouret posé à mes côtés et m'assois dessus. Je me souviens m'être étonnée de sa présence en arrivant, mais j'en comprends mieux la nécessité désormais. M'accoudant sur le comptoir, je laisse tomber ma tête dans mes mains. Cela doit faire une vingtaine de minutes que je suis arrivée et toujours aucune inscription ne pointe le bout de son nez. Bon sang, à quel moment est-ce que j'ai raté le train de la compréhension sportive ? Alors oui, certes, je l'avoue, je ne me suis jamais montrée très assidue durant mes cours de sport au collège et lycée. En même temps, est-ce ma faute à moi si j'ai peur des ballons ? Non et puis les odeurs ! Je ne parle même pas de celle de transpiration, à la rigueur, je veux bien faire l'impasse sur celle-là (même si de vous à moi équiper les vestiaires des gymnases en brumisateurs à déodorant ne me semblerait vraiment pas être une mauvaise idée). Non, moi, je parle de celle du matériel, ce mélange de renfermé, de sueur et de certainement plein d'autres choses. Franchement, ils les désinfectent tous les combien de temps les raquettes de badminton ? Parce que je me souviens très bien de mes mains toutes poisseuses à chaque fois que j'en touchais une. Et après on s'étonne que les adolescents aient de l'acné! Enfin beurk, de toute façon, j'ai toujours trouvé que tout ce qui a trait au sport est dégoutant…

— Mademoiselle? Votre objectif?

— Ah euh… oui mon objectif, eh bien….

Mon objectif, mon objectif… Allez, Izzie, réfléchis. Je sors une pince de ma poche et me lance dans la réalisation d'un chignon. Accompagnant mon geste d'un regard de sollicitude envers l'hôtesse d'accueil qui attend ma réponse, je m'exécute le plus lentement possible pour attacher ma longue chevelure brune en un bun haut impeccable. Alors, mon objectif… Je veux sortir de ce cycle infernal de: je trouve un travail, mes parents sont fiers, je perds mon travail, mes parents ne sont plus fiers. Voilà, c'est ça! Et pour ce faire, j'ai besoin de changer! De devenir une nouvelle Izzie. Tel est mon objectif! Ce qui m'amène à changer mes habitudes dans l'espoir d'atteindre mon but. Et enfin quitter le stade de vieille adolescente dans lequel je semble être coincée.

— Si vous hésitez, nous avons une offre d'essai qui vous permet de tester nos différents cours afin de trouver celui qui vous sied le mieux.

Elle me tend un planning rempli de cases de couleurs et reprend.

— Regardez par exemple, le mercredi vous pouvez essayer le vinyasa à onze heures ou bien il y a encore le ashtanga, mais seulement les mardis et jeudis. Ou si vous voulez quelque chose de plus calme, vous trouverez le yin yoga, ou en encore plus doux le…

Oh! Ce que je me sens nulle… Bon sang, Izzie, ce n'est pourtant pas compliqué de s'inscrire à un cours de sport… Mais il faut croire que même ça c'est trop difficile pour moi. Il est l'heure que j'avoue à cette femme que je ne comprends rien à ce qu'elle me raconte et tant pis si j'ai l'air d'une parfaite quiche ! Au moins je serais une quiche qui s'assume. Je ne lui laisse pas le temps de finir sa phrase et enchaine d'une traite :

— Arrêtez ! Stop ! Pitié, stop ! Je veux juste faire du sport ! Bouger mes bras, mes jambes, bouger mon corps quoi ! J'suis désolée, mais je comprends pas un mot à ce que vous m'expliquez depuis tout à l'heure…

— Hum, hum… elle me répond imperturbable, tout en notant quelque chose sur ma fiche de renseignements remplie un peu plus tôt avec elle. J'essaie de lire à l'envers, mais son écriture est trop penchée pour que j'y parvienne.

— Écoutez, mademoiselle Perrin, voilà ce que je vous propose. Compte tenu de votre profil, elle s'arrête pour marquer une pause que je ne sais pas vraiment comment interpréter, il me semblerait judicieux que vous passiez un test de niveau.

J'écoute encore la fille de l'accueil m'expliquer leur fonctionnement, pendant des minutes qui me semblent durer une éternité, puis réussis à prendre congé (pour ne pas dire la fuite) non sans devoir expliquer qu'il me faudra revenir ultérieurement pour leur test, car je n'ai malheureusement pas prévu de vêtements de sport. Quel dommage… Comment ? Ah, le sac Nike qui pendouille à mon épaule ? Non bien sûr qu'il ne s'agit pas d'un sac de sport, non, non… C'est mon sac de… de bibliothèque, oui, oui tout à fait ! Je ne sais même pas si je pense à dire au revoir et c'est essoufflée que j'arrive à l'abri de bus, trop fatiguée du sprint que je me suis sentie forcée de piquer de peur qu'un membre du personnel découvre ma supercherie. Quand je pense à tout ce temps gâché à la salle de sport… Et cela pour rien ! *Nada, nothing* ! Tu parles d'un échec…

De retour à l'appartement, j'ai à peine franchi le seuil que les notes de Kool & The Gang se font entendre depuis mon téléphone. Je pose le plateau de california rolls, que je suis allée chercher sur le chemin du retour, sur le meuble de l'entrée et décroche à la hâte avant que la sonnerie ne s'arrête.

— Coucou, ma puce, je viens aux nouvelles.

Argh je regrette déjà de ne pas l'avoir envoyée sur le répondeur. Comme tous les jours, ma mère m'appelle pendant sa pause pour prendre de mes « nouvelles ». Cela ressemble plus à un rapport quotidien qu'à une marque d'attention, mais bon…

— Salut, maman, je réponds la voix empreinte d'une certaine lassitude. Écoute, rien de neuf. Je t'ai déjà dit de toute façon que tu seras la première au courant dès que j'aurai trouvé du travail alors tu n'as pas besoin de t'embêter à m'appeler chaque jour. Tu peux profiter de ta pause pour prendre un café, tu sais.

— Toujours rien ? Mais tu t'es déplacée ? Les patrons savent que tu existes ? Et est-ce qu'au moins tu as mis à jour ton compte LinkedIn ? Rassure-moi, tu as bien un compte, n'est-ce pas ?

— Oui, maman, je te rappelle que je l'ai fait chez vous d'ailleurs…

— Ma puce, tu ne peux pas juste rester là, chez toi, assise sur ton canapé à attendre que les choses se passent. C'est ta vie, si tu ne la prends pas en main, personne ne le fera pour toi. Tu sais, je…

J'accuse le coup de cette conversation et prépare mon plateau-repas, les baragouinages de ma mère pour fond sonore. De toute façon, elle pourrait le faire pendant au minimum cinq minutes avant de se rendre compte de mon absence. C'est toujours pareil. Même à deux-cents kilomètres de distance, elle trouve le moyen de régenter ma vie. Eh bien non, je décide en cessant ma préparation, les choses ne vont pas se passer ainsi cette fois. Bon sang, Izzie, réveille-toi, tu as vingt-quatre ans, tu n'es plus un bébé.

— Maman, stop ! je l'interromps d'une voix affirmée. Je refuse que tu me parles encore travail. Est-ce que je suis claire ? Je vais me débrouiller par moi-même. Je suis une adulte ! Et si tu veux tout savoir, me rabâcher à longueur de journée à quel point je suis l'échec de votre vie ne m'aide en rien du tout !

Des palpitations accompagnent mon discours. Tout comme l'impression que la température de mon corps a gagné trente degrés en seulement quelques secondes. Je ne tiens jamais tête à ma mère. Car au fond je sais qu'elle a raison, mais ce discours moralisateur ne va pas faire en sorte que je change, j'en suis certaine.

— Quoi, elle me répond, ahurie. Un échec ? Mais enfin, ma puce, de quoi tu parles ? C'est juste que ton père et moi avons le réseau. Et on t'a toujours dit que le réseau représentait quatre-vingt-dix pour cent dans notre monde. L'échec serait que nous ne puissions pas en faire profiter notre petite fille.

— Mais je ne suis plus petite, je hurle dans le téléphone. Je suis grande ! Et de toute façon, je ne suis même pas certaine d'avoir vraiment envie de continuer à travailler dans cette branche, alors…

— Mais… Et tes études ?

— Écoute, maman, je te propose qu'on se rappelle plus tard, j'ai un plateau de sushis qui risque de tourner si je ne le mange pas très vite. À plus, je t'aime, je conclus de manière automatique avant de raccrocher précipitamment.

Bon sang... En plus d'être mauvaise dans mon travail, il semblerait que je puisse ajouter le fait d'être une mauvaise fille à ma liste. Génial... Condamnée à rester l'ancienne version de moi-même et sans perspective d'avenir. Car la vérité est là, si je ne suis pas encore allée démarcher les agences pour l'emploi c'est simplement car je ne sais pas dans quel domaine chercher un travail. Les paroles de mon ancien patron ne cessent de résonner dans ma tête. À dire vrai, isolée dans cette nouvelle ville où je ne connais personne, sans rien d'autre que Netflix pour occuper mes journées, je crois que je ne me suis jamais sentie aussi perdue de toute ma vie.

Chapitre 6
Snapgate

— Alors cette nouvelle vie, ça se passe comment ?

Je m'applique à touiller mon cocktail en formant des huit avant de répondre à Stella :

— Si tu savais, c'est pas du tout ce que j'imaginais. Franchement c'est l'enfer… j'avoue, dépitée.

— Oh l'autre ! réplique Stéphanie, c'est vrai que ça doit être éprouvant de se réveiller tous les matins aux côtés de ce bel étalon qui te sert de mec !

Je la trucide du regard avant de lui répondre :

— N'importe quoi ! Il n'est jamais là ! Soi-disant que son rush n'allait durer que quelques jours, mais ça va faire un mois que nous sommes installés et il passe son temps à bosser !

Ce constat, fait à haute voix, me déprime. Je finis mon cocktail d'une traite et profite de la présence du serveur à la table voisine pour lui en demander un autre. J'ai pris la décision de revenir passer quelques jours à Meunarque sur un coup de tête, ou appelons cela un coup de blues. Stella et Steph ont accepté de m'héberger malgré ma demande impromptue. C'était vraiment bizarre hier soir de dormir sur le canapé et d'observer Stéphanie vivre mon ancienne vie en quelque sorte. Elle a emménagé avec Stella seulement quelques heures après mon départ et bien que je fusse au courant de cette situation, il n'en reste pas moins que cette situation m'est étrange. Quand je vois leur relation, j'ai l'impression que mon ex-coloc est vite passée à autre chose. Je ne m'attendais pas à ce qu'elle déprime ou quelque chose comme ça, mais bon quand même. C'est comme si j'étais une vieille chaussette qu'on remplace par une toute neuve et à qui on ne repense jamais…

— Et sinon, tu fais quoi de tes journées ? me questionne Luna.

— Euh…

Je profite de l'arrivée du serveur pour attraper mon verre et le siroter le plus lentement possible. Qu'est-ce que je suis censée lui répondre ? Que je m'ennuie et passe la majeure partie du temps sur Facebook et Netflix ? Sans parler des C.V. que j'ai déposés dans d'innombrables entreprises, mais pour lesquels je n'ai encore reçu aucune réponse… Non impossible de lui dire ça, dans le genre pathétique on ne fait pas mieux. En même temps, si je ne me confie pas à mes copines, à qui puis-je le faire ?

— Franchement, c'est pas du tout comme je l'imaginais, je me lance la voix déprimée. Déjà, je ne connais personne. J'ai essayé de participer à des tas de trucs exprès pour me lier d'amitié, mais sitôt l'activité finie, tout le monde rentre chez soi. La semaine dernière, je me suis même inscrite sur un site qui propose à des inconnus de se retrouver autour d'une sortie commune et lorsque je suis arrivée à destination, il n'y avait personne. J'ai poireauté trente minutes sous la pluie pour voir en rentrant que la promenade en question avait été avancée de deux heures à cause de la météo sauf que le mail s'était mis dans mes spams…

Si je n'étais pas tant rodée dans ma nouvelle vie solitaire, le regard peiné de mes trois copines me ferait certainement fondre en larmes.

— Et tu en as parlé à Driss ? me demande Stella d'une voix chaleureuse après avoir posé sa tête un court instant sur mon épaule.

— Oui, mais il me dit que c'est normal et que les choses vont s'arranger dès que je trouverai un travail… Le problème c'est que je cherche, mais je ne trouve rien… En plus, j'ai bientôt fini de re-visionner l'intégralité de *Grey's Anatomy*. Je sais pas comment je vais occuper mon temps après ça…

— Bon, enchaine Steph, je propose que nous levions nos verres à ta vie pourrie ! Il te reste deux jours avant d'aller la retrouver alors autant en profiter à fond, non ? me dit-elle en me lançant un clin d'œil.

— À ta vie pourrie ! lancent mes copines toutes en cœur.

— À ma vie pourrie ! je répète en levant mon verre à mon tour tout en sentant mon poids dans l'estomac devenir de plus en plus léger.

C'est fou ce que les copines peuvent faire du bien au moral !

— Allez, *selfie girls* ! hurle Luna en tendant le bras dans lequel elle tient son téléphone.

Luna est LA photographe officielle de nos soirées. Non pas, car elle a le téléphone qui prend les meilleures photos, mais plutôt parce qu'elle est imbattable en *selfie* ! Je suis sérieuse. Je la connais depuis des années et je ne l'ai jamais vue en rater un seul ! Ce qui est loin d'être notre cas à toutes. Moi je suis la spécialiste de ceux avec la tête coupée d'une (dans mes bons jours) ou plusieurs personnes. Steph, quant à elle, met toujours trois plombes à accéder au bouton de déclenchement. Bon, pour sa défense, ce n'est pas vraiment sa faute, on va dire qu'elle a des doigts un peu plus petits que la moyenne. Mais du coup, bonjour les sourires crispés quand on attend dix secondes avant que la photo soit prise. Et pour finir, Stella ne veut plus en prendre depuis le jour où elle a fait tomber le sien dans le seau à champagne (ai-je besoin de préciser que ledit téléphone fut irrécupérable suite à cet incident ?). Bref, dans notre groupe, c'est Luna la chef des selfies et ça restera ainsi jusqu'à la fin des temps. Il ne nous faut que quelques secondes pour toutes nous retrouver le nez scotché à nos téléphones, prêtes à dégainer nos *likes*.

— Ho, Luna, s'insurge Stéphanie, tu aurais au moins pu mettre un filtre ! Tu as vu ma tronche !

— Ça t'apprendra à ne pas faire le sourire que je t'ai enseigné, réplique instantanément Stella tout en la poussant légèrement du coude.

Fronçant les sourcils, j'actualise une nouvelle fois mon fil d'actualité, mais rien n'apparait. Je n'ai toujours pas la moindre trace de cette fameuse photo.

— Hey ! Attendez les filles, je m'exclame, j'ai un problème avec Facebook. Je vois pas la photo, c'est bizarre…

— Ah, mais non, Iz, c'est normal, me répond Luna. Je ne poste plus rien sur Facebook.

— Quoi ? Mais pourquoi ? je chouine affolée.

— Tu te rappelles du lien que tu nous as envoyé sur WhatsApp par rapport aux bonnes résolutions de printemps ? J'ai adoré !

— Ah oui, moi aussi ! sur-renchérit Stella la bouche pleine de tacos.

— Oui, mais je ne vois pas le rapport ? Tu n'es plus sur Facebook ?

— Si, si, j'y suis encore, mais je suis en veille.

Devant mon air incertain, elle m'explique :

— Ma bonne résolution est d'être moins accro aux réseaux sociaux. Du coup, au lieu de poster tous mes trucs sur Facebook, Snapchat, Instagram et Tiktok, je ne le fais plus que sur Snap, Insta et Tiktok.

— Ah OK... Bah sympa pour celles qui n'ont ni l'un ni l'autre... je réplique, vexée de me sentir ainsi mise de côté.

— Oh arrête ! N'en fais pas une histoire ! T'as qu'à installer Insta et c'est réglé.

L'art de casser l'ambiance d'une soirée en une seconde... Il ne manquerait plus que l'une de mes amies fasse référence à l'épisode Snapchat et ce serait le pompon...

— Ho non, Luna, ne la lance pas ! continue Stéphanie comme si elle lisait dans mes pensées, on ne veut pas d'un deuxième « SnapGate » !

J'observe mes copines s'esclaffer à mes dépens. Luna manque même de recracher sa boisson gazeuse tant elle a du mal à se contrôler. Snapgate, voilà comment elles ont appelé cet épisode peu glorieux de ma vie. En même temps, est-ce ma faute si j'aime utiliser les choses que j'apprécie ? Je veux dire, ces filtres sur Snapchat sont juste déments non ? Pour ne pas dire révolutionnaires ! J'imagine qu'ils le sont encore plus de nos jours, mais malheureusement, je m'expose à de lourdes conséquences si j'ose réinstaller cette application sur mon téléphone. Je vais la faire courte, car c'est toujours un peu difficile pour moi de parler de cela, mais j'aurais (soi-disant) épuisé (pour rester polie) tout mon entourage par l'utilisation abusive de ces fameux filtres. Au point où on me confisquait mon téléphone en soirée, car je pouvais filmer pendant des heures les conversations de mes copines avec le filtre qui transforme les voix et m'amuser le lendemain à en envoyer des extraits méticuleusement sélectionnés.

Je crois que c'est la période de ma vie où j'ai le plus ri! Mais bon, ce n'était pas partagé… Bref, je n'ai pas envie de rentrer dans les détails… Vexée, j'attrape la plus grosse *empanada* du plateau et la mâche vigoureusement afin de passer mes nerfs dessus. Après une attente interminable (à savoir: trois *empanadas*, quatre gougères et une mini tortilla plus tard), mes copines semblent prendre conscience de ma présence.

— Ho! Iz, désolée! On voulait pas te vexer! se confond en excuses mon ex-colocataire.

Je ne me donne pas la peine de répondre et continue de mastiquer ma nouvelle bouchée. Soit dit en passant, je ne regrette absolument pas d'avoir demandé aux filles de me surprendre quant au lieu où passer notre soirée car ce nouveau bar sert des tapas démentiels!

— Oui, excuse-nous, enchaine Luna. Mais tu devrais être contente, j'ai suivi ton idée des bonnes résolutions! Tu vois, même à trois heures de route, tu continues à avoir de l'influence sur nous. C'est top, non?

— Mais du coup, je fais comment pour la voir moi maintenant?

— Comment quoi?

— Bah pour voir vos photos!

— T'inquiète, me rassure Luna, je te l'envoie sur WhatsApp.

— Ou alors j'installe Instagram, je suggère. Franchement si c'est là-bas que tout se passe, j'ai tout à gagner à désinstaller Facebook pour Insta non?

— Tu es certaine, Iz? me répond Stella avec une sollicitude dans la voix beaucoup trop prononcée. Tu es sûre de réussir à te passer de Facebook? Je veux dire, on devient vite accro à Instagram aussi. Ce serait dommage que ça te double les effets non?

— Mais ça va les filles, je suis pas un bébé ! De toute façon, ce n'est pas vraiment comme si j'avais le choix, je m'écrie au bord des larmes. Déjà que maintenant vous êtes toutes loin de moi, si en plus vous désertez de mes réseaux sociaux, moi il ne me reste plus rien !

— Izzie ! s'exclament en cœur mes amies avant de m'enlacer maladroitement contre elles (ce qui avec une table remplie de verres à cocktails s'avère être une opération périlleuse. D'autant plus lorsque le contenu de plusieurs d'entre eux se trouve déjà dans le sang de leurs propriétaires).

Malgré leur tentative de réconfort, la soirée se termine avec un véritable gout amer et deux jours plus tard, dans le train qui me ramène chez moi, je ne me sens pas en grande forme. Pour dire, même le croissant au beurre, acheté sur le quai de la gare, ne m'a pas aidée à me sentir mieux… Moi qui pensais que ce retour aux sources aurait le mérite de me requinquer, c'est finalement tout le contraire qui s'est produit. La vie continue. Le message est passé. Je ne semble pas manquer aux filles. Du moins, pas autant qu'elles me manquent. Mais c'est normal, rien dans leurs habitudes n'a changé. Les soirées du jeudi ont toujours lieu le jeudi, et puis elles sont désormais toutes connectées au même réseau social… Pour le moment, c'est Luna qui déserte Facebook, mais que se passera-t-il quand ce sera au tour des autres. Sérieusement, qu'ai-je à perdre à me créer un compte sur un nouveau réseau social ? Je pense pouvoir affirmer qu'à ce stade de ma vie, la réponse est rien. Je n'ai strictement rien à perdre, mais au contraire tout à gagner. Et puis, j'ai grandi depuis le Snapgate. Les choses ont changé. Tout a changé ! Je sais que je peux le faire ! Je sais que je peux réussir sans en devenir accro ! Il me suffira de ne pas reproduire les mêmes erreurs que pour l'épisode Snapchat, et puis c'est tout. C'est trop tard pour changer par rapport à mon addiction à Facebook, c'est ancré en moi. Je dois actualiser mon fil d'actualité toutes les dix minutes, au même titre que l'on doit manger trois repas par jour (bon quatre si on prend en compte le gouter de seize heures. Hum, peut-être même cinq avec la collation de dix heures... Mais bref). Et puis de toute façon, quand on y pense, comment peut-on savoir qu'on évolue si on ne se reteste jamais ? C'est facile de dire qu'on a changé lorsqu'on ne retombe jamais dans nos vices. Je suis bien plus forte que cela ! J'ai grandi, j'ai muri et je suis bien décidée à le prouver à mes amies. Je vais installer cette application ! Instagram, me voilà ! J'attrape mon téléphone posé sur la tablette du siège et c'est fière et sereine que je pars en quête du fameux sésame... Je suis tellement calme que je ne pense même pas à m'énerver lorsque je réalise que je ne peux pas y accéder, car mon réseau ne capte pas dans la campagne que nous traversons. Mon téléphone est en edge, et alors ? Je n'ai qu'à profiter de cette (certainement) brève coupure du monde extérieur pour méditer sur mon nouvel état d'esprit. En voilà une attitude mure et responsable. Je dirais même plus : en voilà une attitude qui m'emplit de joie. De toute façon, les choses sont plutôt simples, j'ai juste besoin de me fixer des règles. C'est ce qui m'avait manqué lors de mes premières tentatives. Cette fois-ci, les choses seront différentes. Premièrement : pas plus de dix minutes d'utilisation par jour. Bien qu'à la réflexion, dix minutes ça n'est pas beaucoup... J'ai du mal à imaginer comment profiter d'un service si je ne peux l'utiliser qu'une minute par heure pendant dix heures... Alors, disons vingt ! Ou plutôt, je devrais attendre de voir en quoi consiste exactement cette application. C'est vrai après tout, difficile de jauger quelque chose que l'on ne connait pas. De toute façon, Stella m'a assuré qu'Instagram ne comportait pas de jeux comme sur Facebook alors déjà ça devrait diminuer mon temps d'utilisation ! Je ne me vois pas regarder pendant des heures les photos d'autres personnes. Qui fait ça, sérieusement ? Hé ho, j'ai une vie ! Certes, pas passionnante pour le moment, mais une vie quand même.

Chapitre 7

Job à tout prix

#Healthy

Déjà deux semaines que je suis revenue de Meunarque et on peut dire que je n'ai pas perdu de temps pour retrouver ma routine. Jamais de ma vie, je n'ai autant respecté des bonnes résolutions ! Je savais que ce truc de printemps me siérait bien plus que cette tradition de nouvelle année. Au final, je découvre avec ravissement que ce n'est pas moi qui ne sais pas tenir des résolutions, contrairement à ce que j'ai cru tout au long de ma vie. Il s'agissait juste d'une histoire de timing ! Comme quoi, les choses tiennent parfois à un fil. La roue est en train de tourner me concernant, j'en suis certaine ! Plus qu'une question de jours avant qu'une boite m'appelle pour me proposer le travail de mes rêves. Hâte de découvrir ce que ce sera !

Je sors mon *açaï bowl* du congélateur, le dépose dans le micro-ondes et c'est parti pour sept minutes ! Le sentiment de fierté qui m'envahit à chaque fois que je prends ce petit déjeuner ne faiblit pas. Un *açaï bowl*! Je trouve ça classe, tellement *healthy*! Il faut dire que je me suis beaucoup documentée pour mener à bien mes résolutions. Par exemple, je me suis abonnée à plein de comptes bien-être sur Instagram ! C'est plus pratique que de passer des heures à faire des recherches sur Google! Bon, en revanche, le seul inconvénient, si je peux appeler ça ainsi, c'est que du coup, je passe pas mal de temps sur Instagram, pour mes recherches, mais comme on dit « *no pain, no gain* ». Une fois que le bip du micro-ondes retentit, je me pose sur le canapé avec ma barquette et commence mon travail de documentation en lançant les différentes *stories* du jour. Je ne peux retenir la grimace de dégout qui s'invite sur mon visage lorsque j'avale les dernières bouchées de mon bol. Il faudrait peut-être que je songe à écrire à cette marque pour leur soumettre de nouvelles idées de recettes… Car pourtant j'aime la purée de banane, mais là, j'avoue qu'au bout de dix jours à en manger tous les matins, cela devient écœurant.

Une heure plus tard, j'ai fait le tour de tous les fournisseurs de surgelés et lancé des commandes sur trois sites internet! Quelle productivité alors qu'il n'est pas encore neuf heures! Je m'impressionne moi-même! Et puis, il faut voir mes paniers. Que des bonnes choses. Uniquement des produits avec la mention "équilibre" ou "+++". Bon en revanche, la note est salée, mais j'imagine que c'est le prix à payer pour avoir une alimentation saine. Une fois ma carte bancaire à nouveau rangée dans mon sac, je relance la *story* de FitZenGirl. C'est fou comme ces filles sur Instagram arrivent à rendre des trucs absolument banals en choses hyper intéressantes. Par exemple, cela fait plusieurs minutes que je l'écoute parler de son nouvel épilateur et je dois avouer que j'y prends beaucoup de plaisir! Rendez-vous compte, il est capable d'épiler sous la douche et laisse la peau douce et soyeuse pendant quinze jours! Cerise sur le gâteau, il est doté d'un système massant parfait pour lutter contre la cellulite. C'est absolument génial! Ce qui est pratique en plus, c'est qu'elle est super sympa car elle met même un lien pour l'acheter directement. Il suffit de cliquer ! Enfin taper ? Tapoter ? Comment dit-on, tiens, quand on « clique » sur son téléphone ? Mais bref, bonjour le gain de temps à éviter de le rechercher parmi plein de marques sur l'Internet comme dirait tata Vicky. Je caresse de la main mes jambes, fraichement rasées de la veille et constate en grimaçant que ces dernières sont déjà piquantes comme un cactus. Sans m'en rendre compte, je me lève et récupère ma carte bancaire. Une minute plus tard, l'épilateur est commandé ! Simple comme bonjour ! Et le tout avec vingt pour cent de réduction grâce à son code promo qu'elle s'est démenée pour obtenir uniquement pour nous ! Une aubaine ! Il n'y a pas à dire, elle est vraiment sympa cette fille !

— Salut, mon cœur, lance Driss à mon intention tout en faisant irruption dans le salon.

Je ne sais pas pourquoi, mais mon premier réflexe en le voyant arriver est de cacher ma carte bancaire sous ma cuisse avant de lui répondre.

— Hello ! Bien dormi ? Je t'ai pas entendu rentrer hier.

— Ouais, je suis rentré tard. J'ai dû mettre la main à la pâte pour aider les gars à régler un problème de cloison. On a déjà retardé l'ouverture du restaurant d'un mois et les mecs sont encore en train de monter des cloisons ! J'te jure, si j'avais su que ce serait autant compliqué, pas sûr que j'aurais accepté le taf… avoue-t-il un peu vaincu. Tu vas faire du sport ? poursuit-il en me désignant du regard.

Ah, ah, j'imagine qu'il fait référence à ma nouvelle tenue de sport. Encore une fois, merci Instagram ! Je ne savais pas avant de tomber sur cette *story* de je ne sais plus qui, que sport et style pouvaient être compatibles ! Mais mon sublime ensemble couleur pastel est bien la preuve du contraire ! Surtout que je lui ai ajouté un maquillage « *Make up no make up* », encore une fois découvert sur cette application ! C'est génial ! En fait, le principe c'est de se maquiller avec plein de trucs, mais à la fin le résultat est tellement naturel qu'on a l'impression que rien n'a été fait !

— Oui, je m'apprêtais à sortir pour mon heure de marche rapide, j'annonce en me levant du canapé pour enfiler mes baskets.

— Et laisse-moi deviner, cette marche passe par le centre-ville ?

— Quoi ? Pourquoi tu dis ça ?

— Je parle de ta CB collée sur ton legging, m'explique-t-il avec un regard malicieux… ou moqueur ?

J'avoue avoir du mal à l'interpréter. Hein ? Mais qu'est-ce qu'il raconte ? J'observe mon corps, mais ne vois rien. Ce n'est que lorsqu'il désigne l'arrière de ma cuisse que je réussis par un jeu de contorsions à distinguer le fameux sésame qui tient en suspension sur mon bas.

— Ho ! Mais qu'est-ce qu'elle fait là ? C'est fou ça ? dis-je en feignant la surprise (non, mais quelle cruche je fais sérieusement !).

— Ça ne me dérange pas hein, poursuit Driss, c'est juste que je préférais qu'elle passe par la rue des agences intérim. Non parce que j'aime bien tes parents hein, mais leurs textos tous les trois jours à ce propos, ça commence à être lourd.

Je le regarde interloquée. Euh… C'est quoi l'histoire ? Qu'est-ce que mes parents viennent faire dans la conversation ? J'attends qu'il me donne plus d'explications, mais cela ne semble pas être son intention puisqu'il se contente de rejoindre la cuisine, d'ouvrir le placard pour en sortir une tasse et de se faire couler un café…

— Tu insinues quoi ? je poursuis sur la défensive.
— Oh, mais, Iz, arrête, je n'affirme rien.

Oh non, non, non. C'est lui qui va arrêter avec ses « arrête ». Argh, j'ai horreur quand il me fait ça. On devrait inventer une loi qui rendrait prohibée l'utilisation de ce mot. Comme si j'étais celle qui avait commencé ! Donc, alors que je ne fais que répondre à une de ses remarques, je suis celle qui serait censée s'arrêter ?

— Franchement, Driss, tu abuses. Tu sais très bien que j'ai envoyé des C.V., je réplique vexée.

J'adore utiliser son prénom lorsque je suis fâchée contre lui. Je trouve que cela assène immédiatement un caractère très autoritaire à ma phrase. Bien que je ne sois pas certaine que lui le remarque.

— Mais oui je sais, bébé. Écoute, je viens de me lever, tu peux me laisser prendre mon café tranquille ? On en reparle après si tu veux.

Sans rien ajouter, j'attrape mon sac, la première veste qui vient et sors de l'appartement sans un mot ni un regard… Donc en plus de leurs appels quotidiens, mes parents agissent derrière mon dos ? Je me demande si Driss me voit de la même manière qu'eux… Dehors, une légère brise m'accueille et je regrette aussitôt d'être sortie sans mettre quelque chose de plus chaud. Tant pis, je devrai m'en passer… Je n'ai pas le cœur à remonter. Je dois rentrer avec un emploi. Il le faut. Arrivée devant l'agence d'intérim, je marque un temps d'arrêt et respire un grand coup. Malgré la sonnette qui accompagne mon entrée, aucune des deux femmes cachées par leur écran d'ordinateur ne répond à mon bonjour… Je m'essaie à une nouvelle tentative en toussant bruyamment comme si une quinte de toux venait s'emparer de moi, mais toujours rien, aucune réaction. Aucune femme ne décroche la tête de son écran. Accompagnée par le bruit des doigts qui pianotent sur les claviers d'ordinateur, je m'approche du comptoir en espérant attirer un peu plus l'attention. Après quelques secondes d'attente, une employée daigne enfin lever les yeux vers moi :

— C'est pour quoi ? me demande-t-elle avec une voix bien trop nasillarde pour mes pauvres oreilles.

— Euh… Bonjour. Alors voilà, je viens d'emménager dans votre ville, enfin pas tout à fait. En réalité, je suis là depuis déjà un mois et demi et…

Devant son ennui certain, je me fais violence pour aller à l'essentiel et enchaine :

— Bref, je suis à la recherche d'un emploi, s'il vous plait.

— C.V. et lettre de motivation, me dit-elle tendant la main en ma direction sans se donner la peine de me regarder.

Mon C.V. ! Oh non quelle gourde, je n'y crois pas ! Je suis partie de la maison sans en emporter ! Non, mais, qui fait ça ? Qui démarche des agences à la recherche d'un emploi sans le papier attestant de ses expériences passées ? Décidant de ne pas me laisser démonter, je ne montre rien de ma détresse intérieure et réponds le plus naturellement possible :

— Mon C.V., bien sûr.

Je pose de manière évidente mon sac à main sur le comptoir et, honteuse, entreprends une fouille que je sais d'avance vaine.

— Un problème ?

— Je ne le trouve pas.

— Mademoiselle, je vous invite à revenir nous voir lorsque vous l'aurez retrouvé, me répond la femme de l'agence avant de baisser à nouveau les yeux vers son écran d'ordinateur.

Je tourne les talons, prête à sortir, mais me retrouve mentalement confrontée au visage de Driss et à la lassitude qui semblait être la sienne ce matin. Je suis déjà la déception de mes parents, impossible que je devienne celle de mon petit ami ! Je fais volte-face, déterminée à lui prouver qu'il avait tort de me sous-estimer.

— Attendez ! Vous avez bien un truc qui traine non ? je lance d'une voix désespérée, les larmes aux yeux. N'importe quel travail fera l'affaire. J'ai juste besoin d'un job !

J'observe les deux collègues échanger un regard jusqu'à ce que la deuxième femme tende un post-it à la première qui l'examine en fronçant les sourcils.

— À vrai dire, c'est possible, enchaine-t-elle. Avez-vous de l'expérience dans le domaine de la restauration ? Plus exactement le service en salle ?

Qu'est-ce qu'elle entend par service en salle ? Elle veut que je sois serveuse, c'est ça ? Bien déterminée à repartir de cette agence avec un travail, je hoche timidement la tête à l'affirmative et elle poursuit :

— Une des brasseries qui travaille avec nous vient d'appeler. Une de leurs serveuses s'est foulé la cheville à cause d'un sale môme qui lui a fait un croche-pied alors qu'elle passait dans l'allée avec son plateau, ce matin… Un vrai désastre, un geyser de café, parait-il. Ils sont donc à la recherche d'une personne qui pourra la remplacer en urgence pour le service de ce midi. Et plus si elle ne va pas mieux. Pensez-vous pouvoir faire l'affaire ?

Comme si mes lèvres s'étaient soudainement collées entre elles, je me retrouve incapable de parler, trop occupée à passer en revue ma soi-disant expérience dans ce domaine. Et pour être franche, mis à part nos tournées du jeudi soir que j'avais pris l'habitude d'aller chercher moi-même derrière le bar, elle est inexistante. Et encore, lors de ces soirées en question, j'étais à chaque fois complètement pompette et puis à force de fréquenter le même établissement, nous étions devenues amies avec le propriétaire. Enfin… Je l'ai toujours soupçonné de nous facturer les verres que je cassais en déambulant dans le bar, mais nous étions toutes bien trop alcoolisées pour parvenir à établir des comptes sérieux de nos dépenses. Et puisque chaque vendredi, nous nous promettions de ne plus jamais parler de la soirée de la veille et de toutes les choses compromettantes qu'elle comportait, nous n'avons jamais réellement pu élucider ce mystère.

— Mademoiselle ? Ouh ouh ?

— Ah oui, euh, pardon ! Oui, oui, c'est bon ! Je peux faire la serveuse !

Après avoir signé quelques papiers, je n'ai même pas le temps de repasser à l'appartement qu'il faut déjà que je me rende à mon nouveau lieu de travail. Ma tenue sportive, clairement non adaptée au poste n'a pas semblé poser de problème. D'après Sylvie (c'est le nom de la dame de l'agence), je porterai un uniforme dans le restaurant où je m'apprête à aller servir. Avec une tenue imposée par le gérant, j'imagine sans mal que cet établissvement est certainement de grand standing. Ce qui veut dire gros pourboires à la clé. Le rêve ! Je profite des dix minutes de marche qui me séparent de mon futur travail pour prévenir mon entourage de ma trouvaille puis continue ma route plus déterminée que jamais. J'étais certaine que mon heure viendrait !

Chapitre 8

L'addition, s'il vous plait

Tout en suivant les indications du GPS, j'arrive rapidement devant mon nouveau lieu de travail. Enfin, réflexion faite, j'espère que je ne suis pas encore arrivée et que mon GPS s'est trompé… Je zoome sur l'écran pour vérifier la potentielle existence d'une rue cachée parallèle à l'immonde devanture qui me fait face. Mais rien… Alors que je m'approche pour observer de plus près l'intérieur du restaurant, des serveuses courant dans tous les sens entrent dans mon champ de vision. Elles portent toutes le même déguisement (car à ce niveau d'atrocité, je refuse d'appeler cela une tenue de travail) se composant d'une jupe certainement découpée dans une vieille peau de vache, d'un gilet à franges et d'horribles bottes cherchant à copier d'une manière ignoble les santiags que j'aime tant. Moi vivante, il est hors de question que je m'affuble ainsi ! Après une observation un peu plus poussée, je remarque que toutes exhibent un bandana, mais pas forcément au même endroit. Certaines l'ont autour du cou, d'autres s'en servent tel un *headband* ou encore noué autour du poignet.

— Excusez-moi, je peux vous aider ?

Une voix d'homme me sort de mes pensées et je réalise soudain que ma posture (mains et visage collés contre la vitrine) a éventuellement pu attirer l'attention sur moi.

— Oh, euh… Bonjour, je marmonne.

— Pitié, dites-moi que vous êtes la serveuse que Sylvie m'envoie.

J'ai envie de lui répondre que je ne vois pas du tout de quoi il parle et qu'il y a certainement méprise, mais son air de chien battu m'empêche de sortir le moindre son. C'est lorsque je tourne les yeux une nouvelle fois en direction du restaurant et que j'observe les serveuses courir partout que cette situation a raison de moi. Cette équipe a clairement besoin d'aide ! Et alors oui, vu la chaine texane que représente le lieu, il ne fait aucun doute que je peux m'assoir sur les pourboires. Mais après tout, la solidarité n'est-elle pas censée l'emporter face à l'adversité ? Je ne me coucherai peut-être pas plus riche ce soir, mais j'aurai au moins le sentiment d'avoir accompli une bonne action. Et qu'importe si je n'ai aucune autre expérience que celle de soirées trop alcoolisées, je ne vois pas ce que ça a de sorcier d'apporter des assiettes et des verres à une table.

Quand même ! C'est n'importe quoi ! Se faire virer pour si peu… Du munster, ça se sent du munster ! C'est facile de faire porter le chapeau à l'intérimaire qui apporte l'assiette à table, mais à la cliente, on ne dit rien. Elle aussi, aurait pu le sentir avant de croquer dans son burger à pleines dents pour ensuite gonfler comme un ballon. En tant que personne allergique, elle devrait se montrer plus vigilante ! C'est bon hein, ça arrive de se tromper de table ! De là à m'insulter d'abrutie sans cervelle… Pas étonnant que le verre d'eau que je m'apprêtais à lui tendre ait fini la course sur son visage… Bien sûr que je m'en suis voulu tout de suite après mon geste. Mais le mal était déjà fait… Et puis pourquoi personne ne remet en cause le cuisinier aussi ? J'étais censée le deviner toute seule moi que le point sous le chiffre voulait justement dire qu'il s'agissait d'un six pour « servir à la table six » et non d'un neuf? Qui sait ça, franchement? Un point! Pourquoi pas une lune? De toute façon, voilà qui m'apprendra à être sentimentale. Je n'aurais jamais dû me laisser influencer par la tête désespérée du patron. La prochaine fois, je suivrai mon instinct, un point c'est tout! J'ai su dès que mes yeux sont entrés en contact avec la devanture moche de ce restaurant qu'il n'était pas du tout fait pour moi. Ah et puis ça ne va pas la tête de chauffer autant les assiettes? Je suis d'accord que c'est important que le client mange son plat chaud, mais l'est-ce autant que la santé de mes mains? Alors après, ça se plaint quand trois petites gouttes de sauce tombent sur une robe, mais les cloques sur mes doigts personne n'en parle. Voilà qui me débecte. Je savais que le milieu de la restauration était dure, mais de là à imaginer qu'il l'était à ce point… Je dépose bruyamment mon uniforme de travail sur le bar et me dirige vers la sortie la tête haute quand j'entends la voix de Bernard, le patron, me héler :

— Mademoiselle, le bandana!

Et zut! Je pensais que « mon oubli » passerait inaperçu… Je tente de faire comme si de rien n'était et accélère légèrement la cadence jusqu'à la porte (après tout c'est bruyant un restaurant). Hors de question que je rende cette merveille. Il ira à la perfection avec mes santiags. En plus, je ne sais même plus si ça se trouve encore dans le commerce, des bandanas. Une main qui se pose brusquement sur mon épaule me fait sursauter. Lorsque je me retourne, le visage encore furieux de mon futur ancien patron me fixe. Alors que des éclairs jaillissent de ses yeux, je sens mes joues devenir écarlates et ma peau se couvrir d'un voile de transpiration. Il n'a vraiment pas l'air de rigoler. Il se contente de tendre la main vers moi et j'ôte sans broncher le bandana que j'avais noué en *headband* autour de mes cheveux. Je lui tends la main tremblotante et me précipite, sans un mot, à l'extérieur où je suis accueillie par des trombes d'eau. Génial… Et évidemment, ma veste n'a pas de capuche. Je fouille dans mon sac, à la recherche d'un parapluie tombé du ciel, mais à part des tubes de rouge à lèvres, du blush et quelques mouchoirs, pas l'ombre d'un parapluie. Décidément, tout va de mal en pis dans cette journée. Il me faut du réconfort! J'en ai besoin, c'est vital. Je décide de ne pas rentrer immédiatement à la maison et d'oublier cette mauvaise expérience en m'accordant un petit moment shopping. Rien de tel que d'entrer dans un centre commercial pour se redonner le sourire. Et puis de toute façon, je sais d'ores et déjà que l'appartement sera vide lorsque je rentrerai alors à quoi bon me presser.

Trois heures plus tard, c'est épuisée que je franchis le seuil d'entrée de notre immeuble. J'ai l'impression que mes achats pèsent trois tonnes et la dizaine de marches qui me séparent de notre appartement me donnent le sentiment de gravir l'Everest. Enfin, j'imagine que cela y ressemble.

— Salut, mon cœur!

La voix de Driss provenant de la cuisine me fait sursauter. Je ne m'attendais pas à ce qu'il soit déjà rentré du travail. De toute façon, cela fait des semaines qu'on ne se voit presque plus… Tout en lui répondant hâtivement, je fonce dans notre chambre. À n'en pas douter, il semblerait que j'aie été victime d'une crise de fièvre acheteuse cet après-midi. Et pendant que je tente par tous les moyens de caser les sachets sous le sommier, je me demande si j'avais besoin d'acheter toutes ces choses… Les bougies parfumées « Quiétude et Calme », c'est certain. Il en va de même en ce qui concerne les boules pour le bain relaxantes et déstressantes. Je crois que tout ça, je l'ai bien mérité. Mais cette paire de bottes ? Soldée certes, à trente pour cent qui plus est, mais était-ce un achat utile alors que l'hiver est terminé depuis plusieurs semaines déjà et que j'ai ressorti toutes mes paires de ballerines… Sans parler de cette doudoune en plume d'oie véritable… Je n'ose additionner toutes ces sommes ensemble… Je m'assois sur le lit et, triturant du bout des doigts les poils de la couette, réalise que ça fait un moment que je ne me suis pas rendue sur l'application de ma banque. Et ce n'est pas les douze euros qu'a consenti à me payer mon ancien patron qui vont arranger les choses… Des bouffées de chaleur s'emparent de moi. OK, stop, Izzie ! Driss est là et compte tenu de la rareté de ces instants, je compte bien en profiter un maximum. Revigorée, je sors de la chambre dans un tout autre état d'esprit. À mesure que je me rapproche de la cuisine, une odeur exquise me chatouille les narines. À elle, s'ajoutent le tintement des ustensiles, le bruit des casseroles qui s'entrechoquent, le frémissement d'un plat qui mijote… Il ne me faut que quelques secondes d'observation pour m'apercevoir que Driss est en pleine opération « Jacasse ». Et à n'en pas douter, nous sommes sur une mission de haut vol vu le diner trois étoiles en cours de préparation, les bougies sur la table, les roses fraichement achetées…

Depuis que nous sommes ensemble, Driss a toujours recours à la même procédure lorsqu'il estime qu'il a fait le crétin et qu'il a besoin de se faire pardonner (d'où le nom de cette opération). Mais quand je dis que c'est la même procédure depuis le début, c'est vraiment la même : des fleurs au menu ! Seuls quelques indicateurs me permettent d'évaluer sur quel barreau nous nous trouvons dans l'échelle des excuses.

Bougies chauffe-plat, serviette posée sur l'assiette : niveau un.

Bougies un peu plus épaisses, serviette posée dans le verre : niveau deux.

Et enfin, chandelier avec de longues et belles bougies, pliage de serviette élaboré et raffiné (un cœur en l'occurrence pour ce soir dans des serviettes en tissu) : niveau trois. Autrement dit, niveau maximal !

Lorsque Driss prend conscience de ma présence derrière lui, il pose immédiatement sa cuillère en bois et se dirige vers moi avec un sourire charmeur.

— Salut, toi, me susurre-t-il tout en approchant ses lèvres des miennes.

Je lui rends son baiser et l'observe sortir deux verres à vin du placard et les remplir de Chardonnay.

— Alors, mon cœur, dis-moi comment s'est passée ta première journée de travail ? poursuit-il tout en me faisant signe de prendre place sur un tabouret à ses côtés.

— Ho… euh… Eh bien, tu sais, je….

— Attends ! il s'écrit en me coupant soudainement la parole. Avant que tu ne dises quoi que ce soit, je voulais te dire que je m'excuse d'avoir agi comme un blaireau ce matin.

Quoi ? Le choc m'assaille. J'ai rêvé ou il vient de s'excuser ? Une première en deux ans de relation de couple ! Alors que je reste coite, stupéfaite par cette première fois pour le moins surprenante, il poursuit :

— J'ai été trop dur avec toi. Je veux dire, tu m'as suivi, tu as quitté toutes tes copines et au final tu te retrouves seule ici et je ne suis jamais là. Je sais que c'est pas à ça que tu t'attendais et j'en suis vraiment désolé.

Je l'observe marquer une pause et vider en une traite le contenu de son verre. Bien qu'ayant envie de lui hurler que c'est du gâchis de boire un tel vin sans le savourer, je me pince la cuisse pour me forcer à ne rien dire. Pour une double protection, je mords également ma langue de peur que le pincement ne suffise pas à me faire taire. Ce serait franchement bête de rompre le moment à cause de mes tocs…

— Je vois bien que j'te fais souffrir, continue Driss en pointant du doigt ma main crispée sur ma jambe (oups).

Il s'approche de moi, m'obligeant à reposer le verre que j'allais enfin porter à mes lèvres et pose ses mains de chaque côté de mon visage avant de reprendre :

— Si tu savais comme je suis fier de toi ! Je t'ai rabaissée, mais toi, alors que tu aurais pu ne rien faire, tu as trouvé un boulot dans l'heure qui a suivi. Tu es une femme si forte, il conclut en se resservant un verre.

— À ce sujet… j'enchaine dans l'espoir de rétablir la vérité.

— Je propose que nous portions un toast. Buvons à ta détermination ! Heureux soient les propriétaires des chaines de grands magasins qui profiteront de ton salaire, conclut-il en ricanant comme un enfant.

En guise de réponse, je réagis à sa remarque avec un sourire crispé. Un de ces rictus qui aurait immédiatement suffit à mes copines pour comprendre que quelque chose cloche. Toutefois, il semblerait que Driss ne remarque rien puisque tout en retournant aux fourneaux, il continue de me questionner sur mon nouveau travail. Je tente d'éluder ses questions et me contente d'un vague bégaiement incompréhensible lorsqu'il me demande la durée de mon contrat.

— Tu sais, m'encourage-t-il, il faut absolument que tu t'imposes… La condition des intérimaires est déjà assez précaire comme ça, ne les laisse pas penser que tu es à leur merci.

Tout en l'observant vider la brique de coulis de tomates dans la casserole, je songe à une phrase que m'a souvent répété tata Vicky : « Dans un couple, il n'y a qu'une chose pire que le mensonge, c'est la franchise ». Et, au vu de ma situation actuelle, je pense qu'elle a raison. Que se passerait-il si je disais finalement la vérité à Driss sur cette condition justement très précaire d'intérimaire ? Je trouve que ce serait horrible pour lui de gâcher la joie et la fierté qui l'envahissent en lui avouant que je me suis fait virer. Lui qui est si content pour moi ! Et puis, j'imagine qu'avec ses quatre mariages, elle en connait forcément un rayon en amour. Requinquée, je porte (enfin) mon verre à mes lèvres et me délecte de ce délicieux breuvage. Le reste de la soirée se passe sans accros. Je me félicite même d'avoir acheté ces bougies et ces boules pour le bain…

Chapitre 9
Révélation

Une agréable sensation m'accueille au réveil. Une de celles que je n'avais pas ressenties depuis longtemps. Je me sens bien. Juste bien. Nous avons passé une si bonne soirée hier. Sans doute le meilleur moment depuis notre installation. Il faut dire que c'était si romantique… Entre les bougies, les fleurs et les…

— Oh non… je m'exclame sans pouvoir m'empêcher de me taper le front avec la main.

J'avais oublié un détail. Et maintenant qu'il me revient en mémoire, c'est toute la légèreté de l'instant qui se transforme en un énorme étau dans mon ventre. Bon… il est évident que je n'aurais pas dû m'embourber dans ce mensonge vis-à-vis de mon travail. Mais avec la soirée Jacasse, je disposais de circonstances atténuantes. Driss aurait été déçu de s'être donné tant de peine pour rien… Aujourd'hui est un autre jour ! Allez, Izzie, agis en adulte ! Je me tourne vers Driss, bien décidée à rétablir la vérité sans plus tarder, mais il n'y a personne. Son côté de couette est roulé en boule au pied du lit. Je prête l'oreille au moindre bruit qui émanerait d'une pièce voisine, mais l'appartement est silencieux. Maintenant que j'y repense, c'est vrai qu'il m'a dit qu'il commençait tôt aujourd'hui.

Ce à quoi je me rappelle avoir répondu en m'esclaffant comme une gourde que c'était le contraire pour moi. Je crois même m'être épanchée sur un soi-disant verre que nous irions prendre entre collègues après le service du soir pour fêter mon arrivée… N'importe quoi… Oh! Mais pourquoi a-t-il fallu que je rende cela si réel? Bon sang, tout va être pire maintenant. Nous sommes enfin en phase Driss et moi, et je risque de tout gâcher… Surtout qu'il n'aime pas qu'on lui mente… La franchise est la valeur qui compte le plus à ses yeux! Me voilà dans de beaux draps…

Après être allée me débarbouiller dans la salle de bain, j'observe ma tasse se remplir de café et soudain c'est la révélation! Je sais qui va pouvoir m'aider à me sortir de là! Je fouille dans mon téléphone à la recherche du bon numéro et patiente, mais rien. Répondeur. Je réitère mon appel sans attendre:

— Salut, ma biche! répond tata Vicky dès la première tonalité cette fois.

— Coucou, tata, j'te dérange pas?

— Ouh ma grande… c'est quoi cette petite voix? Toi, quelque chose te tracasse.

Ah ce que j'aime ma tante! Elle a toujours su me comprendre. J'en ai passé des heures, enfant, à rêver qu'elle et ma mère inversaient leurs rôles. Surtout que ma tante n'a pas d'enfant alors ça aurait vraiment pu être envisageable. Je n'ai jamais compris comment il était possible que deux sœurs soient différentes à ce point.

— Oui, je t'avoue que je suis un peu perdue, j'aurais bien besoin de tes conseils. Tu es chez toi? Je te dérange pas au moins?

— Ta mère t'a pas dit? Je suis partie faire une retraite d'une semaine.

— Ah non… Mais tu peux parler ? Je croyais que c'étaient des trucs silencieux.

— Mais non, bécasse, tu me vois moi, sans parler pendant sept jours, poursuit-elle en s'esclaffant. Non, là c'est une retraite belote-pelote.

— Belote-pelote ? je répète dubitative.

— Oui ! On joue à la belote et le reste du temps on tricote ! Bon et si tu me disais ce qui ne va pas, ma cocotte ?

— Franchement, tata, rien ne va… Mon déménagement ne se passe pas du tout comme prévu. Moi je pensais que ce serait un nouveau départ, tu vois, mais en fait, c'est pire qu'avant… J'ai pas de boulot, pas de copines et en plus voilà que je mens à Driss. J'me sens trop mal, j'ajoute au bord des larmes en passant mes nerfs sur les mailles de mon pauvre plaid qui n'a rien demandé.

Les secondes passent, les minutes défilent et je parle, parle, parle. Je décris à ma tante ma nouvelle vie solitaire à Châtillon. Le mensonge que j'ai fait à Driss car je n'arrive pas à trouver de travail. Le fait que je ne sache même plus dans quel domaine professionnel je souhaite travailler alors que j'ai vingt-quatre ans et que tout ça devrait être derrière moi. Je parle également de mes copines qui semblent m'avoir oubliée… En somme, un flot de paroles continu et ininterrompu. Ma tante se contente d'émettre de petits acquiescements par-ci par-là. Ce n'est pas avec ma mère que je pourrais m'épancher ainsi. Elle qui monopolise toujours toute la conversation… Et justement en parlant de ma mère, voilà qui suffit à faire sortir tata Vicky de son silence.

— Oh n'écoute pas les conseils d'Eugénie ! Comment est-ce qu'elle pourrait décider pour toi ? Un travail ça t'occupe huit heures par jour, il faut que ça te plaise, tu dois t'épanouir ! Elle a toujours été si terre à terre… Et puis c'est pire depuis qu'elle a rencontré ton père ! Les deux-là sont si… Oh ! Ma biche, ressens ! Qui a dit que nous avions besoin d'un boulot dans la vie ? Vis ! Aime ! Vibre ! Ce devraient être tes seules préoccupations !

— Oui, mais, c'est quand même pratique un salaire…

— Tut tut tut, ne commence pas à t'y mettre ! Ressens, écoute ton intuition. Observe les signes que l'univers t'envoie. Il te parle ! Mais tu ne l'écoutes pas. J'ai l'impression que le silence, les blancs de la vie effraient votre génération. C'est pour cela que vous avez toujours le nez devant un écran ? Comme si vous aviez peur de vous retrouver seuls avec vous-même. C'est quand même terrible, tu ne trouves pas ? Dis, ma biquette, je t'ai déjà raconté l'histoire de cet homme qui se noie et attend désespérément qu'on vienne le sauver ?

— Oui, tata, au moins mille fois…

— Eh bien c'est pareil. Écoute, je dois te laisser, sinon ces coquins vont commencer la partie sans moi ! Je les connais, Régine m'a fait le coup pas plus tard qu'hier ! Quelle garce celle-là d'ailleurs ! Je suis sûre que c'est parce que je monte mes points de tricot plus vite qu'elle…

— À plus, tata.

— Bisous, ma cocotte et te tracasse pas hein ! Va te changer les idées, tout s'arrange tout seul tu sais bien !

Je raccroche, requinquée comme jamais ! Ah, j'ai eu raison de l'appeler ! Évidemment que Driss va comprendre. Je garde mon téléphone en main et, sans m'en rendre compte, me retrouve sur la page d'accueil Instagram. Je remarque une alerte m'indiquant que FitZenGirl a démarré un direct. Un direct ? Je ne savais même pas qu'on pouvait faire ça ! Par curiosité, j'appuie sur le lien. Des tas de cœurs inondent mon écran. FitZenGirl assise sur un transat, la mer en fond, semble répondre directement aux questions de ses abonnés qui s'affichent. C'est cool! Je l'écoute parler de son voyage actuel à Bali et ne peux résister à l'envie de lui poser moi aussi une question, on verra bien! Je la tape sur les touches de mon téléphone et appuie sur envoyer. Ah! Elle apparait! Là, juste devant moi, c'est ma question! C'est tellement cool! Arf, mince, la voilà qui est déjà masquée par les réactions des autres. Il n'aura pas fallu beaucoup de temps, ça craint... Il faut dire que nous sommes si nombreux à regarder ce live malgré l'heure matinale. Déterminée, je la réécris aussitôt, mais je l'ai à peine envoyée qu'elle redevient à nouveau masquée par tous les autres commentaires... Pff...

Quelques secondes plus tard, mon sang ne fait qu'un tour lorsque j'entends mon Instagrammeuse favorite annoncer qu'elle va passer à un nouveau sujet. Je retape à la hâte ma question et l'envoie sans prendre la peine de me relire. Aïe... J'aurais peut-être dû, elle est remplie de fautes d'orthographes et de mots qui n'existent pas.... Boarf, pas grave! Je me dépêche de faire un copié-collé et assaille littéralement la conversation avec cette dernière. Il me faut une réponse, c'est impératif! Driss m'a ri au nez lorsque je lui ai proposé d'aller à Bali en vacances cet été en prétextant que c'était une destination absolument hors de notre budget, mais elle y est pourtant allée, elle! J'ai besoin qu'elle me réponde et qu'elle me dise à combien lui est revenu son voyage. « OK... Oula, je vois qu'Izzie_P s'est déchainée ». Izzie_P! C'est moi! Hourra, elle m'a vue! Enfin! « Alors, Izzie_P, pour te répondre, enchaine-t-elle, je suis partie six jours à Bali avec trois autres influenceuses en partenariat avec SwatchYog, la marque de vêtements de yoga avec laquelle je travaille. Du coup, c'est cette marque qui prend en charge nos dépenses donc impossible de t'en dire plus, sorry. » Je me presse d'écrire ma nouvelle question avant qu'elle ne change de sujet et l'envoie plusieurs fois à nouveau pour être sûre d'être vue. Au mieux, elle pensera que mon téléphone bug, au pire que je suis folle, mais qu'importe! Je me fiche de savoir que la marque lui a payé ses restaurants, moi ce qui m'intéresse c'est le prix de l'avion et surtout l'adresse de cet hôtel avec la chambre où on peut faire la photo suspendue sur le filet! « Eh bien, décidément Izzie_P, tu es pleine d'énergie, poursuit-elle avec un drôle de rire, du coup quand je parle de nos dépenses, j'entends bien évidemment toutes nos dépenses. De toute façon c'est toujours comme cela que ça se passe avec les déplacements professionnels. Donc pour être claire, cela va des restos, aux cocktails, à l'avion, aux chambres d'hôtel, enfin tout quoi! ».

« Enfin tout quoi... ». Je reste plusieurs secondes, abasourdie par le choc de cette nouvelle. Si bien que je n'entends même pas la suite de son direct. Mais qu'est-ce que c'est que cette blague? C'est de l'escroquerie à l'état pur! Je ne trouve pas d'autres noms! Car je l'ai suivi son voyage, moi, et j'ai été assidue, je le jure! J'ai vu et commenté chaque post, chaque *story* et je peux vous garantir qu'il n'a jamais été question de travail! Non, car qu'on se le dise, s'il existait un travail consistant à changer de tenues tout au long de la journée, à siroter des cocktails sur des plages de sable blanc et à dormir dans des chambres plus extraordinaires les unes que les autres, je serais au courant! Et si cela existe, alors je tiens le scoop de l'année et il faut absolument que je partage cette découverte avec mes copines.

Chapitre 10
Et la lumière fut!

Oh la la! Oh la la! Oh la la! Quand mes amies vont savoir ça! Je suis tellement excitée que je n'arrive plus à rester en place sur le canapé et fais les cent pas dans mon salon tout en pianotant un message à leur attention. J'aimerais trop être à côté d'elles quand elles vont le lire! Pour une fois que c'est moi et pas Stéphanie qui tiens un scoop! Non, mais rendez-vous compte! Être payé à *chiller*! C'est presque mieux que ce job qui avait fait l'objet d'un reportage aux informations. Celui où il était question de devenir le gardien d'une ile paradisiaque pendant un an. Je trépigne d'impatience en attendant leurs réponses. J'imagine qu'à l'heure qu'il est, elles sont en train de distiller la nouvelle à leurs collègues de bureau.

Tel Mowgli hypnotisé par le serpent Kaa, je fixe mon téléphone en le réactivant avec le doigt toutes les dix secondes pour être certaine qu'il ne se verrouille pas. Mais au bout de cinq longues minutes, il ne s'est toujours rien passé. Aucune de mes amies ne m'a répondu. Impossible d'attendre plus longtemps. Je cherche le nom de Stella dans mon journal d'appel et appuie sur son prénom. Il ne se passe que quelques secondes avant qu'elle réponde.

— Stel ! Tu as vu mon message sur WhatsApp ? C'est un truc de fou ! Non, mais j'te jure c'est énorme quand on pense que…

— Juste un instant, me coupe-t-elle d'une voix professionnelle avant de reprendre une conversation avec d'autres personnes.

Je patiente en tapotant nerveusement ma cuisse avec les doigts puis comprends au bruit des pas et du froissement de tissu qui se diffusent dans mon oreille qu'elle part se mettre à l'écart, enfin !

— Oui, Iz, elle reprend après un temps qui m'a semblé interminable, j'suis au boulot là, c'est urgent ? Parce que j'ai pas trop le temps.

— Mais t'as pas vu mon message ? Je viens d'apprendre un truc de fou grâce à FitZenGirl ! Elle est payée pour partir en voyage ! Non, mais t'imagine ?

— Quoi ça ? Oui bah oui j'ai vu ton message, poursuit Stella la voix ailleurs.

— Comment ça « bah oui » ? Tu as compris ma phrase ou pas Stel ? Elle a été payée par une marque de fringues de yoga ! Mais, moi, je l'ai suivie pendant ses vacances, elle a juste fait deux séances sur la plage avec leurs tenues, c'est tout ! Ah et si, elle portait de temps en temps des leggings pour boire des cocktails, mais c'est tout, j'te jure ! J'ai tout suivi, le programme c'était : balades, plage, cocktails, piscine, excursions, encore plage, balades à nouveau mais à cheval et…

— Oui, bah, en même temps, c'est une influenceuse donc normal quoi.

— Non, mais, de là à en vivre ?

— Tu plaisantes ou quoi ? Tu as déjà remarqué tous les placements de produits qui envahissent les *stories* à longueur de journée, ça doit leur rapporter gros, crois-moi.

— Comment ça, placement de produits ?

— Bah… quand elles nous présentent des trucs.

— Ah tiens, ça me fait penser qu'hier j'ai justement commandé une gamme de soin pour les cheveux ! Il faudra absolument que tu les testes quand tu viendras, ça a l'air trop bien. Tu savais toi que l'huile de chanvre avait des vertus répa…

— Bah, voilà ! Parfait exemple, Iz, m'interrompt ma meilleure amie en rigolant. Tu comprends l'intérêt de leur boulot, maintenant ?

— Ah mais non rien à voir, j'y pense comme ça là, mais ce n'était pas de la vente. MarieB nous l'a juste présentée car elle avait eu une journée fatigante et avait besoin de se faire des soins cocooning. Du coup, elle en a profité.

— Oui et laisse-moi deviner, les soins que tu as commandés sont de la marque Cocoon'Shamp… Poulette, désolée de te l'apprendre, mais tu as juste succombé à une pub 2.0. Elle est l'une de leurs ambassadrices principales.

— Euh oui, c'est cette marque, je réponds troublée. Mais non, je t'assure que là c'était pas le cas ! Je suis pas une truffe, Stel, je sais quand même reconnaitre une pub quand j'en vois une ! Là, c'était juste comme quand on vivait ensemble. Enfin j'veux dire, tu m'as fait acheter plein de trucs et tu n'as jamais été payée pour autant que je sache.

— Bien sûr, Iz, mais c'est pas comparable ! Ces nanas-là comptent des milliers, même des millions d'abonnés. Tiens regarde, le week-end dernier Max Lou était à la plage et a donné en *story* le nom de la marque de son maillot de bain ! Il y a tellement de gens qui ont voulu l'acheter que ça a carrément fait planter le site, tu imagines !

Je reste sans voix.

— Écoute, poulette, poursuit-elle en chuchotant, ma cheffe arrive alors je raccroche. À plus.

Sans que j'aie le temps de réagir, ma meilleure amie a déjà coupé la communication et je reste plusieurs instants pétrifiée sous le poids de cette information. J'adore Stella, mais je dois reconnaitre qu'elle a tort sur le coup-là. La *story* que j'ai vue hier n'avait rien d'une publicité. C'était même tout le contraire puisqu'elle nous confiait ses tracas de vie quotidienne. C'est d'ailleurs super sympa de partager avec nous ses secrets et astuces pour prendre soin d'elle après une dure journée. Je recouvre petit à petit mes esprits et constate qu'il y a dix nouveaux messages dans la conversation WhatsApp. Ah enfin !

10h04 - Moi : Les filles ! Je viens d'apprendre un truc de fou ! FitZenGirl vient de répondre en direct à une de mes questions et j'ai appris que son dernier voyage avait été entièrement payé par une marque de yoga ! Vous vous rendez-compte ? Tout ! Avion, hôtel, repas, bonus, etc.

10h16 - Stéphanie : Oui et…

10h17 - Luna : Ouais grave ! Influenceur : le nouveau métier de rêve, hein. Pendant que moi je passe mes journées enfermées dans des bureaux sans fenêtre.

10h18 - Stéphanie: Izzie, tu me fais trop rire, à toujours tout découvrir après les autres. La dernière fois, j'ai entendu une candidate de télé-réalité dire qu'elle touchait de trois à cinq cents euros par post sponsorisé. Dingue ! (Luna, vous êtes toujours dans vos trucs préfabriqués ? !)

10h18 - Luna : Oui, on en a encore pour cinq mois, figure-toi, le temps que la nouvelle entreprise soit terminée. T'imagine l'été qu'on va subir sans clim…

11h18 - Stéphanie : Grave…

11h10 - Luna : Oui mais certaines abusent. Moi j'ai arrêté de suivre FunnyLady car justement c'était trop. Genre 10 placements de produits à la journée.

11h10 - Stéphanie: Waouh, n'empêche, tu imagines la thune que cela doit représenter à la fin du mois?

11h11 - Luna: Finalement, je devrais peut-être postuler pour participer à une émission de télé-réalité: 3 mois de torture et ensuite à moi de me la couler douce en vivant des jours heureux!

11h11 - Stéphanie: Argh, beurk! On ne pourra plus être amies.

11h12: Luna: Mais si! Quand j'aurai mon penthouse à Dubaï, tu le redeviendras vite!

Mais… Mais je ne comprends pas… Comment mes amies peuvent-elles être au courant de l'existence de ce métier et continuer à se contenter des leurs? Non, mais non, elles doivent forcément se tromper. Car j'ai quand même du mal à imaginer une journée de labeur pour ce type de profession. Franchement, de là à considérer cela comme un travail… Ces gens font autre chose dans la vie, c'est sûr. J'ai besoin d'en avoir le cœur net, de vérifier par moi-même ces soi-disant révélations. J'attrape mon ordinateur et ouvre mon navigateur de recherche.

Recherche Google:
influeur
influenceur
influenceur + instagram
influenceur + instagram + cadeaux
voyages + instagram
partenariat + instagram
cadeaux + influenceur + instagram + voyages
études influenceur
comment devenir influenceur?
devenir connue sur instagram
métier influenceur salaire

Oh bon sang! J'ai passé à la loupe tous les comptes Instagram auxquels je suis abonnée et le constat est sans appel: quasiment tout n'est que placement de produit! Je crois bien que même l'épilateur que j'ai acheté suite à la démonstration de FitZenGirl était aussi une simple opération commerciale. Dire que je la trouvais sympathique de mettre un lien direct vers ce produit... Et pareil pour toutes les fois où j'ai utilisé les codes promotionnels proposés. Un peu comme quand j'ai utilisé CHLOE20 pour bénéficier de vingt pour cent de réduction grâce à ce code gentiment proposé par ChloéYOGI pour ce pack de savon au lait de chèvre. Moi qui pensais qu'elle était tout simplement hyper gentille de partager avec sa communauté ce remède miracle qui a fait partir toutes traces de son acné et taches de grossesse... Elle a juste touché une commission en plus car j'ai utilisé son code. Et qui me dit qu'elle l'a utilisé plus d'une fois, ce satané savon? En plus, j'ai plein de boutons depuis que je m'en sers! Dire que je me sens déprimée serait un euphémisme, je me sens trompée! J'ai la désagréable sensation que depuis le début, on abuse de moi! Une escroquerie déguisée en quelque sorte. Au final, qui me dit que toutes ces filles testent au quotidien ces produits dont elles vantent les mérites? Moi, je les ai écoutées, je les ai crues. En somme, je leur ai fait confiance. Tout ça pour quoi? Me sentir complètement flouée... Ah, si j'avais su à l'époque où j'ai découvert que mes parents m'avaient menti sur le Père-Noël que je connaitrais une désillusion encore plus violente...

— Salut, mon cœur, tu es déjà rentrée du boulot? s'étonne Driss en même temps qu'il dépose ses clés dans le pot.

Le son de sa voix me fait sursauter. Je ne l'ai même pas entendu arriver. « Rentrée du boulot ? ». Oh. Il me faut quelques secondes pour comprendre de quoi il parle.

— Ah, euh… Oui… Je… En fait, il n'y avait personne, alors j'ai pu partir plus tôt, je bredouille nerveusement en rabattant d'un coup sec l'écran de mon ordinateur.

— Pas beaucoup de monde ? En début de saison ? s'étonne Driss. Rappelle-moi le nom de ce resto ? Je le connais peut-être.

— Oh, euh… je, j'ai oublié ! C'est, c'est un nom compliqué à retenir, j'invente en croisant les doigts pour qu'il croit à mon excuse.

La chaleur qui m'envahit est de plus en plus incandescente. Sentant mes lèvres se mettre à trembler sous le poids de ce nouveau mensonge, je serre vigoureusement la mâchoire. Bon sang, il est temps que je lui dise la vérité. J'ai l'impression que sur tout mon corps clignote le mot MENTEUSE. Mais non. Driss se contente de pencher la tête sur le côté tout en fronçant ses sourcils, puis il me répond un simple OK avant d'aller se chercher une canette de coca dans le frigo.

OK ?

Entre nous, je suis tellement vexée que si cela était possible, je lui jetterais ma rage à la figure. Non, mais quelle personne oublie le nom de l'endroit où elle travaille ? Qui fait ça sérieusement ? Et le pire du pire c'est qu'il ne semble même pas étonné ou choqué ! Comme si j'avais une tête à oublier un truc si important ! Après avoir bu quelques gorgées de soda, Driss interrompt ma dispute intérieure en s'adressant une nouvelle fois à moi :

— Ça tombe bien que tu sois là, je suis juste passé prendre une douche, un collègue m'a proposé d'aller boire un verre. Tu te joins à nous ?

— Oh, eh bien… En réalité, je suis un peu fatiguée, je pensais plutôt rester ici pour me reposer, je mens en évitant de le regarder dans les yeux.

— Comme tu veux, bébé. Tu veux que je te fasse couler un bain pour détendre tes jambes ?

Attendrie, je lui fais signe de la tête que non et tandis qu'il rejoint la salle de bain, je me dépêche de reprendre mon carnet, bien décidée à continuer ma réflexion instagramistique arrêtée quelques minutes plus tôt. Car une fois ma colère et mon sentiment de trahison passés (j'ai tout de même hésité à me désabonner de tous ces comptes et à désinstaller Instagram de mon téléphone !), l'évidence m'est venue ! Logiquement, simplement. Comme une route qui apparait dans le désert : je suis faite pour être influenceuse ! Là est ma place ! C'est pour cela que depuis toujours je n'ai jamais réussi à m'épanouir dans un travail, n'importe lequel. Les choses arrivent pour une raison, et cette raison la voilà ! Tel n'était pas mon destin ! Car ma conclusion est sans appel : la vie des influenceurs n'est que rêve éveillé ! Pour aller à l'essentiel, leur job consiste à faire ce que je fais naturellement tous les jours, à savoir : tester des produits et en parler. Les amies sont juste remplacées par une communauté, voilà tout ! J'ai mis du temps à assembler toutes les pièces du puzzle, mais maintenant cela ne fait plus l'ombre d'un doute, je suis destinée à devenir la nouvelle star des réseaux sociaux !

Désormais, il ne me reste plus qu'à trouver comment !

Chapitre 11
Un pas après l'autre

Argh! Téléphone, téléphone, où est-ce que j'ai bien pu mettre mon téléphone? Bon sang et c'est la dernière fois que je laisse Stella se choisir elle-même une sonnerie personnalisée! Trop la honte d'entendre *Wannabe* des Spice Girls monter en volume de seconde en seconde. Allez, où est-ce qu'il peut bien être caché? À genoux dans le rayon frais du supermarché, je vide le contenu de mon sac à main au sol jusqu'à trouver mon précieux. Trop tard… Je rappelle sans attendre ma meilleure amie et, le téléphone coincé entre l'épaule et l'oreille, m'empresse de tout remettre dans mon sac. Il faut vraiment que je me discipline et que je décide d'un jour hebdomadaire pour le trier. Comment est-il possible d'entasser autant de bazar dans un si petit contenant? Je crois que j'ai assez de tickets de caisse pour réussir à retapisser un mur complet de mes toilettes…

— Salut, ma poulette, ça va? m'accueille Stella d'une voix guillerette sitôt décroché. Je te dérange pas? Tu commences ton service à quelle heure?

— Mon service? De quoi tu parles? je réponds d'une voix distraite tout en ajoutant quelques sachets de fromage râpé dans mon panier.

— Bah, ton travail, nidouille ! Ah ! Au fait, désolée pour hier, j'ai raccroché précipitamment. Mais là, c'est bon, je suis en télétravail aujourd'hui, pas de chef à l'horizon. Tu imagineras jamais ce que…

Mon service ? Mon travail ? Oh ! Il me faut quelques instants pour réaliser que Stella n'est pas au courant que je me suis fait virer de ce job de serveuse. En réalité, personne ne l'est à l'exception de Tata Vicky…

— Écoute, Stel, il faut que je t'avoue un truc, je la coupe avant de manquer de courage. Je me suis fait virer. Au bout de deux heures…

Je poursuis ma promenade dans les rayons et m'attèle à tout lui expliquer dans les moindres détails. Tout y passe : cette affreuse femme, ce merveilleux bandana et surtout la réaction de Driss qui est aux petits soins avec moi depuis qu'il me croit engagée.

— Aïe, réagit-elle… Mais tu comptes lui dire quand la vérité ? Tu connais Driss, il a horreur qu'on le prenne pour un pigeon…

— Mais c'est pas du tout ce que je suis en train de faire ! je me défends.

— Hmm… Tu sais comment il est, chaque seconde passée à mentir est une seconde de trop ! C'est à toi de voir, mais souviens-toi de l'épisode de la fête surprise…

Sa fête surprise… Mal m'en a pris de penser que cela lui ferait plaisir que je m'embête à réunir tous ses copains derrière son dos pour lui organiser une super soirée dans son appartement. Je ne peux pas dire qu'il m'en a voulu, ce n'est pas son genre. Mais il a passé les semaines suivantes à tenter de me faire comprendre que mentir était égal à trahir. Et ce, même si les intentions sont bonnes. Moi, je ne suis pas du tout de son avis. C'est tout le contraire ! J'adorerais qu'il alloue chaque minute de son temps à me servir des mensonges sur un plateau si c'était pour organiser un séjour aux Maldives derrière mon dos.

— Ouais je sais, mais il est trop fier de moi. J'ai pas envie que tout s'arrête… De toute façon, j'ai un plan B ! Ce n'est pas comme si je passais mes journées à ne rien faire ! J'ai déjà retrouvé un travail !

— Oh waouh ! C'est trop cool ! C'est quoi ?

— Je vais être influenceuse, j'annonce en prenant soin d'articuler chacune de mes syllabes et en marquant une pause dans mes courses pour ne rien rater de la réaction de Stella.

Un blanc s'installe. J'éloigne le téléphone de mon oreille pour vérifier que je suis toujours en communication puis hèle le prénom de Stella.

— Oui, oui, je suis là, poulette. Euh… mais dis-moi, influenceuse, enfin… qu'est-ce que tu entends par là ?

— Influenceuse. Influenceuse quoi ! C'est le métier que je vais faire !

— Oui, oui, j'ai compris ça, mais tu… Enfin, je veux dire, tu sais ça prend du temps pour se construire une communauté, donc de là à considérer ça comme un travail dès le départ, je ne sais pas, c'est peut-être un peu…

— Oui t'inquiète, je me suis renseignée, qu'est-ce que tu crois ! C'est pour cette raison que moi, je vais m'investir corps et âme. Généralement, les gens qui commencent ont toujours un travail à côté, c'est normal que ça décolle lentement. Moi, ce ne sera pas mon cas.

— Et comment tu comptes t'y prendre ? Je veux dire, personne te connait.

— Oh Stella ! Depuis quand t'es devenue rabat-joie ? Bon sang, je pensais que tu serais contente pour moi, après tout, je suis en train de t'annoncer que j'ai trouvé ma vocation après des années à errer dans le tumulte du marché du travail !

— Oui, oui, je le suis, ma poulette, désolée ! Non, c'est trop cool ! C'est juste que tu me connais, moi j'ai toujours besoin d'un plan B. Ou au moins de grosses économies si je décide de quitter mon job pour ça.

— Mais moi je l'ai pas quitté, c'est le marché de l'emploi traditionnel qui ne veut pas de moi ! Et puis t'inquiète, j'ai tout prévu ! D'ailleurs, tu es la première à qui je le dis, mais je commence demain ! Je suis en train d'acheter tout ce qu'il me faut pour publier mon premier post : j'vais faire des pancakes !

— Sérieux ? Toi, tu vas cuisiner ? Il faut croire que cela te réussit de devenir influenceuse, en fin de compte.

— Tu vois quand je te le dis ! je conclus ravie que ma meilleure amie se range enfin de mon côté. Écoute, je te laisse, j'arrive en caisse. Je compte sur toi pour être la première à liker ce qui va marquer le début de ma nouvelle vie ! Neuf heures pétantes, demain matin ! Bisous bisous !

Tu Tu Tu TUT, Tu Tu Tu TUT, Tu Tu…

Argh, mais faites taire ce bruit par pitié ! Je déteste Driss lorsqu'il laisse sonner son réveil. Bon sang, n'a-t-il aucun respect pour ceux qui dorment à ses côtés ? Ce n'est pourtant pas compliqué d'appuyer sur un bouton !

— Izzie, ton réveil, grommelle-t-il tout en se retournant dans le lit, emportant au passage une bonne partie de la couverture.

Mon réveil ? Mais qu'est-ce qu'il raconte ? Je tends la main vers mon téléphone et constate en effet que c'est bien lui le responsable de tout ce tintouin. 5 h 45. Non mais quelle idée j'ai eu hier de le mettre aussi tôt ! Je sais que c'est aujourd'hui que commence ma nouvelle vie d'influenceuse, mais tout de même, je ne pense pas que cela nécessite de se lever aux aurores, il fait encore nuit dehors ! Tout en essayant de ne pas trop me faire réveiller par la lumière aveuglante de ce dernier, j'annule l'alarme en cours et ne prends pas la peine d'en paramétrer une nouvelle. Lorsque j'émerge enfin du sommeil quelques heures plus tard, la chambre est baignée par les rayons du soleil et je m'aperçois rapidement que Driss n'est plus à côté de moi. Aucune trace de lui ni au salon ni dans la salle de bain. J'imagine qu'il est déjà parti au travail. À mon tour de jouer maintenant ! Je me lève d'un bond et tout en me faisant couler un café, recherche la recette de pancakes enregistrée la veille dans mon téléphone. Je sors des placards tous les ingrédients nécessaires à sa réalisation. Œufs, lait, sucre, farine, sel, beurre, tout est là ! Il me manque juste du bicarbonate (je n'en ai pas trouvé hier), mais j'imagine que ce n'est pas très grave si je le remplace par du sel.

Quand je pense qu'aujourd'hui commence le premier jour du reste de ma vie. De ma vraie vie ! Celle qui n'a toujours attendu que moi ! Je sors du tiroir mon sublime tablier flambant neuf acheté chez H&M Home pour l'occasion. Il est magnifique : couleur turquoise avec plein de motifs floraux ! J'ai craqué dessus ! Il faudra juste que j'essaie de ne pas trop le tacher car ce serait dommage de le gâcher. Une fois ce dernier noué à ma taille, je me frotte les mains, savourant l'instant ! C'est parti pour la réalisation de mes premiers pancakes « très moelleux, faciles et rapides », comme l'écrit si bien son créateur ! D'ailleurs, j'écrirai un petit message de remerciements sur le site lorsque j'aurai fini ma réalisation. J'ai hâte !

Faciles et rapides mon œil, oui ! Déjà trente minutes que je m'active aux fourneaux et toujours pas l'ombre d'un pancake ou de quoi que ce soit y ressemblant à l'horizon. Mon si beau tablier est recouvert de farine, j'ai dû réduire la quantité d'œufs de la recette car en attrapant la boite posée au-dessus du frigo, j'en ai fait tomber la moitié. Et pire : je viens de m'apercevoir que lorsque j'aurai fini la dernière étape, il faudra qu'en plus je laisse reposer la pâte trente minutes au réfrigérateur ! À ce rythme, je vais le manger à quinze heures mon petit déjeuner ! Il est déjà dix heures quarante-cinq et j'en suis encore à tenter de faire monter mes blancs en neige ! D'ailleurs, bonjour le fiasco. Dix minutes que je les touille dans tous les sens, mais à part un léger mélange mousseux, c'est loin de ressembler au résultat attendu. Bon de toute façon, il faut bien que j'avance et puis je ne sens plus du tout mes muscles. J'ajoute mon mélange pas du tout neigeux à la préparation et compte tenu de l'heure déjà bien avancée, décide de ne pas perdre plus de temps à attendre que la pâte repose. Non parce que là, entre nous deux, c'est moi qui ai besoin de repos. Je pose ma poêle sur la plaque de cuisson et règle cette dernière sur le feu le plus chaud. Vivement qu'on en finisse, je n'ai même plus faim à force de piocher dans le paquet de Cracotte que j'ai entamé lorsque je me suis doutée que cela risquait de me prendre plus de temps que prévu.

Une quinzaine de minutes plus tard, j'ai déjà cuit la moitié du contenu de mon saladier. Mais le moins que l'on puisse dire est que le résultat n'est pas glorieux. Ma première fournée s'est avérée impossible à décoller. Le créateur de la recette avait oublié de préciser qu'il fallait huiler la poêle… (Suis-je censée le deviner toute seule ?). J'ai été obligé de gratter ma casserole et de la laisser tremper quelques minutes dans de l'eau chaude savonneuse pour que le restant des résidus parte plus vite.

Ma seconde fournée a complètement brulé ! J'ai pensé gagner du temps en réglant la plaque de cuisson sur le maximum, mais c'est tout le contraire qui s'est produit. Malheureusement, le troisième essai a connu le même sort. Bon cette fois-ci, j'avoue être l'unique responsable. J'ai voulu profiter du temps de cuisson pour commencer à rédiger un commentaire salé sur le blog du cuisinier qui a proposé cette recette. Le problème c'est que j'étais tellement inspirée pendant que je m'appliquais à en rédiger un second pour détailler certains points de mon premier, que j'en ai brulé ma troisième fournée. Bref !

Le métier d'influenceur est beaucoup plus dur que ce que j'imaginais… Mais si j'en crois les belles bulles qui se forment au-dessus de mon nouvel essai, j'ai l'impression que je commence à prendre le coup ! Vingt minutes plus tard, mon opération cuisine est enfin terminée ! J'ai dû éliminer plus des trois quarts des pancakes mais ce n'est pas grave. De toute façon, je n'avais pas fait attention, mais la recette était pour quatre personnes et vu que je suis seule, ils auraient été en trop. Au moins, j'ai tout juste ce qu'il me faut pour faire une belle photo et c'est bien là l'essentiel ! Hashtag #PositiveAttitude. Une fois ma pile en place, je badigeonne allègrement le tout de sirop d'érable et pose au-dessus quelques framboises et myrtilles. Le résultat est magnifique ! Vraiment ! Une cinquantaine de photos plus tard, je tiens enfin une finaliste. Il me suffira de trouver le bon filtre et elle sera parfaite ! En revanche, je suis épuisée ! Quand je pense qu'au total, il m'aura fallu plus de deux heures juste pour préparer un petit déjeuner et le prendre en photo ! (Et je ne parle même pas de la vaisselle que je n'ai pas encore faite !). Pas étonnant que les influenceuses ne fassent rien d'autre de leur journée que de manger et s'habiller si tout leur prend autant de temps. D'ailleurs, c'est peut-être pour cela qu'elles sortent si souvent au restaurant. Le pire dans mon histoire, c'est qu'il est bien trop tard pour la poster désormais…

Allez, Izzie, cette fois-ci c'est la bonne! Assise sur le sol de ma chambre, je croise mes jambes d'une façon que je souhaite raffinée. Le tout en me forçant à bomber un maximum le torse. Un rapide coup d'œil dans le miroir qui me fait face suffit à valider la pose. En voilà une mission nettement plus facile que la précédente! Note à moi-même pour ma future carrière: oublier les publications alimentaires au profit des posts sportifs. J'ai juste besoin d'enfiler ma tenue et le tour est joué! En plus, puisque personne ne raffole des gens couverts de sueur, inutile de me tamponner le corps avec un gant de toilette pour donner l'illusion de la transpiration. Simple comme bonjour! Mon tapis de yoga flambant neuf sous les fesses, j'ouvre le menu appareil photo de mon téléphone et sélectionne le mode *selfie*. À l'avenir, il faut vraiment que j'apprenne à ne pas considérer mes déconvenues comme des échecs. Dire qu'hier encore, j'étais prête à tout abandonner sous prétexte que ma mission culinaire s'est avérée plus difficile que prévu. C'est terminé! Désormais, je prône la positive attitude! Cela va même devenir ma marque de fabrique!

— Bon et voyons voir celle-là.

Je change mon téléphone de main pour réduire la douleur lancinante qui commence à se faire ressentir dans mon bras droit et me laisse choir contre le lit pour découvrir mes clichés. Oh la la! Que c'est excitant! J'ai l'impression de m'être transformée en une de ces stars californiennes. Et ce n'est pas mon style qui va dire le contraire: j'ai exprès acheté un nouveau legging de sport.

J'ai même choisi une brassière assortie avec mon tapis! Hum… Trop floue… Je glisse une nouvelle fois mon doigt vers la droite en espérant que la prochaine sera la bonne. Ah non pas celle-là, on dirait que mon bras a été coupé! Et puis, qu'est-ce que c'est que ce truc bizarre que font mes jambes sur la suivante? Oh et ce regard! Je zoome sur mes yeux et grimace devant tant de manque de photogénie. Beurk… Mais bon sang, comment font toutes ces filles pour obtenir des photographies réussies? J'en suis déjà à mon trentième cliché et aucun ne fait l'affaire… Pourtant, je ne suis pas exigeante. J'aborde une dernière tentative en changeant de posture pour celle de la sirène et réussit finalement à en trouver une pas si mal que cela. Ce n'est pas top mais cela fera l'affaire. De toute façon, il faut bien que je poste quelque chose sur mon compte Instagram. Je l'accompagne de la légende «Sport Time». Ma photo de pancakes n'a pas très bien fonctionné ce matin puisqu'elle ne m'a rapporté que quinze *likes*, mais j'imagine que c'est parce que je ne l'ai pas postée à une heure stratégique. Erreur de débutante. Mes contacts étant quasiment tous au travail, pas étonnant qu'ils n'aient pas pu liker et commenter cette dernière immédiatement. J'imagine qu'elle a ensuite été ensevelie sous les autres publications auxquelles ils sont abonnés. Mais comme on dit, ce sont les erreurs qui nous font avancer. Pas question de me faire avoir une seconde fois, il est dix-huit heures trente et pour connaitre grosso modo l'emploi du temps des quatre-vingt-deux contacts qui me suivent actuellement, je sais qu'ils ont les yeux rivés sur leur smartphone à l'heure qu'il est. Justement, voilà à peine trente secondes que ma photo est postée et déjà elle récolte huit j'aime et trois commentaires! Ah! Ah! Il semblerait que je commence déjà à maitriser l'art du timing des publications après seulement un jour d'utilisation professionnelle d'Instagram, cela promet !

STÉPHANIE : LOL ! Genre la meuf elle fait du yoga.

MARIE : Oh trop beau ton tapis ? Tu utilises quelle plateforme pour tes cours en ligne ?

STELLA : Bah, tu t'es mise au yoga ? Pourtant tu as toujours refusé de m'y accompagner quand on vivait ensemble…

Aïe…

Chapitre 12
Vilain petit canard…

Dix jours. Cela fait déjà dix jours que je suis embourbée dans mon mensonge. Et tout ça pour quoi ? Rien du tout. Car au final, mon compte n'a pas décollé. Pire, il a créé des tensions avec mes copines. Je ne suis même pas sûre que Stella m'ait crue lorsque j'ai tenté de lui expliquer que non, je ne m'étais pas mise pour de vrai au yoga. Sans parler de Stéphanie qui me décrédibilise à chaque post que je publie. Alors oui, elle a raison. Non, je n'étais pas allée courir en effet quand j'ai pris en photo mes chaussures de course. Non, je n'avais pas non plus lu ce livre emprunté dans la bibliothèque de Driss. Mais elle n'est pas obligée de faire part de ses doutes de manière systématique en commentaire. Lorsque j'entends les clés de Driss, c'est en pyjama et sur le canapé que je l'accueille. C'est décidé, je vais tout lui dire. Lui révéler toute la vérité. Après mure réflexion, j'en suis venue à la conclusion que c'est ce que j'aurais dû faire dès le départ. Bon sang, quand je pense que cela fait dix jours que j'élude chacune de ses questions au sujet de mon travail… Pourquoi n'ai-je pas été franche ? Oh ! Je m'en veux tellement maintenant. Je sens mon ventre se nouer quand je pense à la déception qui risque d'être la sienne…

Dire qu'il était si fier de moi, de mon intégration rapide dans notre nouvelle ville… Bon, au moins il pourra se ravir de ma constance ! C'est rassurant de sortir avec quelqu'un de constant, non ? Je veux dire, j'ai toujours galéré avec le boulot dans mon ancienne vie, enchainant les déconvenues professionnelles, pourquoi en serait-il autrement ici ?

— Influenceuse ? T'es sérieuse ? me demande Driss pour la troisième fois consécutive sans pouvoir s'empêcher de s'esclaffer.

Je l'observe, assis à table en face de moi. Il attrape ce qui doit au moins être sa sixième part de pizza tout en continuant à se bidonner comme un enfant.

— Non, mais allo quoi ? renchérit-il.

Vexée, je m'enfonce dans ma chaise tout en sentant mes joues devenir de plus en plus chaudes. Voilà qui m'apprendra à jouer la carte de la sincérité. Alors là, je ne suis pas près d'oublier sa réaction ! Donc moi j'ouvre mon cœur et tout ce que je récolte n'est que moqueries ? Quand je pense que je m'étais préparée à ce qu'il m'en veuille, à ce qu'il me reproche de ne pas lui avoir immédiatement révélé la vérité. Dire que j'avais prévu à l'avance les réponses que je comptais lui apporter suite à son sermon sur l'importance de la sincérité au sein du couple. Mais rien ! *Niet* ! *Nada*, que nenni ! Il s'est contenté de partir dans un fou rire sur lequel il semble ne pas avoir d'emprise. Sans lui jeter un regard supplémentaire, j'attrape la bouteille de Lambrusco et m'en ressers un bon verre.

— Au fait… m'informe-t-il la bouche pleine.

Je lève les yeux en sa direction et attends patiemment qu'il daigne finir sa bouchée avant de poursuivre. Argh, je déteste cette manie qu'il a de commencer une phrase et de me faire attendre avant de la finir. Comme s'il ne pouvait pas faire exactement la même chose, mais en commençant la phrase après. Ce qui donnerait, étape une : je mâche, étape deux : j'avale et enfin étape trois : je parle au lieu de cet énervant : je parle, je mâche, j'avale et je re-parle... Sentant mon énervement monter crescendo à mesure que je l'observe mastiquer, je croise les bras et tapote nerveusement mes doigts contre ma peau les uns après les autres dans le but de me détendre.

— Oui donc je disais, poursuit-il juste avant de marquer une nouvelle pause pour boire une gorgée de vin, je dois partir en déplacement demain. C'est la merde à Valence, du moins encore plus qu'ici et mon patron a besoin que je file un coup de main à l'équipe. Je devrais en avoir pour deux, trois jours. Quatre au max.

— Génial... Et il ne pouvait appeler personne d'autre, ton patron ? je fulmine.

— Bébé, pourquoi tu fais ça ?

— Pourquoi je fais quoi ?

— Tu peux pas t'empêcher de faire la tronche à chaque fois que je te parle boulot ?

— La tronche ? je répète avant d'exploser. Moi, je fais la tronche ? Mais qui ne la ferait pas ? Tu es plus obsédé par ton travail que par moi et je devrais ne rien dire !

Ah non mais là c'est vraiment le pompon. J'applaudis l'art de retourner la conversation.

— Bon sang mais, Iz, je viens de débarquer ! Tu crois que j'ai le choix ? Tu penses que ça me plait de me taper des journées de treize heures ? Je dois me faire une place ! S'ils ont besoin de moi, je suis désolé, mais je ne peux pas refuser !

— Bien sûr que si tu pourrais. On ne se voit même plus ! Dis-moi quel est le dernier truc qu'on a fait ensemble ?

— Sérieux, Izzie ? se contente de demander Driss d'un ton calme tout en me jetant un regard dépité. On fait quoi là ?

Puis sans rien ajouter, je l'observe quitter la table et prendre la direction de la chambre. Non mais je rêve, il pense vraiment qu'il a le droit de partir ainsi au beau milieu d'une dispute ? Je le suis et m'arrête dans l'encadrement de la porte.

— Tu sais pas où on a rangé la valise la dernière fois ?

Je m'abstiens de toute réponse, mais cela ne semble pas le déranger puisqu'il ne relève pas et se contente de fouiller dans le dressing. Tss, il peut toujours y aller, elle est posée sur l'étagère en dessous de la chaudière dans notre cellier. Mais s'il croit que je vais lui dire… Voilà qui lui apprendra. Toutefois, lorsque je le vois se baisser pour vérifier si elle n'est pas sous le lit, un léger doute m'assaille. Ai-je rangé mes derniers achats ? Oui je sais que je les avais sortis exprès d'en dessous du sommier pour me forcer à le faire et non pas que j'ai procrastiné en les remettant finalement à leur place de départ, c'est juste qu'il était trop tard quand j'y ai repensé et Driss allant rentrer d'une minute à l'autre, je n'avais pas envie qu'il me voie en train de faire ça. Ce n'est pas que je lui cache mes achats ou quoi que ce soit dans ce genre. C'est juste que moins il en sait, mieux il se porte. Je dois avouer que nous n'avons pas complètement la même gestion de notre argent. Pour lui, il est primordial s'il veut réussir à respirer d'avoir un compte épargne bien fourni et je ne suis même pas sûre qu'il ait déjà été à découvert une seule fois dans sa vie. Quant à moi, c'est différent et c'est ce que je m'évertue à lui faire comprendre sans succès jusqu'à présent. Pourquoi les découverts auraient-ils été inventés si ce n'est pas pour s'en servir ? C'est comme s'il continuait à s'éclairer avec une bougie après l'invention de l'électricité. Risible, non?

— Mais qu'est-ce que? Sérieux, Izzie, c'est quoi ce bordel?

Driss me tire de mes pensées et lorsque je redirige à nouveau mon attention vers lui, le sol est jonché de toute part de sacs griffés. C'est à peine si on distingue encore le tapis. J'essaie subtilement de changer la conversation en lui indiquant l'endroit où est rangé son bagage.

— Mais je m'en fous de la valise, Iz, c'est quoi ce merdier?

J'ai beau être énervée contre lui, je ne parviens pourtant pas à lui en vouloir davantage. Force est de constater qu'il a raison. Silencieusement, je l'observe sans rien dire attraper les sachets les uns après les autres et en vider leur contenu sur le lit. Rapidement, les nouveaux venus dégringolent la montagne qui s'est formée et j'observe impuissante mon nouveau kit à cocktail rebondir sur mon tapis de yoga flambant neuf.

— Je savais pas que tu faisais de la corde à sauter, me dit-il tout en démêlant cette dernière de mon nouveau plaid en grosse maille hyper tendance.

— Je n'en fais pas, j'avoue la tête baissée.

— Mais… je comprends pas. Si tu n'en fais pas pourquoi tu en as une?

Il sort le contenu d'un autre sachet et reprend:

— C'est comme ce… je l'observe tourner le carton plusieurs fois dans ses mains: ce coussin pour chat? Mais on n'a même pas de chat?

Crotte… Évidemment il a fallu qu'il tombe sur ce paquet-là… Bon, à ma décharge, j'ai commandé ce panier la semaine dernière après avoir littéralement craqué dessus sur Amazon, et j'ignorais à l'époque que

Driss était allergique aux chats. Mais il faut voir le nombre de *likes* qu'obtiennent les photos avec des félins sur Instagram ou pire encore avec les vidéos !

— Écoute, Iz, je suis paumé. Explique-moi ce que c'est que tout ce cirque.

— C'était pour mon compte Instagram, je confesse finalement en baissant mes yeux au sol.

— Ton compte Instagram ? répète-t-il lentement en prenant soin de détacher chaque syllabe. Mais tu étais sérieuse tout à l'heure ? Je veux dire, tu pensais vraiment pouvoir en faire un métier ?

Manquant d'arguments, je laisse un blanc s'installer.

— Donc si je récapitule, poursuit-il avec un air qui me rappelle soudainement celui qu'utilisait mon prof de maths lorsqu'il m'expliquait pour la troisième fois consécutive le théorème de Pythagore, tu t'es levée un jour en te disant que tu allais devenir une… comment tu as appelé ça déjà ?

— Influenceuse…

— Ah oui voilà, influenceuse ! Donc après t'être fait virer, tu t'es dit que des milliers de gens allaient se mettre à suivre ton compte Instagram. Alors que, arrête-moi si je me trompe, personne ne te connait. Donc tu t'es mise à acheter des tas de trucs inutiles pour poster des photos destinées à je ne sais qui en te disant que tu pourrais en retirer des bénéfices. C'est bien ça, Izzie ? Rassure-moi, toi aussi tu trouves ça dingue ou je suis le seul à trouver cette idée complètement stupide ?

— Mais non ! Ça marche ! Je suis abonnée à plein de comptes d'anonymes qui sont devenues célèbres juste en postant leurs tenues du jour ! Et maintenant, elles ne paient plus aucun vêtement et sont assises au premier rang des défilés de la fashion week !

— OK… abdique-t-il finalement. Écoute, je… Excuse-moi, j'ai pas à te juger. Tu fais ce que tu veux de ton argent après tout.

Je l'observe porter attention à sa montre puis il reprend :

— Il est tard et je suis crevé. Je ferais mieux d'aller me coucher, mon avion décolle tôt demain matin.

Désignant d'un geste de la tête la montagne d'objets régnant sur le lit, il poursuit : — Prends ton temps pour ranger tout ça, je vais dormir sur le canapé.

— Mais… j'ai juste suivi tes conseils ! Tu dis toujours qu'il faut croire en soi, investir sur soi ! C'est ce que j'ai fait !

Il marque une pause puis, sans un mot de plus à mon égard, sort de la chambre et ferme lentement la porte. Désormais seule, j'observe tous mes achats et me demande où est passé ce sentiment si familier d'excitation mêlé au réconfort que j'avais ressenti à la réception de ces derniers. Ce monde rempli de nouvelles promesses qui s'offrait à moi lorsque je suis sortie du magasin de sport, munie de mon nouveau tapis et de ma corde à sauter flambant neuve. Je m'imaginais déjà animer des live de sport suivis par des tas de gens. Ou encore la perspective de ces soirées cocktail avec Driss grâce à ce super kit. De toute façon, c'est toujours la même chose. Et ça ne date pas d'aujourd'hui. Je me souviens, déjà à l'époque, lorsque j'étais petite et que je passais mes vacances d'été chez ma grand-mère, elle n'avait de cesse de me répéter la phrase suivante : l'élégance est la seule beauté qui ne se fane jamais. À chaque fois que cette citation d'Audrey Hepburn sortait de sa bouche, elle faisait le même geste avec ses doigts en direction de mon dos pour que je me redresse au lieu de me tenir avachie. Mais sitôt qu'elle avait le dos tourné, je revenais quasi instantanément à ma position initiale, incapable de maintenir la posture plus longtemps. Un peu comme s'il y avait la personne que je voulais être et celle que je pouvais être. D'ailleurs, je crois que c'est depuis cette période-là que j'ai commencé à rêver de rencontrer mon sosie. Je serais tellement curieuse de voir comment une autre que moi, mais munie du même corps utiliserait ce dernier. Parviendrait-elle à devenir élégante de la façon dont ma mamie le définissait ? Adopterait-elle une autre coupe de cheveux que la mienne ? Un style de vêtements différent ? Serait-elle plus jolie ? J'entends au loin les pas de Driss suivis de différents bruits sourds. Tant pis pour mon brossage de dents, il est plus sûr que je me couche directement de façon à éviter une nouvelle confrontation dans le couloir. Une chance, j'aperçois mon ordinateur posé sur ma commode, je ne serai donc pas complètement coupée du monde extérieur étant donné que j'ai laissé mon téléphone au salon… Afin de libérer un peu plus de place sur le lit, je balaie d'un geste du bras toutes les affaires qui le recouvrent. Il sera grand temps de les ranger demain. De toute façon, cela fait des jours que je fournis des efforts pour vaincre ma tendance à procrastiner, tenir mes bonnes résolutions, mais rien n'a changé. Alors, à quoi bon ? Je troque mon jean bien trop serré contre mon bas de pyjama molletonné et me glisse sous les draps, me sentant encore plus mal qu'en début de soirée.

Chapitre 13
Nouveau départ (Enfin re-nouveau départ)

Le lendemain, il me faut quelques minutes pour comprendre d'où vient mon état vaseux. Forcément, une fois que je me suis remémoré mon différend de la veille avec Driss et mon manquement aux deux règles d'hygiène essentielles du soir à savoir : démaquillage et brossage de dents, tout s'explique. Je me lève à tâtons en prenant garde à ne pas faire trop de bruit lors de mon passage à la salle de bain pour éviter de le réveiller. Autant ne pas marquer de mauvais points d'entrée de jeu. Lorsque, enfin fraiche, je débarque dans notre salon, ce dernier est vide. Mince… Serait-il possible que Driss soit parti ? Comme ça ? Sans même se donner la peine de me dire au revoir ? Mon ventre se tord pendant que je parcours la pièce à vivre des yeux. Mon regard s'arrête sur un bout de papier posé sur le bar. Je m'en approche à tâtons et reconnais l'écriture de Driss. Lorsque je prends ce dernier en main, une énorme vague de chaleur déferle dans mon corps, mais pas une de celles qui sont agréables à ressentir. J'en ai à peine fini la lecture, qu'aussitôt mon téléphone sonne. Les yeux embués, je réponds à la hâte, certaine qu'il s'agit de lui.

— Bonjour, ma puce, je viens d'avoir ta tante, elle voulait savoir si vous souhaitiez réserver une chambre pour son anniversaire.

Maman. Je suis tentée de raccrocher simulant un problème sur la ligne puis je me ravise.

— Salut 'man. Euh, excuse-moi, tu disais ?

— Oh, Izzie, par pitié, mouche-toi au lieu de renifler dans le combiné. Je disais que ta tante m'a dit qu'elle t'appellerait pour savoir si vous réservez une chambre.

— Ah oui, ses soixante ans… J'avais complètement oublié. Euh rappelle-moi c'est quand déjà ?

— Oh ! Ma puce, il est temps que tu notes les choses dans un agenda. Tu n'utilises pas celui que je t'ai offert à Noël ?

— Désolée, mais avec l'emménagement, et tout, ça m'est sorti de la tête.

— Cela ne me dit pas ce que je lui réponds. Vous restez dormir ? Mamie trépigne d'impatience avant de revoir ton prince charmant ! D'ailleurs, ne sois pas surprise si elle t'offre de la layette, je crois qu'elle t'en tricote depuis qu'elle sait que tu es dans une relation sérieuse. Alors tu penses bien qu'elle en a certainement glissé dans ses valises. Il faut dire que ce n'est pas tous les jours qu'elle traverse la France en train. Et à ce propos…

Comme à mon habitude lors des appels quotidiens de maman, je coince le téléphone sous mon oreille et m'attèle à effectuer d'autres tâches sans prêter plus d'attention que cela à ce qu'elle me raconte. J'ai remarqué qu'en général, soixante-dix pour cent de nos conversations consistent en une redite des anciennes. Finalement, je prends peu de risques de passer à côté d'une information croustillante en l'écoutant à moitié. Bon sang, qu'est-ce que Driss voulait dire par « On se revoit dans quelques jours, profite de ce temps seule pour découvrir la ville, ++ ». Ce morceau d'enveloppe déchiré entre les mains, je tente de comprendre les dessous et sous-entendus cachés derrière ces quelques mots. Argh, parfois j'aimerais tellement être en couple avec un homme qui n'est pas allergique aux moyens modernes de communication. Comprendre son mot serait tellement plus simple s'il avait utilisé ne serait qu'un seul smiley, une émoticône me mettant sur la voie. Mais là, rien… Il y a forcément un sens caché, mais lequel ?

— Izzie, tu m'entends ?

— Oui, écoute, maman, je suis désolée, mais je n'ai pas trop le temps là… j'annonce pressée d'en finir avec cet appel.

— Ah oui ! Ton travail sans doute. D'ailleurs, tu n'as pas répondu à mes messages ! Cela se passe bien ?

Bon, c'est le moment ou jamais ! Je sais que mes parents ne se sont jamais montrés d'un grand soutien, mais j'imagine que c'est parce qu'ils ont peur pour moi. Me montrer sincère et vulnérable ne les rassurera, certes pas, mais ai-je d'autres issues que de me montrer franche ?

— Non, écoute, maman, à ce propos, je reprends en posant sur le canapé le magazine que je venais de commencer à lire, euh, comment dire… je…

— Oh non, pitié, ne me dis pas que tu t'es encore fait licencier !

— Quoi ? Mais bien sûr que non ! je lâche de manière automatique en réaction au ton dédaigneux qu'elle a utilisé.

— Izzie, c'est à chaque fois la même chose ! Quand vas-tu enfin réussir à te poser ? Je ne comprends pas pourtant, ce n'est pas l'exemple que ton père et moi t'avons montré.

Et voilà.... C'est reparti ! Si, si, maman, évidemment ta nullité de fille s'est fait virer. Pourquoi en aurait-il été autrement ? Inutile de lui expliquer les raisons de ce dernier, je connais ma mère et je suis persuadée qu'elle se rangerait du côté de mon ancien patron. De toute façon, ça a toujours été comme ça. C'est ma faute, un point c'est tout. Même la fois où au lycée, je m'étais fait coller pendant une semaine, sous prétexte que j'avais écrit des choses méchantes sur mon blog à propos de mon professeur de physique. À l'époque, ils n'avaient pas cherché à comprendre et s'étaient tout de suite rangés du côté de l'autorité professorale. Mais bon sang, je suis désolée, dire à une élève qu'elle n'est pas futée équivaut au même que d'écrire sur lui qu'il a une mauvaise haleine et qu'il a un style vestimentaire douteux. Mais non, personne n'a pris la peine de se mettre à ma place.

— Bien sûr que non, je ne me suis pas fait virer, je mens d'un air de défi. C'est juste que j'ai trouvé quelque chose qui me correspond mieux, c'est tout. Et je pensais, mais à tort il semblerait, que tu serais heureuse de l'apprendre.

J'attrape un paquet de gâteaux dans le placard et l'ouvre machinalement sans me demander si j'ai faim.

— Oh ! Je t'en prie, ne monte pas sur tes grands chevaux, veux-tu. Tu sais bien que tout ce que je souhaite c'est uniquement ton bonheur. Bon et dis-m'en plus, c'est quoi ce projet ?

Huit minutes, il n'aura fallu que huit minutes à maman avant d'éclater de rire.... Faisant les cent pas dans le salon, je fulmine ! Et encore, huit minutes c'est avec le temps des explications sur ce qu'est Instagram, ce qu'est une influenceuse... Ce qui m'a pris je dirais au moins la moitié du temps. Le reste ayant servi à canaliser son rire et à distiller inlassablement le monologue que j'entends depuis mon adolescence, destiné à me faire prendre conscience de, je cite: «mon immaturité». D'après mes parents (oui, car mon paternel par la magie des hautparleurs, s'est ensuite joint à la conversation), il est temps que je grandisse et que j'entre pour de bon dans le monde des adultes. Tout de même, j'ai, et je cite encore «eu beaucoup de chance de rencontrer un homme aussi bien que Driss et vu ma condition il serait dommage que je l'aie à l'usure» (merci pour moi). Bref. Bonjour le réconfort maternel. Au moins si ce n'était pas assez clair lors de ma dispute d'hier avec Driss, c'est limpide désormais: personne ne croit en mon rêve. Et encore, je devrais m'estimer heureuse d'avoir eu des rires. J'imagine que ces derniers se seraient vite transformés en larmes si mes parents avaient compris que oui, je m'étais bel et bien fait virer, et que non, je ne comptais pas rechercher un emploi à nouveau afin de me consacrer corps et âme à ma carrière d'influenceuse. Tata Vicky a raison: l'ignorance a parfois du bon.

— Mais comment ça tu veux tout arrêter? m'interroge la douce voix de Stella au travers du téléphone.

— Pff... Personne ne s'en rendra compte de toute façon, je déplore en touillant mécaniquement mon cappuccino. J'ai quasiment pas gagné d'abonnés depuis que j'ai commencé. Alors bon...

Assise à la terrasse d'un café, j'observe les gens défiler dans la rue. C'est comme s'ils s'étaient donné rendez-vous pour exposer à mes yeux tout ce que je n'ai pas. Entre les fous rires des étudiants, les démarches d'un pas bien assuré de ceux qui se rendent au travail, sans parler de tous ces sportifs… Je me défoule un peu plus sur la mousse de lait pour finir par la faire disparaitre totalement. Dire que, moi, je suis là. Affublée d'un vieux survêtement, les traces du mascara de la veille encore présentes sous les yeux, cherchant comme à mon habitude du réconfort auprès de ma meilleure amie. Je n'ai pas réussi à rester seule à l'appartement ce matin. Cela me rappelait trop ma dispute d'hier soir avec Driss.

— Mais non, dis pas ça, poursuit Stella dans le but de me consoler. Tu sais, c'est pas facile de devenir influenceuse. Donc ça ne veut pas dire que tu es nulle, tu vois.

— Tu me manques tellement, Stel. J'te jure, j'ai qu'une envie c'est de tout quitter et de revenir à l'appart. De reprendre ma vie là où je l'ai laissée en partant.

— Tu sembles oublier que tu t'étais fait virer avant de partir alors tu…

— Merci pour ce rappel, ça me fait beaucoup de bien au moral.

— Oh ma poule, le prends pas comme ça. Ce que j'essaie de te dire par là, c'est que tout n'était pas rose non plus à Meunarque.

Je préfère ne rien répondre. Je me souviens très bien que ma vie était tout aussi compliquée avant. Pas pour rien que je fondais autant d'espoirs dans ce déménagement et la vision de ce nouveau départ.

— De toute façon, reprend Stella la voix vive et enjouée, moi je ne vois pas cela comme un échec. Depuis que je te connais, je ne t'ai jamais vue aussi motivée par un job. Alors certes, ta première tentative dans le monde de l'influence n'a pas fonctionné comme tu l'imaginais, mais est-ce que tu t'es amusée ?

— Comment ça ? je réponds perdue.

— Pendant que tu occupais ces derniers jours à garnir tes réseaux sociaux, est-ce que tu as pris du plaisir ? As-tu considéré cela comme une tare ou au contraire tu n'as pas vu le temps passer ?

— C'est vrai que j'en oubliais parfois de déjeuner...

— Ah ! Tu vois ! Alors ce serait dommage de baisser les bras si vite. Tu crois pas ?

— Mouais...

— Après, rien ne t'empêche de te remettre à chercher un travail de façon temporaire et de continuer à faire ça à côté. Juste le temps que ça décolle. Histoire de monter ta communauté sans te retrouver sur la paille.

— Non là-dessus, ça va, il me reste encore un peu d'argent de l'héritage de papi.

— Mais tu es sûre de vouloir piocher dedans pour ça ? Tu sais, même un mi-temps te suffirait à couvrir tes frais. Et tu auras en plus du temps pour tes réseaux, mais c'est toi qui vois ma belle.

— Merci, Stella ! j'ajoute en finissant d'une traite ma boisson plus si chaude que cela.

C'est motivée comme jamais que je marche en direction de l'appartement une heure plus tard. Allez, après tout, ce n'est certainement pas pour rien que les expressions sur les nouveaux départs pullulent partout sur Internet. Rome ne s'est pas faite en un jour ! Avec du recul, je vois désormais mon premier échec concernant ma percée sur les réseaux sociaux comme une véritable bénédiction. À l'image de cette vieille actrice hollywoodienne que Netflix filmait sur les traces de sa carrière et qui avait eu ces mots très forts : « Ce sont les échecs qui m'ont construite ». Mais bien sûr ! Et si la clé était là justement ! Toutes ces humiliations, tous ces anciens boulots ratés, ont forcément un but ! But que j'ignorais jusqu'à présent, mais si au final ils étaient ni plus ni moins que des entraineurs pour me permettre de résister à cette future vie d'influence. C'est vrai quoi, toutes les *success-stories* ont plusieurs chapitres sur l'échec à leur actif ! Et ce sont ces derniers qui rendent l'histoire intéressante. Il n'y a donc pas de raison pour que j'échappe à la règle. C'est grâce à eux que je saurai savourer ma célébrité et mon succès comme il se doit quand ces derniers se présenteront à moi ! De toute façon, j'ai eu une révélation après avoir raccroché d'avec Stella : ma première tentative de percée n'était pas aboutie. J'ai fait un constat : Izzie Perrin n'a rien d'Instagramable : une vingtenaire, sans emploi et « immature » comme la définiraient ses parents… Cela ne vend pas du rêve. Et je suis persuadée que c'est pour cette raison que tout ce que j'ai tenté jusqu'alors s'est soldé en échec ! Je n'y croyais pas moi-même car je savais que mes abonnés, à savoir ma famille et mes amies, n'y adhéreraient pas non plus ! Moi-même je n'aurais pas envie de me suivre. Alors c'est décidé, pour réussir je vais me créer un personnage ! Un personnage anonyme, que personne ne pourra reconnaitre. Un compte libre qui ne subira aucune pression sociale, aucun jugement de copines qui s'interrogent sur ton « envie de courir » quand elles savent très bien que tu préférerais mourir plutôt que d'aller transpirer en t'agitant sur du bitume. Ils vont voir ce qu'ils vont voir ! Il est grand temps de lancer le début de ma nouvelle carrière professionnelle. Et dans quelques semaines, lorsque mon succès sera à son sommet, que je serai assise au premier rang des défilés et que je siroterai à mon tour des cocktails à Bali, on verra bien ce qu'ils trouveront à me dire !

Chapitre 14
Co-travail, mon œil!

Bon, peut-être un truc avec Izzie? Je n'en sais rien moi… IzzieCrazy? CrazIzzie? Craziz? Argh non pas celui-là… Je tapote nerveusement mon stylo sur le plateau de la table en continuant mon remue-méninges. Alors sinon quelque chose de plus clair, plus lisible. Du genre Izzie la modeuse? Dans la vie d'Izzie? IzzieLife? Viedizzie? Argh… de pire en pire…

— Salut, la place est libre?

Une voix masculine me sort de mes pensées. Je lève les yeux de ma feuille toujours vierge et observe le garçon en train de désigner la chaise qui me fait face. Son style vestimentaire, ajouté à son ordinateur négligemment coincé sous le bras, correspondent tellement à l'ambiance de ce lieu. Cool et branché, voilà comment je qualifierais cet espace de coworking. Il y a des sculptures un peu partout, des plantes vertes à n'en plus finir et un tas de trucs trop cool bien que je n'aie aucune idée de leur utilité. Sans parler de cette odeur, je crois que c'est un mélange d'huiles essentielles propices à la créativité et à la concentration. J'adore! Tout en lui faisant signe de la tête qu'il peut s'installer, j'attrape quelques-unes de mes affaires qui empiètent sur sa place et me remets à réfléchir… Un nom, un nom… Il me faut un nom… N'empêche, quelle idée lumineuse j'ai eue ce matin ! En fait, tout est parti d'un simple post sur Instagram qui expliquait que nous sommes la moyenne des cinq personnes que nous fréquentons le plus. Et que ces personnes, de par leur profil, avaient un rôle déterminant sur notre vie, nos réussites, nos échecs et tout le tralala. Après un rapide tour d'horizon, je me suis rendu compte avec effroi que je ne pouvais pas espérer réussir sur Instagram au vu de ma situation actuelle. Car entre Driss, ma voisine de palier qui parle à son chat comme si c'était une vraie personne, la boulangère et la caissière de chez Zara, ma vue d'ensemble n'est franchement pas folichonne. D'où ma présence ici ! Action réaction ! Ah, on devrait toujours parler à sa meilleure amie en cas de coup de mou. Stella a eu raison de me remotiver ! Nul doute que c'est dans ces bureaux que je vais trouver ceux qui constitueront mon top five ! Voilà pourquoi avant de venir, j'ai pris soin de m'habiller en véritable femme d'affaires. C'est simple, si je veux réussir à percer, je ne dois pas me contenter de faire des photographies pour Instagram, je dois VIVRE Instagram. Adieu ensemble confortable en pilou-pilou et bonjour à la vraie tenue de *working-girl*. Adieu vieille planche en contreplaquée faisant office de bureau/bar/table à manger et bonjour *open space* dédié au travail partagé et rempli de personnes aux ondes entrepreneuriales positives. C'est bien connu, la réussite se niche dans les détails. Et le simple fait que je me sois embêtée pendant dix minutes à tracer LE trait d'eye-liner parfait prouve bien que je compte me donner à fond cette fois ! Tandis que j'observe du coin de l'œil mon nouveau voisin commencer à travailler, je me dis qu'il serait bien que je me remette à en faire autant. Où en étais-je déjà ? Ah oui, mon nom ! J'ai commis l'erreur lors de ma première tentative de mélanger vie privée et vie professionnelle. Or, j'ai besoin d'incarner un personnage qui aura son propre compte ! Mais pour finaliser ce dernier et enfin commencer l'aventure, il me faut un pseudonyme et cela n'est vraiment pas de la tarte. Plus d'une heure que je cherche quelque chose. Sans succès. Le fait est que je n'aie pas le droit à l'erreur. C'est une décision loin d'être anodine. J'ai lu un tas d'articles sur ce sujet et tous sont unanimes : il doit immédiatement donner envie aux inconnus de s'abonner. Il doit donc être clair et concis, tout en étant un brin excentrique afin de se démarquer des autres, mais en arborant une certaine sobriété tout de même pour lui donner un côté sérieux, professionnel. Bon et si j'utilisais mon nom de famille : Perriz ? Perrizzie ? Zizziz ? IzzieP ? Izgirl ? Girliz ? Argh, cette recherche va me rendre folle ! J'ai envie d'avancer, mais voilà que je suis déjà bloquée à la première étape ! Bon sang, c'est fou comme…

— Excuse-moi, m'interrompt une nouvelle fois mon voisin de travail, mais avec une voix bien moins amicale qu'auparavant, ça te dérangerait d'arrêter ce truc insupportable que tu fais avec ton stylo ?

Quoi ? Mais de quoi parle-t-il ? J'observe la main qu'il agite devant moi sans pouvoir m'empêcher de froncer les sourcils.

— Ce tapotement-là, poursuit-il en se lançant dans une piètre imitation.

— Ah, ça… j'ajoute en regardant l'objet du délit que je tiens entre mes doigts. Désolée. Euh, oui, bien sûr. Pardon, je ne m'étais pas rendu compte que je faisais du bruit, je bredouille tête baissée.

— Je crois que tu es nouvelle ici donc je me permets de te rappeler que le silence est la règle d'or. Tout comme le respect de l'espace, conclut-il en accentuant son regard sur mes nombreux carnets et autres objets essentiels à mon travail, éparpillés autour de moi.

— Je suis au courant merci, je réponds penaude en sentant mes joues s'empourprer.

J'attrape mon sac à main et y plonge mon stylo afin de résister à toute tentation de tapotement dans un futur proche. Inutile de m'attirer les foudres de mes collègues dès mon premier après-midi de travail. Je décide également d'ôter de la table ma trousse de feutres, mon *timer* et le cadre de mes copines lors de notre week-end de fin d'études en Espagne puis me remets au travail. Argh, c'est malin ! Je n'arrive plus à me concentrer depuis qu'il a interrompu le flot de mes pensées. Mais contrairement à lui, je m'abstiens de toute remarque, préférant me lever pour faire le tour des locaux afin de me dégourdir les jambes. Tout de même, cet endroit est incroyable ! Je commence à comprendre pourquoi l'inscription à la journée coute si cher ! Entre le bar à fruits en libre accès et la salle de sport avec douches, on se croirait dans un hôtel cinq étoiles. J'entre machinalement dans une pièce à la lumière tamisée. Plusieurs personnes sont assises en tailleur sur de gros coussins ronds, les yeux fermés, un casque audio sur les oreilles. Oh génial, une salle de méditation ! Depuis le temps que je veux essayer ! Il faudra absolument que je revienne, mais pas tout de suite. Mon objectif : retourner à mon espace de travail et ne pas décoller de ma chaise tant que je n'ai pas trouvé mon nom. Si seulement j'avais un réseau d'Instagrameurs à mes côtés, ils pourraient m'aider. Je nous imagine même, tous réunis autour de ce grand tableau blanc, unis autour de la valeur première des entrepreneurs : l'entraide, passant des heures à rire tout en brainstormant. Un soupir s'échappe de ma bouche, ce qui me vaut un nouveau regard désapprobateur de mon voisin. Bien décidée à enterrer la hache de guerre, j'attrape mon sac et entreprends d'en sortir le paquet de friandises que j'y avais glissé avant de partir de l'appartement. Rien de tel qu'un moment de partage pour repartir sur de bonnes bases. Je saisis l'emballage rutilant par une de ses extrémités et l'extrait du sac avec une finesse chirurgicale pour atténuer le bruit de crainte d'une nouvelle réprimande.

— Tu veux un bonbon ? je le questionne en tendant le bras devant lui pour agiter mes friandises.

— Excuse-moi, tu disais ? il me répond le sourcil froncé en baissant un de ses écouteurs.

— Je te demandais si tu voulais un bonbon.

— Ah. Euh, non, merci, il ajoute visiblement surpris avant de remettre son écouteur en place et de continuer à tapoter sur son clavier.

J'imagine qu'il n'est pas habitué à ce genre d'amabilités. Non et puis : « Tu veux un bonbon ? ». Sérieusement, Izzie ? Tu as quatre ans ou quoi ? Évidemment qu'il ne va pas te dire oui. On joue dans la cour des grands maintenant.

— Hey, j'ajoute en agitant la main devant lui pour attirer une nouvelle fois son attention. Oui pardon, en fait ce ne sont pas des bonbons. Je préfère préciser parce que ta réponse va peut-être changer du coup. Tu connais ? j'ajoute tout en lui tendant un emballage qu'il refuse d'un signe de la main. C'est super bon ! Caramel enveloppé de chocolat noir, hum. Les placards de ma tante en sont toujours remplis. Par contre, crois-moi, il vaut mieux que tes couronnes soient bien accrochées si tu es porteur d'un dentier. Je n'oublierai jamais la fois où tata Vicky s'est…

— … Désolé on m'appelle, me coupe-t-il en même temps qu'il remet son écouteur alors que je ris de bon cœur en repensant à ce souvenir.

— Ah, bon… euh, d'accord, je réponds surprise de constater que son appel ne nécessite pas de dialogue de sa part. Drôle de conversation…

J'accuse encore un refus de la part de mes deux voisines de droite et décide de ne pas me lever pour faire le tour de l'*open space* avec mon paquet comme je l'avais initialement prévu. Tant pis pour eux après tout. Et puis de toute façon, je suis certaine que je peux très bien m'en tirer toute seule ! Allez, reprenons. Où en étais-je ? Ah oui, ma recherche de nom ! Encore et toujours… Oh la la ! Ce manque d'inspiration commence à me stresser… C'est que sans cette première étape, je ne peux pas avancer sur les autres et sans ça il n'y a pas de… Oh ! Chic, un des fauteuils œufs trônant dans le coin le plus cool du coworking vient de se libérer. Je lorgne dessus depuis mon arrivée. Là-bas, c'est certain que l'inspiration me viendra. Je laisse mes affaires en plan sur la table et pars vite en sa direction, mes friandises sous le bras, avant que quelqu'un ait la même idée que moi. Une fois confortablement installée dans ce doux écrin enveloppé de velours, je me remets à ma tâche. Bon, récapitulons : je dois me créer un personnage. Original, qui se démarque des autres pour ne pas me fondre dans la masse des influenceurs déjà présents sur le marché. Il me faut un signe caractéristique, distinctif. Je suis certaine que si je le trouve, le reste viendra tout seul. Réfléchis, Izzie, réfléchis… Mais oui voilà ! Et si justement je ne montrais pas mon visage, mais qu'en plus je ne montrais jamais l'avant de mon corps ? C'est ça le truc ! Je vais prendre des photos de moi de dos ! Alors ça c'est exclusif ! Chouette ! Oh et cela me ramène au nom de mon compte, et si je m'appelais BackIz ! *Back*, ça veut bien dire "derrière" en anglais, non ? En plus je crois que ça veut dire "retour" ! Ça, c'est fort comme message à faire passer ! Mine de rien, je simplifie grandement le travail des journalistes quand ils m'intervieweront et qu'il leur faudra un gros titre ! Une histoire pareille, c'est forcément vendeur ! Je suis prête ! Izzie Perrin version 2.0 est née ! Je déballe avec joie un nouvel emballage, et remarque les deux jambes postées devant moi lorsque je l'envoie rejoindre ses compatriotes au sol.

— Excuse-moi, m'interrompt une voix nasillarde. (Je sors légèrement la tête du fauteuil). Tes papiers, là, reprend-elle en les pointant du doigt, ça t'embêterait de les mettre directement à la poubelle ?

Je déteste l'intonation qu'elle utilise pour me parler. Cela me donne la désagréable sensation qu'elle me prend pour une gamine de douze ans. Alors depuis tout à l'heure, je fais exprès de tout réunir en un petit tas pour ne pas faire des va-et-vient jusqu'à l'espace de tri des ordures afin qu'on ne me reproche pas de casser la quiétude du lieu et on me le reproche justement !

— Ah et puis est-ce que tu comptes manger tout le paquet ? Non, parce que c'est sacrément bruyant quand même, tu ne trouves pas ? elle ajoute avec un rire pincé. Sans parler de ce sur-emballage. Tu t'es déjà demandé combien de temps mettait un seul de ces déchets à se…

Bon sang, ils se sont donné le mot ou quoi… De toute façon, je comptais partir ! Tout en l'ignorant majestueusement, j'attrape mes affaires et quitte à regret le fauteuil pour rejoindre mon premier poste de travail.

Mon voisin y est concentré sur son ordinateur, mais relève tout de même les yeux quand il me voit arriver.

— Ah c'est toi. Annie, à l'accueil, t'a-t-elle parlé de la règle numéro quatre concernant la gestion de l'espace. Si tu changes de lieu de travail, tu dois emporter tes affaires avec toi. On a un nombre de places limité et ça semble logique que tu ne puisses pas en utiliser plusieurs à la fois.

—…

Chapitre 15

La petite bête qui monte… et qui redescend

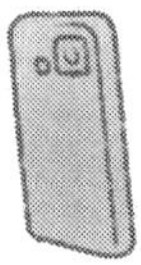

Quinze abonnés ! J'ai déjà quinze abonnés et en même pas vingt minutes ! C'est dingue ! Cela prouve bien qu'un sacré potentiel d'influenceuse sommeille en moi ! J'ai bien fait de passer une grande partie de ma journée d'hier à chercher un nom qui déchire pour mon nouveau compte ! Car si les choses continuent à ce rythme, cela me fera… quarante-cinq abonnés en seulement une heure ! Quatre-cent-cinquante en dix heures et sur une semaine euh… Beaucoup ! Je le savais ! Jamais je n'aurais dû douter de moi. Il est des fois où il faut savoir ne pas écouter les avis extérieurs. Ce n'est pas parce que Driss ou mes parents (ou mes copines d'ailleurs) sont incapables de voir mon potentiel que je dois moi aussi fermer les yeux. C'est décidé, à partir d'aujourd'hui, je serai ma première supportrice ! Seize ! Cela vient de passer à seize ! « ABC Brico vous suit ». Génial !

— Excusez-moi, mademoiselle, vous désirez autre chose ?

Je fais signe de la tête que non au serveur et enchaine avant qu'il aille voir la table d'à côté :

— En revanche, je rencontre un problème avec le Wi-Fi, ça marchait au début mais là je n'ai plus rien. Il me dit que le code n'est plus le bon.

— C'est normal.

Il me répond d'une voix sèche et se contente d'agiter son index devant une pancarte. 1 consommation = 1 heure de wifi.

— Oui merci je suis au courant, c'est d'ailleurs pour cela que je vous ai commandé un café en arrivant.

— Certes, mais cela va bientôt faire deux heures…

J'observe le serveur hausser ses sourcils avant de faire volte-face et de rejoindre le bar pour y chuchoter quelque chose dans l'oreille de sa collègue. Je vois très bien leurs regards qui convergent vers moi et je n'aime pas du tout ça. Ah ça, on ne peut pas dire que ce soit la journée de l'hospitalité aujourd'hui. J'ai déjà trouvé en retournant à l'espace de *co-working* ce matin que la femme de l'accueil ne s'était pas montrée sympathique. Du moins, pas à l'image de ce qu'elle laissait transparaitre hier. D'autant plus que mon sentiment d'inconfort n'a fait qu'augmenter pendant qu'elle m'expliquait qu'il n'y avait aucune place de libre, pour aucun créneau de la journée. Ni pour demain. Ni pour la semaine. Surtout que quand j'ai jeté un œil vers l'*open space*, j'ai remarqué qu'il était quasiment vide. Et il semblait en être de même pour les quelques salles de réunion que j'avais en visuel. Mais j'ai préféré ne pas insister. Vexée, je retourne sur mon téléphone et actualise une nouvelle fois mon fil d'actualité. « OuvertureFenêtres a aimé votre publication ». Oh ! Ce qui augmente à six le nombre de *likes* sous ma photo de pancakes ! Chouette ! Bon… en revanche, il est onze heures et j'avoue que je ne sais plus trop quoi faire. Ce qui en soi est une bonne chose, ma journée de travail n'a duré que trois heures! Le rêve. Le souci, c'est que Driss n'est toujours pas rentré de son voyage d'affaires et je ne connais personne dans cette ville. Aucune copine à aller visiter. Oh la la! Il n'est pas encore midi et je m'ennuie à mourir... Cela ne m'arrivait jamais dans mon ancienne vie. Du moins, pas à ce point. Bon sang, Stella me manque. Steph me manque. Driss me manque. Ma vie d'avant me manque... J'appellerais bien maman pour me changer les idées, mais depuis sa réaction à ma révélation d'avant-hier, je la boude. Alors ça, c'est fichu aussi. Et puis, de toute façon, elle est certainement trop occupée à aider tata Vicky à préparer sa fête d'anniversaire. Je me connecte sur mon compte personnel Instagram. Une photo des filles apparait justement en premier sur mon fil d'actualité. Elle a été postée hier soir par Stella. Steph et elle sourient à l'objectif, un masque à l'argile posant sur leur visage et un verre de vin à la main. Oh... Mais c'était notre rituel à nous, ça. C'est la lecture de la légende de ce post qui suffit à m'achever. Elles se sont trouvé un surnom: les 2S. Et même qu'avec la police d'écriture que Stella a utilisée, ce chiffre et cette lettre réunis forment un cœur. Les deux S... Quand je pense que moi je n'ai jamais eu de surnom de binôme avec Stella...

— *Buongiorno a tutti*!

L'arrivée tonitruante d'une cliente dans le bar me sort de mes pensées. Waouh mais d'où débarque cette fille? Chevelure rousse ondulante, chapeau en velours, foulard multicolore, bottines aux talons vertigineux, caniche dans le sac, son style est à tomber par terre. Au risque de sembler impolie, je ne parviens pas à détacher mes yeux de sa silhouette. De ma vie, j'ai rarement croisé une personne dégageant autant de confiance en elle. C'est certainement ça qu'on appelle le charisme.

— Antoine, mon chou, tu serais un amour si tu m'apportais un matcha au lait d'avoine ! Sans sucre hein !

Lorsqu'elle se dirige vers ma table, je baisse la tête sentant mes joues s'empourprer.

— *Ciao*, elle m'alpague avec son incroyable accent tout en prenant place sur une des trois chaises restées libres. C'est la première fois que tu viens ici ? Je ne t'ai jamais vue avant.

— Oui, je réponds un peu intimidée face à son intrusion dans mon espace de travail. Première et dernière fois, je le crains, vu ma consommation de données internet, je conclus en grimaçant devant mon téléphone.

— Oh, Bella, me dis pas que Tony t'a fait le coup du Wi-Fi ! Il est incorrigible, elle s'esclaffe en rassemblant sa chevelure rousse en un immense chignon haut sans utiliser aucun accessoire (waouh mais comment fait-elle ça ?). Le secret, poursuit-elle en chuchotant et en approchant son visage du mien, c'est de faire +1 à la fin du code à chaque nouvelle heure. Tu permets ?

Répondant à son bras tendu, je dépose mon téléphone dans sa main et l'observe changer le code Wi-Fi CaféTony2 en CaféTony3. Ce qui a pour effet immédiat de me reconnecter.

— Oh ! Tu étais sur Insta, elle enchaine mon portable toujours en main. J'A-DO-RE ! *Favoloso* pour la communication ! J'ai monté ma boite l'année dernière et clairement, sans lui je ne serais rien ! Tu connais les bijoux Louxane ? Tiens, regarde, elle poursuit en se trémoussant devant moi.

Ah voilà qui explique pourquoi ses mains, ses poignets et son cou m'ont fait l'effet d'un présentoir à bijoux. Pas étonnant si c'est elle qui les crée.

— Oh ! Mais je manque à mes obligations, je m'appelle Giulia.

— Ah euh, oui bonjour. Moi c'est Izzie, je réponds gauchement décontenancée par tant d'assurance.

Dire que je considérais Stéphanie comme une fille exubérante.

— Et pour répondre à ta question, oui, je me lance pour devenir influenceuse, j'ajoute en gonflant le torse.

— Fabuleux ! *Dimmi* ton nom que je puisse te suivre ? Jamais encore j'ai connu une vraie influenceuse.

Pas peu fière, j'aide Giulia à me trouver sur son téléphone. J'ai l'impression que mon sourire va toucher mes oreilles lorsque son écran affiche ma page d'accueil. « BackIz - Le tout nouveau compte référence dans les domaines du *lifestyle*, de la mode, de l'alimentation et des voyages. » Giulia, quant à elle semble plutôt, je ne sais pas, désappointée ?

— Bella, tu débutes en effet ! Pourquoi tu utilises pas les hashtags ?

— Si, bien sûr que si j'en ai mis, je réponds un peu piquée par le ton de sa remarque.

— Non, moi je parle des vrais. Ceux qui vont te faire quitter l'anonymat. Toi, tu en as mis dix. Pourquoi si peu ?

J'avoue que sa question me scotche. D'autant plus que j'étais plutôt contente de moi.

— Tu peux en mettre trente ! Alors *fallo* ! Pas plus ! Ni moins ! *Solo Trenta* !

« Trouve un travail que tu aimes et tu n'auras jamais à travailler un seul jour de ta vie ». Je ne sais pas de qui est cette citation, mais cette personne avait raison ! C'est incroyable ! Dire que j'ai cru pendant tellement d'années que je n'étais pas faite pour la vie active. En réalité, c'est tout le contraire ! C'est la vie active que l'on me proposait qui n'était pas faite pour moi ! La preuve, je suis encore au lit, non douchée, non caféinée et je m'apprête déjà à commencer ma journée. J'attrape mon téléphone posé sur la table de chevet pour regarder l'heure et surtout satisfaire l'excitation qui est mienne concernant le nombre de nouveaux abonnés que j'ai pu obtenir pendant la nuit. Une vraie *working-girl*. Surtout qu'avec tous les tuyaux que m'a donnés Giulia, je suis certaine que je vais décoller ! Oh la la ! Je suis si heureuse d'avoir fait sa rencontre. En plus, avant de partir, elle m'a proposé que nous échangions nos numéros de téléphone. Elle voulait m'inviter à une soirée qu'elle organise ce week-end. Malheureusement, nous sommes déjà pris avec l'anniversaire de Tata Vicky. Quand je pense que j'ai enfin une copine ! C'est comme si ma nouvelle vie ici venait de passer du noir et blanc à la couleur ! Rho ! J'ai beau appuyer sur tous les boutons, mon smartphone refuse de s'allumer. Plus de batterie. Génial… Il faudra vraiment que j'en inscrive une de secours sur la liste de mes achats à venir. Une influenceuse digne de ce nom ne peut pas rencontrer de tels problèmes. Cela manque cruellement de professionnalisme ! Et si, là tout de suite maintenant, il se passait quelque chose d'incroyable et que je n'étais pas en mesure de le photographier ? Ou pire, de le filmer… Comment ferais-je ? Tout le monde sait qu'une notoriété peut décoller grâce à un seul moment de buzz ! Imaginez un peu si l'humoriste qui s'est fait connaitre avec son sketch sur les paillettes n'avait pas pu l'enregistrer sous prétexte que son téléphone était déchargé. Non, non, non, je ne peux pas me permettre qu'un tel malheur m'arrive. Oh ! Que c'est stressant ! Il faudrait peut-être que je pense également à investir dans une chaine à laquelle je pourrais accrocher mon smartphone afin de toujours l'avoir autour du cou.

J'avance au ralenti jusqu'à la cuisine et me fais couler un café en attendant qu'il se recharge. Allez, je ne dois pas me focaliser sur ce petit oubli. De toute façon, pour le moment, tout marche plutôt super bien. La preuve en moins de vingt-quatre heures et après juste deux publications, mon compte affichait hier soir, avant de me coucher, cinquante-trois abonnés. Oui, oui, vous avez bien lu ! Cinquante-trois abonnés ! Il parait qu'à partir de mille, on peut commencer à recevoir des propositions de partenariats rémunérés. Chaque heure qui passe me rapproche de mon objectif. Je trouve ça terriblement excitant. Condamnée à rester coincée entre le frigo et le lave-vaisselle, je prends place au sol avec mon précieux breuvage et ouvre Instagram. Sur le menu d'accueil, un point rouge s'affiche sous le menu des mentions « j'aime ». Chouette ! C'est cela qui est cool avec les applications internationales, il y a toujours de l'activité. Nos voisins américains ont dû trouver à tomber mes pancakes, sans parler de ma réflexion philosophique accompagnée de ce merveilleux coucher de soleil déniché sur Google images…

Trente-deux ? Trente-deux abonnés ! Je ne rêve pas ? Mais, mais c'est impossible ! Je n'ai tout de même pas pu perdre vingt abonnés en une nuit ! C'est insensé ! Franchement c'est bizarre. Il a dû se passer quelque chose c'est sûr ! Un bug ou quelque chose dans ce genre. Et évidemment il faut que cela tombe sur moi, toute nouvelle sur Instagram. Génial… Bon, ce n'est pas ainsi que j'avais prévu de commencer la journée, mais tant pis. Prenant appui contre le frigo, je me mets à parcourir Instagram de fond en comble dans le but d'y trouver de l'aide mais rien. Rien non plus sur Google. Ni numéro vert ou d'assistance, de service client, rien du tout. Il semblerait que rien n'ait été créé pour venir en aide aux utilisateurs démunis. Super… Bon eh bien je n'ai qu'à me débrouiller par mes propres moyens. Impossible que cela se reproduise. Je fais comment moi au juste pour fidéliser mes abonnés s'ils se retrouvent malencontreusement désabonnés de mon compte ? Heureusement pour moi, je ne suis pas du genre à baisser les bras. Driss rentre dans deux jours de son voyage professionnel et je suis bien déterminée à lui montrer un compte qui affiche au minimum une centaine d'abonnés (même si je vise le millier, mais j'ai peur que cela me porte la poisse si je le pense à haute voix). Pas une minute à perdre. On change le plan prévu à la base, ce n'est pas grave. La première étape de ma journée sera de dresser une liste de tous les comptes étant inscrits au mien. Demain je comparerai attentivement cette liste à celle actualisée de mon compte. Cela me permettra de trouver qui s'est retrouvé désinscrit et de pouvoir les contacter afin de pouvoir tirer au clair toute cette histoire. Au fur et à mesure que j'inscris les noms des comptes qui me suivent dans mon carnet, j'émets quelques doutes sur le public qui me suit. Je ne suis pas certaine que ce soit celui que je visais à la base. Attention, je ne fais pas de discrimination. La question n'est pas là. Mais franchement, pour n'en citer que quelques-uns au hasard, est-ce que « mesobjetsencarton », « pointdecroixpassion », « manurenove » ont réellement leur place dans mes *followers* ?

Hmm… Après plusieurs minutes de recensement de comptes, le constat est sans appel. Je ne suis suivie que par des entreprises ou des gens qui n'ont rien à voir avec le milieu de la mode. Alors certes, j'ai des *followers*, mais bon… Je pense que le problème est que je suis invisible. Il faut que je me fasse connaitre, que je me fasse un nom. À moi de suivre le plus de modeuses possible, de liker et de commenter toutes leurs publications comme l'a conseillé Giulia et ce sera réglé. Un jeu d'enfant !

Chapitre 16
T'as le look, coco

— Et alors, ma cocotte, tu as trouvé un travail ?

J'accueille la question de Tata Vicky avec un sourire qui relève plus de l'ordre du rictus, et tente de lui faire comprendre par un jeu de grimaces que ce n'est vraiment pas le bon moment pour en parler. Malheureusement, ma mère est plus rapide que moi et saisit l'occasion :

— Mais enfin, Vicky, je te l'ai déjà dit ! Serveuse, ajoute-t-elle avec un dédain qu'elle peine à masquer vu son taux d'alcoolémie. Bon, ce n'est pas à ce à quoi on la prédestinait en payant six mille euros à l'année ses études mais… si elle est heureuse.

Beurk, que ça sonne faux ! Je sais qu'au sens de ma mère, le bonheur va de pair avec le salaire.

— Bébé, chuchote Driss dans le creux de mon oreille, tu n'aurais pas quelque chose à me dire ?

— Chuut ! On en parlera plus tard, je réponds mortifiée que la vérité à propos de mon emploi éclate au beau milieu d'une fête de famille.

— Mais tu m'as dit qu'elle l'avait bien pris !

— Oui bah j'ai menti. J'ai essayé de lui dire, mais tu la connais, elle m'a prise de haut à penser que j'avais été virée.

— Mais TU as été virée !

— Chut, mais parle moins fort ! Je sais, je poursuis en soufflant, mais j'avais pas envie de lui prouver qu'elle avait raison ! Alors, je….

— Qu'est-ce qu'il y a les tourtereaux ? s'excite ma génitrice. On se fait des confidences ? Quelque chose à nous annoncer ?

Bon sang, cette soirée est un vrai cauchemar. Entre ces hautparleurs bas de gamme diffusant avec grésillement les tubes des années quatre-vingt, les conversations familiales qui ne mènent à rien et les pensées négatives qui se mêlent dans ma tête à cause des mensonges intempestifs que toute cette situation m'oblige à lancer à la pelle, je peine à m'y retrouver. Je bois une grande rasade de vin puis décide de prendre le contrôle des opérations.

— Au fait, super sympa ta fête, tata ! Tu as dû en passer du temps à l'organiser !

Une fois ma tante lancée dans l'explication des moindres détails d'organisation de sa soirée d'anniversaire, je laisse mon esprit divaguer. Bercée par sa voix qui se fait de plus en plus lointaine et le sample d'Émile et Images, je pense à mon métier : influenceuse. Rien que de l'évoquer, cela me fait toujours autant rêver. Déjà trois semaines que mon compte Instagram est né et le palier des mille abonnés a été franchi hier. Oui, oui, mille, vous avez bien lu. En même temps, il faut reconnaitre que je n'ai pas chômé. Bon, force est de constater que l'aide de Giulia n'y est pas pour rien. Je l'ai revue plusieurs fois depuis notre rencontre au café. En réalité, je crois qu'elle mise sur moi autant que si elle avait acheté un poulain en vue d'une participation à des courses hippiques. Mais elle a raison. C'est donnant-donnant. Je profite de son expérience des réseaux et en échange je porterai gratuitement ses collections de bijoux quand je serai très connue dans quelques mois.

— Hé, ho, Izzie, tu m'entends ? Donc, tu aimes ?

Quoi ? Je n'ai aucune idée de ce dont ma tante est en train de me parler. Je regarde discrètement ce qu'elle me désigne de la main et tombe nez à nez avec de monstrueux cache-pots (je crois…) en crochet parsemés un peu partout entre les assiettes et les verres. Beurk, mais qu'est-ce que c'est que cette horreur ? Plutôt mourir que d'avoir un jour un truc pareil dans mon appartement.

— Ah, oui, euh… balbutié-je, oh waouh ! C'est… original ! Cela a dû t'en prendre du temps. Tu en as fait plein !

— Soixante ! Il y en a soixante comme mon âge, poursuit ma tante sans se laisser troubler par l'éruption de rougeur qui atteint mon visage. Mes copines du club de tricot m'ont aidée, tu sais. J'en ai de la chance, on forme une sacrée équipe. Tu savais, ma cocotte, que le magazine Elle du mois dernier disait que le tricot était le nouveau… Argh ! Mince comment ils disaient déjà ? J'ai oublié ! C'est que ma mémoire me joue des tours en ce moment, ça va me revenir…

Mais bien sûr… Je la connais ma tante Vicky, cela fait depuis que je suis née qu'elle a des problèmes de mémoire. Soudain, elle alpague une dame passant au même moment à nos côtés.

— Edith ! Edith, viens voir !

La femme qui nous rejoint semble avoir le même âge que ma tante et le même gout pour les fringues moches aux couleurs criardes à ce que je vois.

— Ah ma poule ! Je te présente ma nièce ! Figure-toi qu'elle est fan de nos tricots ! (Évidemment…) Dis, ma biche, tu te rappelles ce que disait cet article qu'on a encadré, tu sais celui dans…

— Ah oui dans Elle ! C'est ça ? Celui qui disait que le tricot c'est le muscat de l'été ?

— Oui voilà ! Mais pas muscat ma biche ! D'ailleurs si tu en veux, j'ai caché une caisse pleine sous le bar. Non, non, c'était le müst, ma petite Liz, poursuit-elle en s'adressant de nouveau à moi.

— Le müst ? je répète… Euh jamais entendu ce mot-là.

— Mais si tu l'as entendu ! Tu sais c'est ce mot je crois qu'il est en anglais. Tu prononces ça comment toi ? M-U-S et un T ?

Ah Must ! Prononcé « Meust ». Mais quoi ? Le tricot ? Tendance ? Mince… Cela ne va pas du tout ! C'est moi qui, par mon statut d'influenceuse mode et beauté, suis censée savoir tout ça. Pas elles ! Non, surtout pas elles ! Enfin je veux dire, toute influenceuse se doit d'être au courant des dernières tendances ? Sinon, à quoi je sers ? Le cœur battant à tout rompre, j'attrape mon téléphone, laissant ma tante et sa copine à leurs commérages. Je me connecte sur le premier site de presse qui s'affiche et m'abonne aux magazines féminins de base. Une fois Marie-Claire, Cosmo, Glamour, Biba, Elle et Vogue dans mon panier, je commence à me sentir mieux. Voilà qui devrait suffire. Il sera toujours temps que j'étoffe ma sélection dans quelques semaines si cela devait s'avérer insuffisant. Bon sang, comment ai-je pu ne pas penser à effectuer ce travail de prospection en amont !

La soirée se poursuit et je ne peux m'empêcher de prendre en photo la moindre chose qui me semble Instagrammable. Même celles qui ne me le semblent pas d'ailleurs. Après tout, on vient d'avoir la preuve que mon flair n'était pas encore expert. Autant ne passer à côté de rien. Par moment, je me dis que le terme qui définirait le mieux mon nouveau métier serait celui de photographe et non d'influenceuse. C'est devenu une vraie déformation professionnelle. L'exemple de cette soirée est loin d'être un cas isolé, c'est désormais mon quotidien. En fait, le problème ce n'est pas tant l'acte de prendre des photos. Non, le problème c'est plutôt le nombre de clichés que je dois faire pour aboutir à celui qui sera l'élu ! La dernière fois, je suis exprès allée dans un salon de thé à trente kilomètres de chez moi pour y tester leur fameux chocolat chaud. Non pas que je sois une fan absolue de cette boisson, mais j'avais vu sur un article dans un journal local que leur originalité était qu'ils pouvaient écrire absolument tout ce que l'on souhaitait dans la mousse. Ni une ni deux, une heure de transports en commun plus tard, j'avais ma boisson dans les mains. Alors il est certain que ma photo avec écrit BackIz sur la mousse a eu de l'effet pour les *likes*, mais le problème c'est que le temps que j'arrive enfin à ce cliché parfait, ma boisson était froide et un chocolat chaud froid, ce n'est pas terrible en bouche. Du coup, après la grimace de la première gorgée, j'ai jeté le contenu dans le caniveau et je suis rentrée chez moi. Il faut dire qu'à cinq euros cinquante la boisson, je n'ai pas eu à cœur de m'en commander une deuxième. Super loose en somme… Mais bon, je me suis consolée en voyant le nombre de nouveaux abonnés que ce simple cliché représentant des pieds, des mains et un mug m'a apporté.

— Bon, je lance à l'attention de Driss et mon père toujours en grande conversation. Je monte me coucher.

— Déjà ? s'étonnent-ils en chœur.

— Mais il n'est même pas onze heures, poursuit mon paternel. Depuis quand ma petite fille se couche avec les poules ?

Je serai bien tentée de leur répondre « Depuis que je dois me lever aux aurores pour prendre des levers de soleil à fort potentiel Instagrammable », mais j'ai peur qu'ils ne fassent pas preuve de la même sensibilité que moi à ce sujet.

— C'est ton travail qui t'épuise autant ? reprend mon père visiblement inquiet.

— Oh oui, bébé, surenchérit Driss, éreintant le travail ?

Je le fusille du regard et il me répond à l'identique. Nos relations sont un peu tendues en ce moment. Il faut dire qu'il est très stressé au travail et je crois que j'en paie les pots cassés. Pour preuve, la semaine dernière lorsque, heureuse comme tout, je lui ai présenté autour d'un verre ma première copine Châtillonnaise, il ne s'est pas réjoui pour moi ! Et pire, après s'être montré désagréable pendant tout le temps qu'a duré notre apéritif, il s'est permis de décrire Giulia comme une fille « arrogante, superficielle, se mêlant de ce qui ne la regarde pas et dépourvue de sensibilité ». Tout ça parce qu'elle s'est permise de critiquer son eau de parfum ! Quand même ! Et puis, tant pis pour lui aussi ! Je lui ai déjà dit mille fois que cette odeur camphrée n'allait pas du tout avec celle de son déodorant. Il n'avait qu'à m'écouter. Mais bon, je crois en réalité que ce qui a vraiment mis le feu aux poudres, c'est lorsqu'elle lui a fait part de mes doléances. À ma décharge, j'étais aux toilettes. Et entre nous, jamais je n'aurais pu me douter que lui confier que le fait qu'il se coupe les ongles des pieds dans le lavabo de la salle de bains me répugne lui serait un jour répété. Bref.

— Allez, à demain tout le monde ! je conclus en accompagnant mes mots d'un large geste du bras évitant ainsi de me lancer à l'assaut des bises pour quarante personnes.

Chapitre 17
Pour que tu m'aimes encore

— Ah ça, on ne m'y reprendra pas !

Me retournant dans mon lit (si on peut appeler ça ainsi) pour la millionième fois, je maudis à haute voix ma mère et ma faiblesse à ne pas savoir lui dire non. Parole d'Izzie, c'est bien la dernière fois que j'accepte de dormir dans un dortoir au-dessus d'une salle des fêtes. Ce qui est sûr c'est qu'avec les cinq lits qui m'entourent, nous sommes très loin de la chambre individuelle qu'elle m'avait vendue à l'époque. Et dire que j'ai hésité… J'avais repéré un super quatre étoiles à cinq minutes en voiture de l'endroit où nous sommes. Mais non, il a fallu que maman proteste et vous pouvez me croire, elle est très forte pour faire culpabiliser les gens… Du coup j'ai cédé pour ne pas que tata Vicky soit triste : « Tu sais, elle tient tellement à ce que tout le monde reste dormir à sa fête ». Mon œil, oui ! Ma tante est complètement pompette et je suis certaine qu'elle ne se serait jamais rendu compte de mon absence. Et moi, bien moi je me retrouve dans une petite chambre triste et morose à souhait, allongée sur un matelas qui doit faire la même épaisseur que mon nouveau tapis de yoga, à tenter de réussir à caler ma hanche entre deux ressorts… La nuit promet d'être longue… C'est avec soulagement que j'accueille, ce qui me semble être des heures plus tard, le rai de lumière provenant du couloir.

— Oh ! Bébé, trop cool, j'alpague immédiatement Driss à peine l'encadrement de la porte franchi. Dis, ça te dérange pas d'aller me chercher un verre d'eau pitié !

— Tu dors pas, toi ?

— Impossible ! C'est le pire matelas de ma vie ! En plus, je me suis griffé à cause du crépi du mur, j'ai super mal ! Ah tiens en même temps, tu pourrais faire un crochet par la salle de bain s'il te plait ? Je crois que j'ai une vieille paire de boules quies dans mon vanity, mais je sais pas où par contre… Il faudrait que tu fouilles…

— Non, écoute, il est tard, vas-y toi-même.

— Mais je suis en pyjama ! Et pas maquillée ! La honte si quelqu'un me croise avec cette tête !

Je cale mon oreiller contre le mur et me redresse tandis que Driss, assis au bout du lit, enlève ses chaussettes et les plie méticuleusement. (Mais qui fait ça ? Plier des chaussettes. Enfin, plus rien ne m'étonne chez mon petit-ami depuis que j'ai surpris son père en train de repasser des boxers…).

— Chériiiii… Piiitié ! je l'implore avec mon plus beau sourire.

Il soupire et poursuit, en bon disciple de Madame Kondo, son méticuleux pliage de vêtements.

— Ouh, ouh ! je persiste, tandis qu'il enlève son jean.

— Écoute, Iz, j'imagine que tu es assez grande pour y aller seule.

— Mais attends qu'est-ce qu'il y a ? T'es fâché ?

Une boule se forme instantanément dans mon bas ventre et elle gagne en volume lorsque j'entends sa réponse.

— Non ! Bien sûr que non, je ne suis pas fâché ! Non, tu vois c'est grisant que tu m'obliges à mentir à tes parents, j'adore !

— Ah ça… Oui, mais tu sais j'ai vraiment appelé ma mère avec l'intention de lui avouer pour mon boulot, mais elle a deviné avant même que j'ouvre la bouche et ça m'a rendue dingue.

— Dingue que ta mère soit réaliste ?

Aïe… J'arrache un petit bout de peau près de mon ongle en espérant que la douleur que cela me procure parvienne à enlever la boule dans mon ventre. Et dire que je pensais que la soirée ne pouvait pas être pire… Je suis en train de me disputer avec mon mec au beau milieu d'un dortoir sentant la naphtaline pendant qu'il semblerait qu'en bas, un karaoké sur Céline Dion vienne de s'improviser si j'en crois les fausses notes qui ne se gênent pas pour s'introduire dans la chambre. Bon sang, si j'avais su que Pour que tu m'aimes encore était dans la suite de la playlist, je ne serais jamais montée me coucher si tôt…

— C'est ta vie, Izzie, tu en fais ce que tu veux. Mais je te demande juste de me laisser en dehors de tout ça ! Pas que je me retrouve, une fois leur fille chérie partie se coucher, soumis à un interrogatoire sur son nouveau travail et j'en passe. Que ce soit clair, c'est la première et dernière fois que je mens pour toi !

Je ne sais quoi lui répondre… Mais de toute façon, il semblerait qu'il n'attende pas de réponse puisqu'il éteint sa lumière aussitôt. Marchant sur des œufs, j'approche ma main de son dos et commence à le caresser timidement.

— Driss, je chuchote, attends, je suis désolée, on peut peut-être…

— Stop, Izzie, crois-moi il vaut mieux pour tout le monde que tu me laisses le temps de me calmer. Bon sang, qu'est-ce que je suis allé m'imaginer à penser que…

L'irruption dans la chambre de mon cousin et sa femme vient clore notre conversation. Sans me donner la peine de leur rendre leurs sourires, j'éteins à mon tour la lumière puis enfouis ma tête sous la couette. Il y fait une chaleur étouffante, mais au moins la source blanche qui se dégage de mon écran de téléphone portable ne dérange personne. La vision de mes notifications en attente sur Instagram suffit à me détendre instantanément. C'est si réconfortant de voir ce petit cœur rouge. Je constate avec ravissement que trente-trois personnes ont aimé ma photo du bougeoir en crochet de tata. Super ! C'est fou comme je peux avoir tendance à me rabaisser. Quand je pense qu'il n'y a même pas deux minutes, je me prenais pour une incapable à ne pas connaitre les tendances. Et finalement, je réussis plutôt pas mal dans ce nouveau domaine. Enfin je veux dire, mille abonnés en moins d'un mois, j'ai l'impression que c'est beaucoup. La question qui m'intéresse désormais est de savoir si je vais continuer à zoner dans l'anonymat encore longtemps. Il est vital que mon profil commence à attirer les marques afin que je puisse dégager des revenus. Car j'ai presque soldé tout l'héritage de papi à force d'investissement. Je ne sais combien de temps je peux encore tenir sans argent qui entre. Je me connecte successivement sur le compte de nombreuses influenceuses que je suis et qui font régulièrement des partenariats. Alors, voyons voir ce que cela donne au niveau de leur nombre d'abonnés : LashGirl = 68,6K, Louniaddict = 20.1K, MeganV = 2,2M, FitZenGirl = 3,7M, HealthyGirl = 353K, Laviedhasga = 13K… Et moi 983… sans K, sans M, sans rien. Mes yeux me piquent tant ils ont envie de se fermer, mais je tiens bon et poursuis mes recherches. Il y a forcément des petits comptes qui fonctionnent déjà… Bon sang, moi qui pensais qu'avec un millier d'abonnés j'y étais presque. Mais non… Et ça ose se dire influenceuse ? Je suis vraiment pas croyable. Je n'existe pas. Si mon compte fermait là, tout de suite, maintenant, je suis certaine que personne ne s'en apercevrait. De toute façon, c'est la même chose que lorsque je cherchais des petits jobs d'été quand j'étais encore lycéenne. J'en ai envoyé des Curriculum Vitae ! Ah ça, j'étais motivée ! Je rédigeais mes lettres de motivation à la main. On avait pourtant deux ordinateurs à la maison, mais je m'étais dit que ça pourrait me permettre de me démarquer parmi la pile des autres C.V. que recevrait mon futur employeur. Pendant trois ans, chaque année, j'ai répété les mêmes gestes : premiers envois en janvier et seconde salve en mars (mêmes destinataires). Lorsque je n'avais pas de nouvelles en avril, j'appelais. Et au bout du fil, j'obtenais toujours la même rengaine « Vous n'êtes pas assez qualifiée pour le poste ». J'entends, j'entends… Mais comment étais-je censée trouver cette qualification si tout le monde me refusait sous prétexte que je n'étais pas assez qualifiée ? C'est la même chose ici ! Je ne connaitrai jamais le succès tant que je n'aurai pas de *followers*. Et les *followers* me suivront seulement quand je serai célèbre. Tel un chien qui essaie de se mordre la queue en somme. En plus, mon expérience professionnelle ne peut pas réussir à me redonner le moral. Car figurez-vous que la troisième année, j'en ai finalement trouvé un de job d'été ! Tous mes efforts de recherche ont-ils payé ? Eh bien non, pas du tout. Je me suis résignée à être pistonnée par mes parents… La cooptation, voilà malheureusement comment marche notre monde. J'imagine que c'est pareil sur Instagram. Il suffirait qu'une pointure s'abonne à mon compte et le partage dans une de ses *stories* pour que je passe de l'ombre à la lumière, de l'inconnu à la gloire. Une *success-story* du vingt-et-unième siècle en quelque sorte. Le seul problème, c'est qu'aucune influenceuse avec assez d'influence justement ne me connait. Donc, aucune probabilité pour que partage de compte il y ait un jour…

Mais, une petite minute ! Ce n'est pas parce qu'elles ne me connaissent pas que moi je ne les connais pas ! Moi je sais qu'elles existent ! Alors à moi de me faire connaitre auprès d'elles ! Le voilà, mon accès direct vers le succès ! Cette idée de génie suffit à me donner l'impulsion qu'il me manquait. La fatigue qui se faisait ressentir dans tout mon corps il y a encore quelques secondes disparait comme par magie. Je cours me réfugier aux toilettes, et, assise sur la cuvette des toilettes me redresse en affichant un grand sourire sur mon visage jusqu'à sentir l'énergie de la positive attitude envahir mon corps. Mission : rédiger un brouillon de mail à envoyer à l'élite. Quelque chose de cool, qui ne fasse pas pleurer dans les chaumières. Inutile de me coller une image de fille pathétique sur le dos. Je le relis une dernière fois avant de l'envoyer définitivement.

« Bonjour, je me présenteje m'appelle Izzie. Je souhaitais t'envoyer ce message pour te dire que je suis très admirative de ta carrière. Je suis également influenceuse, mais malheureusement, je n'ai de mon côté jamais fait de télé-réalité du coup il est assez dur pour moi de percer. C'est pour ça que je me disais que cela te ferait peut-être plaisir de venir en aide à une semblable. J'aimerais beaucoup que tu partages mon compte à tes abonnés. Une *story* ou deux dans l'idéal. Merci beaucoup ».

Voilà qui me semble bien. Allez hop ! Lorsque je rejoins à nouveau Driss dans le lit, le poids que je ressentais dans mon ventre a disparu. Je crois que pour la première fois de ma vie, je prends les choses en main sans me laisser abattre

Chapitre 18

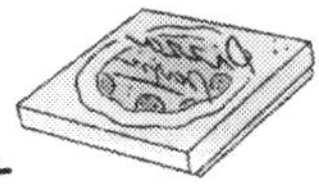

Calcul gagnant

Trois jours ! Cela fait trois jours que j'ai envoyé mes messages et je n'ai encore reçu aucune réponse ! Incroyable n'est-ce pas ? Et aucun partage de compte n'a été effectué pour le moment. Je le sais car je me suis embêtée à regarder les *stories* des huit-cent-soixante-treize personnes à qui j'ai envoyé ces mails ! Huit-cent-soixante-treize, oui ! Cela a occupé la totalité de mes dernières journées… En vain… Dire que je suis déçue est un euphémisme. Je suis complètement découragée par cette indifférence. Parce que bon, je ne veux pas dire mais quand on prend le temps d'y réfléchir quelques instants, grâce à qui sont-elles connues toutes ces influenceuses ? Hein ! Après tout, j'ai une part, nous avons tous une part, de responsabilité dans leur célébrité. C'est grâce à des personnes comme moi qu'elles peuvent surfer sur le succès qu'est le leur. C'est parce qu'il y a du monde pour regarder leur *skincare* routine, leur séance de machin chose à la noix, les écouter déblatérer sur la liste interminable de leurs achats compulsifs, qu'elles sont connues ! On tient quand même une place primordiale dans leur ascension jusqu'à cette gloire. Alors quand je pense qu'elles ne se donnent même pas la peine de me répondre… Et je sais que mon message a été lu ! La preuve en est avec le mot « vu » écrit juste en dessous de ce dernier, chez Liza846. Bon, certes je n'ai pas eu le temps de vérifier que cette mention était écrite sous les huit-cent-soixante-douze autres messages que j'ai envoyés, mais après tout, si l'une a eu le temps de le lire, j'imagine qu'il en va de même pour les autres. En tout cas, moi, Izzie Perrin, fais la promesse solennelle de ne jamais laisser mes abonnés dans le doute et la tristesse. Je fais le serment inviolable de toujours, je dis bien toujours, répondre à chaque message, chaque commentaire en témoignage du respect que je leur apporte ! Et toc !

— Désirez-vous une autre viennoiserie ?

— Non merci.

— Ou un café ? Une tasse de thé ? Vous savez, notre carte a énormément de choses à offrir.

— Non merci, mais c'est fort aimable à vous, je réponds en souriant mais la serveuse reste plantée là, devant ma table.

— Je me permets de vous informer qu'une place au comptoir vient de se libérer. Vous y serez certainement mieux, plutôt que sur cette grande table pouvant accueillir quatre personnes…

— Oh non, dis-je en désignant d'un geste de la tête mon ordinateur et mes cahiers jonchant le plateau. J'aime bien m'étaler quand je travaille.

Un soupir accompagné d'un haussement d'épaules pour seule réponse, je l'observe rebrousser chemin, son broc de café à la main. Décidément, les employés ne me semblent pas très commodes dans les bars du coin. J'avais entendu parler des différences de mentalité entre région, mais tout de même. Déjà tout à l'heure, lorsque j'ai appelé sa collègue pour lui demander si elle pouvait changer la playlist car j'avais du mal à me concentrer, j'avais l'impression de demander quelque chose de fou. En revanche, une chose que je ne peux pas leur reprocher, est l'attention qu'ils portent à leurs hôtes ! Je suis là depuis plus d'une heure et c'est la cinquième fois qu'on vient me proposer quelque chose. Alors certes, avec une voix de plus en plus pressée et stressante à chaque passage, mais en tant que collègue d'un jour, je ne peux pas les blâmer. C'est vrai, je serais également stressée si je devais slalomer, mon plateau à la main, entre les tables et surtout composer avec le nombre de personnes debout qui patientent qu'une d'entre elles daigne enfin se libérer. D'ailleurs, quel dommage que je fasse désormais attention à mes dépenses, sinon c'est sûr, je leur aurais laissé un très joli pourboire. Bon, mais où en étais-je dans tout ça, moi ? Ah oui, mes recherches ! J'ai trouvé une solution pour percer sur les réseaux sociaux ! Quelque chose qui va me catapulter aux plus hautes sphères d'Instagram à une vitesse éclair ! Et pas besoin de l'aide de ces influenceuses pour y arriver. (En revanche, je compte bien établir une liste de toutes celles qui m'ont vulgairement ignorée et lorsque je serai connue, elles verront bien de quel bois je me chauffe). Bref. Donc, je disais : j'ai trouvé un autre moyen pour accélérer mon processus de gloire. Pas plus tard qu'hier, on regardait les informations à la télévision avec Driss (enfin, il écoutait tandis que je jouais à Candy Crush), quand soudain, le journaliste s'est mis à parler d'Instagram. Voyant que Driss s'apprêtait à changer de chaine, je me suis immédiatement jetée sur lui pour attraper la télécommande. Bon, je n'ai pas pu entendre le début à cause de ses protestations (tout ça pour une minuscule tache de yaourt sur sa chemise en plus !), mais après avoir augmenté le volume, j'ai compris de quoi il s'agissait. Le journaliste parlait d'un scandale qui s'était joué la veille. Scandale provoqué par une simple mise à jour du réseau social. En fait, ils ont découvert que plusieurs grandes pointures d'Instagram (en France et ailleurs) étaient devenues puissantes sur un mensonge. Tout ça grâce aux services d'entreprises installées quelque part en Asie, je crois, et qui leur permettaient d'avoir de faux abonnés ! Dingue non ? Enfin, pas exactement faux, mais pas vrais non plus. C'est un peu plus compliqué que ça à expliquer, mais le plus important n'est pas là. Ce qu'il faut retenir dans toute cette histoire, c'est que du jour au lendemain, le nombre d'abonnés de certains a été divisé par deux ! Il y a même cette modeuse russe qui a perdu les deux tiers de sa communauté car une fois les faux comptes enlevés, ses « vrais » *followers* se sont sentis trompés et ont arrêté de la suivre. J'ignorais qu'il était possible en moins d'une minute, grâce à un virement bancaire, d'ajouter dix, cinquante, cent voire mille abonnés à son compte. Et j'ai trouvé cela complètement fou ! Puis, le temps de la stupéfaction passé, l'évidence est apparue ! Il était là mon coup de pouce du destin ! Comme le dit tata Vicky : « Les choses arrivent toujours pour une raison ». Et franchement, si on regarde la situation bien en face, cela ne peut pas être un hasard que « comme par hasard » soit diffusé hier un reportage sur Instagram aux informations, alors que d'ordinaire je ne les regarde jamais et que « comme par hasard » le thème de ce dernier concerne justement Instagram et plus précisément mon problème existentiel du moment. C'est un coup de pouce du destin. Un gros panneau fléché qui clignote vers la direction que je dois emprunter pour rejoindre la route du succès ! Voie que j'ai décidé de suivre dès aujourd'hui. Voyons voir ce que cela donne si je tape :

- augmenter abonnés Instagram.

Mouais pas top. Un tas d'articles et de liens vers des vidéos du type « Dix conseils pour percer » et blablabla inondent ma page. Je ne remets pas en cause leur efficacité, mais de mon côté, ça presse. J'ai investi beaucoup d'argent dans ma reconversion professionnelle et je n'ai pas le temps d'attendre dix mois pour voir doubler mon nombre d'abonnés comme l'indique Bendu67. Je retourne sur la page d'accueil et améliore mes mots clés :

- acheter abonnés Instagram
- acheter faux abonnés Instagram.

Ah ! Voilà un premier résultat de recherche qui me parait plus acceptable. Bon, le problème maintenant va être de savoir à quel site je peux faire confiance. Hors de question de me fier à n'importe qui. Parce que bon, entre le site à la traduction plus que douteuse et celui avec les bébés chiens en image de fond, je ne peux pas dire qu'il y ait foison de liens inspirant confiance ou professionnalisme. Je continue à faire défiler les résultats de recherche quand enfin, page neuf, je tombe sur un lien pour le moins intéressant avec un titre plus qu'accrocheur : INSTAGRAM : DÉCUPLEZ LE NOMBRE DE VOS ABONNÉS EN UN CLIC. Une fois la page chargée, une immense photo d'un homme, type trentenaire dynamique, absorbe mon écran. Si je me fie à la légende sous cette dernière, il s'agit de Franck, « l'homme qui va changer ma vie d'influenceuse ». Et le moins que l'on puisse dire c'est que tout cela semble parfait. La preuve, c'est un des premiers sites que ne présente aucune faute d'orthographe dans son texte.

« Manque de visibilité, concurrence démentielle ? Les temps sont durs de nos jours pour les influenceurs lorsqu'on n'est pas passé par la case télé-réalité. Mais rassurez-vous, en croisant ma route, vous venez de dire stop à cette hégémonie des réseaux sociaux. Il est temps pour vous et votre projet de rejoindre le monde des grands. La question n'est pas de savoir comment, mais plutôt de savoir si vous vous en sentez prêt. Car je vous garantis que grâce à mon expertise, grâce à mes conseils avisés, le petit oisillon que vous êtes va très vite recevoir le coup de pouce dont il a besoin pour parvenir à voler de ses propres ailes. Alors, qu'attendez-vous pour souscrire ? »

Waouh ! C'est fou comme ce Franck a réussi à mettre les bons mots sur mes tourments. D'après lui, il ne faut que quelques heures après avoir souscrit à une de ses offres pour en constater les effets sur son compte. Et puis, après tout il a raison, que représentent cinq euros de moins sur mon compte bancaire dans ma vie ? Il me suffira de me raisonner et de ne pas m'arrêter chez Starbucks la prochaine fois que j'aurai envie d'un de leur *latte machiatto* caramel à tomber et le tour sera joué ! De toute façon, cinq euros pour trois-cents *followers* en plus, c'est presque donné ! Je pense que je peux viser plus haut. Sans trop d'hésitation, je sélectionne la plus grande offre que propose son site, à savoir le pack VIP : cinquante-mille *followers* de plus et un accès illimité à la plateforme et aux vidéos de coaching de Franck pour la modique somme de deux-cent-quarante-neuf euros. En plus, par souci de professionnalisme, aucune information n'est transmise par rapport aux autres personnes ayant déjà souscrit à son offre. Ce qui est à la fois, super et pas top du tout. Super, car ainsi je suis au moins certaine que mon secret ne sera jamais divulgué et moins bien, car rien ne me permet de vérifier que ses dires sont bel et bien corrects. Bon, mais en même temps, ces avis d'inconnus sur la page des témoignages ont l'air tellement exaltés. Allez, allez, stop aux réflexions. Comme on dit: « Sois l'avenir que tu veux voir demain », ou un truc dans ce genre je ne sais plus trop. Dans le panier! Je me dépêche de rentrer mes coordonnées bancaires que je connais maintenant par cœur. Mon téléphone vibre quasiment au même moment que celui de ma confirmation d'achat et je constate que j'ai reçu une nouvelle notification de l'application de ma banque. Super... Pas de quoi paniquer, cela fait juste monter le petit rond rouge à vingt-sept, au lieu des vingt-six notifications présentes jusqu'alors. Il semblerait que l'héritage de Papi ait été dilapidé un peu plus vite que je ne l'avais prévu, mais ce n'est rien. Grâce à mon investissement, de l'argent entrera bientôt sur mon compte. Cela ne fait aucun doute. Et puis, quand on y regarde de plus près, comme le précise une nouvelle fois Franck, qu'est-ce que deux-cent-quarante-neuf euros au final? Je sais qu'à première vue, on a tendance à se dire qu'il s'agit là d'une grosse dépense, mais en divisant cette dernière par le nombre de jours que compte une année, cela ne représente qu'un peu moins de soixante-dix centimes par jour! Des centimes! Qui fait attention aux centimes, sérieusement? C'est quasiment gratuit comme achat quand on raisonne ainsi! Et puis comme le dit encore Franck: « apprécions cet investissement et la somme conséquente qu'il représente » car d'ici peu de temps, je gagnerai tellement d'argent grâce à tous mes partenariats que ce montant semblera ridicule! C'est un peu comme si je réalisais un de mes derniers achats rocambolesques dans ma vie de future ancienne pauvre.

Chapitre 19
Plan Fourmi

— Voilà, ce qui nous fera un total de quatre-cent-vingt-huit euros et trente-six centimes, s'il vous plait, annonce la caissière sans se départir de son sourire commercial. Vous désirez régler par carte ou en espèces ?

Je déglutis avec difficulté et lui réponds la voix chevrotante :

— Carte bancaire, s'il vous plait.

Tandis que je cherche, les mains tremblantes, mon portefeuille dans mon sac, je l'observe machinalement déposer mes articles dans un, puis deux, puis trois pour finalement remplir six sacs. Six… Il faut dire que les deux trenchs, cette veste en similicuir, ce foulard incroyable, les trois pulls, quatre tee-shirts, deux pantalons, sans parler de… Enfin, bref ! Tout ça pour dire que mes articles prennent de la place.

— Et sinon, je continue en forçant ma voix à contenir la détresse qui est en moi, comment cela se passe-t-il au niveau des retours ? Vous faites bien des remboursements, n'est-ce pas ?

En même temps que je la questionne, je sens une éruption cutanée envahir mon visage. Bon sang, ce qu'il fait chaud dans cette boutique…

— Tout à fait. Vous avez quinze jours pour nous les rapporter. Non portés, cela va de soi, ajoute-t-elle avec un petit rire strident.

Mince, pourquoi est-ce qu'elle s'est sentie obligée de préciser non portés ? Elle lit en moi ou quoi ? Si ça se trouve, elle a deviné mon plan et est en train de me menacer… Ce genre de sous-entendus qui signifie « attention ma cocote, je t'ai à l'œil… ». Il faudra que je veille à ce que ce ne soit pas elle à la caisse lorsque je viendrai rendre mes achats. Oh la panique sinon…

De retour chez moi, j'ai du mal à passer le seuil de la porte d'entrée tant les sacs que je porte m'encombrent. Je profite de l'absence de Driss pour m'étaler de tout mon être, sachets encore en main, sur le canapé. Le cœur battant, la peau moite, j'en viens à regretter le temps où je faisais les boutiques uniquement pour le plaisir. Il faut dire que tout n'est pas au beau fixe en ce moment. Alors, mon compte Instagram décolle, là n'est pas le problème. Cet achat de faux abonnés a vraiment eu l'effet escompté. Le seul problème, c'est que mon découvert augmente à la même vitesse que lui… Cela fait bien longtemps que l'héritage de papi n'est plus qu'un vaste souvenir. J'ai dû trouver une solution pour continuer à contenter mes nombreux *followers* concernant mon style vestimentaire. Impensable de porter la même tenue plusieurs fois et avouons-le, taguer « Friperie de la Marthe » à chaque fois a ses limites. Voilà pourquoi l'opération Fourmi a vu le jour. Elle m'est venue la semaine dernière. Juste après avoir reçu la notification d'avertissement de ma banque suite à mon achat de ces nouveaux masques à l'argile qui s'enlèvent comme une seconde peau et après (surtout ça d'ailleurs) avoir vu que ma banquière avait tenté de me joindre six fois en une heure. J'ai donc trouvé le juste milieu entre porte-monnaie fauché et look branché ! Le plan est simple : j'achète les vêtements au magasin, je les essaie chez moi et en profite pour faire une photo de mon look, puis je les rapporte. Ni vu ni connu ! C'est génial. Ainsi, je peux m'offrir des pièces que jamais auparavant je n'aurais pu m'acheter, taguer les marques sur mon post. Le seul inconvénient de cette technique est qu'elle m'oblige à tenir un registre des magasins et des vendeurs à qui j'ai eu affaire afin d'effectuer des rotations très précises. Là clairement, je n'ai pas le droit à l'erreur. C'est logique en même temps, si je veux que ma technique fonctionne, je ne dois pas me faire prendre. Je ne peux pas aller deux jours de suite dans une boutique et y répéter ma mascarade, je me ferais pincer trop vite. Du coup, je dois tourner. Initialement, j'avais prévu de ne pas dépenser de trop grosses sommes afin de ne pas attirer l'attention, mais comme mon train pour Meunarque part ce soir à dix-sept heures, j'ai été obligée de faire une sacrée razzia. Voilà pourquoi, quatre heures avant mon départ, j'ai du pain sur la planche. Je dois photographier tous mes looks (et donc coiffures) différents avant de rapporter mes achats, faire ma valise et me rendre à la gare. Haut les cœurs ! En avant mon capitaine ! La musique de Rihanna en tête, je gagne la cuisine et prépare avec application mon matcha glacé pour me donner un maximum d'énergie. J'ai découvert cette boisson verdâtre grâce à Giulia. Et comme, même pendant des moments qui pourraient s'apparenter à des pauses, une influenceuse travaille toujours, je décide de filmer ma préparation pour en faire un Reel : une courte vidéo pour un maximum de vues ! Optimisation cent pour cent !

— Du *cat sitting*? répète Stella avant de prendre une nouvelle gorgée de son cocktail.

— Oui j'te jure, moi aussi j'ai halluciné en voyant cette annonce. À dire vrai, j'ai même googlé ce terme pour être certaine qu'il ne s'agissait pas d'un canular.

— Sérieux les filles? nous coupe Stéphanie. Je suis la seule de notre groupe à être IN? C'est le dernierc; truc en vogue, le *cat sitting*. Enfin dernier truc dans notre pays car ça fait longtemps que ça existe aux States. Bin, en même temps que les hôtels pour chats en gros au moins une dizaine d'années, sûr!

— Des hôtels pour chats? nous répétons de concert, ahuries par ce concept.

— Et donc tu as accepté le poste? me demande Luna.

— Pas encore, j'ai rendez-vous après-demain pour un entretien.

— Et c'est bien payé?

— Trente euros de l'heure! Oui je sais c'est énorme, j'ajoute devant les bouches ouvertes de mes amies. Bon sinon les filles, j'ai un truc à vous annoncer…

J'avance mon verre jusqu'à mes lèvres et en finis son contenu d'une traite afin de me donner le courage nécessaire. Le restaurant est plutôt vide pour un soir de semaine si bien que je peux distinctement entendre les paroles de la musique de Kanye West. Harder, better, faster, stronger. J'accueille ça comme un signe. Non pas que j'ai besoin de courage mais… Non, de toute façon, je suis prête! Aucun risque que mes copines se moquent de moi ou me prennent de haut. Et puis, j'y ai beaucoup réfléchi et je ne sais pas à quoi cela sert de gagner en notoriété sur Instagram si elles ne sont pas là pour m'accompagner sur le chemin de la gloire. D'autant plus qu'elles vont certainement être bouche bée à la suite de mon annonce. Après tout, c'est d'un compte à plus de cinquante mille abonnés dont nous parlons. Soit presque trois fois la population de Meunarque. Alors certes, je sais que ce n'est pas totalement vrai étant donné que quatre-vingt-quinze pour cent est composée de fantômes, mais bon… Et de toute façon, plutôt que de les appeler des faux abonnés, j'ai préféré les rebaptiser en « abonnés coup de pouce ».

— Oh non ! Je sais, hurle Stéphanie, coupant court à mes pensées. Vous vous séparez ! Stella m'avait prévenu qu'il y avait de l'eau dans le gaz avec Driss, mais j'imaginais pas à ce point ! Tu vois, je te l'avais dit, parfois il vaut mieux une relation longue distance… Les ruptures pour cette raison, ça me connait ! ça te flingue un couple l'éloignement, c'est terrible hein…

— Oh ! Mais pourquoi tu ne m'as pas dit que c'était si sérieux, poursuit Stella en me caressant le bras. Mince Izzie, on est vraiment désolées pour toi. Tu peux revenir à la coloc, on se serrera t'inquiète pas ! Et si tu mets du temps à remonter la pente, on pourra se partager ma chambre.

Atterrée, j'écoute les filles un moment, le temps de recouvrer mes esprits.

— Mais non, mais les filles, stop ! On ne se sépare pas avec Driss ! Tout va bien. Enfin non, tout n'est pas tout beau ni tout rose, mais ça c'est juste parce que nous avons une relation d'adultes désormais. Vous savez quand on devient concubins, les choses se corsent c'est normal.

— Mais c'est quoi alors ? me relance Stéphanie.

— C'est quoi, quoi ?

— Bah ton annonce !

— Ah oui c'est vrai ! Voilà, je poursuis après m'être éclairci la voix, je suis influenceuse.

— Euh… C'est-à-dire ? me questionne Stéphanie sur un ton que je ne saurais pas vraiment qualifier.

— Bah influenceuse influenceuse quoi ! Je vais en vivre ! J'ai décidé que ce serait ça, mon vrai métier !

Un frisson d'excitation me parcourt en même temps que le blanc qui s'installe à notre table. Je dois avouer qu'au bout de quelques longues secondes, cela commence à devenir gênant ! Je cherche du soutien dans le regard de Stella, mais je vois bien qu'elle prend soin de superbement ignorer le mien en faisant mine de se moucher. C'est Stéphanie, après un temps qui me semble interminable, qui se décide enfin à briser la glace :

— Euh meuf, le prends pas mal surtout, mais… t'as genre cent abonnés à ton compte. Donc de là à t'auto-proclamer influenceuse… Enfin j'veux dire, c'est pas super palpitant ce que tu racontes, alors vouloir en faire son métier. Redescend un peu quoi.

— C'est parce que tu ne connais pas mon autre compte, je lance trop heureuse de pouvoir lui rabattre son caquet pour une fois. J'ai un compte professionnel.

Fière comme une paonne, j'envoie le lien sur notre conversation WhatsApp et observe Luna et Stéphanie s'empresser de s'y connecter. Stella ne sort pas son téléphone, mais j'imagine qu'elle connait déjà mon contenu par cœur. Pourtant, le sourire timide qu'elle se force à me lancer lorsque je croise enfin son regard me laisse à penser que quelque chose cloche.

— Truc de fou ! s'exclame Stéphanie pour mon plus grand plaisir. Mais truc de ouf vraiment ! Cinquante-trois-mille abonnés ! Ah ouais, mais t'es connue en fait, meuf ! La classe ! Vas-y attends on fait un *selfie* et je le poste en te taggant !

— Attendez-moi, les filles, jappe Luna en se précipitant à nos côtés ! Izzie tu es la première star que je connais ! C'est dingue !

— Mais tu savais, toi ? questionne Stéphanie en regardant Stella et son manque d'excitation évident.

Devant son air gêné, je décide de répondre pour elle et explique aux filles que je lui avais fait jurer de garder le silence.

— Meuf ! Toi tu lis Proust ? T'es sérieuse ? enchaine Stéphanie sans écouter ce que je raconte.

— Attends, attends, regarde celle-là avec le tian de légumes, s'esclaffe Luna en montrant son écran à Stéphanie. Hashtag *healthy life* ! Trop drôle, *Healthy* Izzie !

— Oh non, attends j'ai mieux ! enchaine Stéphanie. T'es prête : passion crochet ! T'y crois toi ?

Je reste sur place, les yeux autant écarquillés que ceux d'un poisson qui se verrait pour la première fois dans le miroir. J'observe mes prétendues amies rire à mes dépens en continuant tant bien que mal à se montrer leurs téléphones à la même vitesse qu'un échange de ping-pong. Et pim, et pam ! Alors ça, on peut dire que j'en prends pour mon grade. Et nanani le sport par-là, et nanana le musée par-ci… C'est bien simple, j'ai tout bonnement l'impression qu'elles ont oublié mon existence. Eh bien qu'elles fassent après tout ! J'ai surmonté trop d'épreuves pour perdre du temps à leur en vouloir. Si elles non plus ne veulent pas croire en moi, ne me soutiennent pas, ce n'est pas mon problème. En revanche, je ne pense pas qu'elles soient obligées de rire de moi. Je cherche du soutien auprès de Stella, mais c'est un véritable fantôme, ce soir ! Vexée, je me lève de mon tabouret et m'applique à reboutonner ma veste le plus lentement du monde afin de leur offrir une deuxième et dernière chance de se rattraper. Cependant, elles ne semblent même pas le remarquer puisque, toujours en continuant de scroller leurs écrans, elles me questionnent :

— En fait, Iz, il y a un seul truc de vrai dans ton compte ? Sérieux, c'est louable ! Où est-ce que tu trouves cette imagination ?

— Retraite méditative ! Excellent ! Oh c'est génial, ma Iz !

— Bon ça va maintenant ! Vous allez arrêter de vous moquer de moi ! Si c'est pour vous entendre me dénigrer, je préfère partir ! j'ajoute en attrapant mon sac et en me dépêchant de quitter le bar.

Mes amies hèlent mon nom, mais je ne relève pas et sors. Bon, le problème dans toute cette histoire c'est que je dors sur le clic-clac de leur salon et que de toute façon, toutes mes affaires sont chez elles… Demi-tour…

Chapitre 20
Fourmilière

— Giulia, tu es sûre de toi? je la questionne après m'être longuement détaillée dans le miroir. C'est quand même un peu clinquant, non?

— Bella, tu m'as dit que toi rien avoir à te mettre pour ton entretien! Problème résolu!

— Oui mais euh, tu es sûre que la broche Chanel est nécessaire? j'ajoute dubitative.

— Fais-moi confiance! De une, c'est une imitation parfaite et de deux, les riches ça me connait. Et crois-moi, tu ne seras jamais embauchée si tu as l'air d'une fille prête à dévaliser leur penderie une fois qu'ils auront le dos tourné.

Je décide de suivre ses conseils et enfile les collants couleur chair qu'elle me tend pour parfaire mon look. Le tailleur à motif pied-de-poule qu'elle me prête est un tantinet trop serré pour ma silhouette moins frêle que la sienne, mais j'imagine que si je ne fais pas de mouvements brusques, cela devrait bien se passer. De toute façon, je n'ai pas le choix, cela DOIT bien se passer! Il me faut une réponse positive, à ce stade c'est vital! Ma banquière a encore cherché à me joindre dans le train tout à l'heure. Évidemment je n'ai pas décroché.

Cela aurait été impoli de ma part avec toutes les coupures réseau qu'on connait aux voyages ferroviaires. Et pour être tout à fait franche, j'ai peur d'entendre ce qu'elle a à me dire. Déjà que je n'ose plus me connecter sur l'application de ma banque depuis que le nombre de notifications en attente s'est vu ajouter le signe +, alors de là à parler à ma conseillère… Non et puis je sais d'avance qu'elle ne comprendra pas. Elle et moi ne sommes pas de la même génération. Cinquantenaire, rabougrie et toujours de mauvaise humeur, j'aurais beau lui expliquer en long, en large et en travers les tenants et aboutissants de ma nouvelle reconversion, je devine d'ores et déjà qu'elle restera fermée comme une huitre ! En plus, elle est du genre à porter un pull col V sur un tee-shirt col rond… Non c'est évident que ça ne peut plus marcher entre nous. En revanche, tout à l'heure lorsque je trainais tant bien que mal ma valise dans la rue, j'ai remarqué que se tenait au guichet de la banque de Châtillon, une fille de mon âge avec un style d'enfer. Elle pourrait trop être ma copine ! Et c'est en la voyant que j'ai eu le déclic sur ce qui clochait avec ma conseillère actuelle, ce choc des générations. Alors qu'avec elle, cette vingtenaire qui porte des escarpins au travail et un top à col lavallière rentré dans sa jupe crayon, les choses vont forcément être différentes ! Il est évident qu'elle va comprendre qu'un cappuccino est une dépense professionnelle. Peut-être même que c'est une de mes abonnées et qu'elle va me proposer un partenariat ! Et maintenant que j'y pense, ils ont forcément des emprunts à taux zéro pour les profils comme le mien. Après tout, la dernière fois, j'entendais Driss parler avec un copain au téléphone des aides pour les jeunes entrepreneurs. Donc pas de quoi paniquer. Je vais signer une ou deux feuilles et tout sera réglé. Adieu découvert et encore mieux, j'aurai certainement une jolie enveloppe pour investir dans mon projet ! Voilà ! C'est décidé, je vais prendre contact avec elle.

— Bella, je compte sur toi pour me donner des nouvelles après ton entretien d'embauche ! *Buona fortuna* ! Bonne chance quoi, précise Giulia devant mon regard incrédule. Bella, je vais te mettre à parler l'italien !

— Merci encore pour tes vêtements !

Bon sang, quelle chance j'ai d'avoir croisé sa route ! D'après ce que j'ai compris, elle a eu de nombreuses conquêtes issues du milieu aristocratique (je crois d'ailleurs que c'est comme cela qu'elle choisit les hommes avec qui elle sort). Autant dire qu'elle m'a donné une myriade de conseils. Sans parler de mon look ! Je suis méconnaissable ! Bon, j'ai l'impression d'avoir pris dix ans et d'être dans la peau d'une vieille fille vivant encore chez ses parents. Mais qu'importe, puisque Giulia m'a assuré que tous les employés des maisons qu'elle côtoyait étaient vêtus ainsi ! J'ai reçu un appel d'une femme tout à l'heure m'indiquant qu'un chauffeur viendrait me prendre en bas de chez moi vingt minutes avant l'heure de l'entretien. Un chauffeur ! Carrément ! Je profite des quelques minutes qu'il me reste pour attraper un paquet de galettes de son d'avoine et en dispose trois sur une assiette. Le tout parsemé de quelques amandes et noix en tout genre. La prise de photo pour ma *story* ne me prend qu'une poignée de secondes. J'y ajoute quelques vignettes animées « hmmm » et « gouter time », et c'est dans la poche ! Une fois mon post publié, j'incline à la verticale chaque galette pour que les oléagineux retombent dans leur pot et les garnis ensuite de pâte à tartiner. C'est la seule façon que j'ai trouvée pour réussir à avaler ces dernières. C'est vraiment compliqué de manger sainement…

— Je vous présente Carat, notre angora turc.

J'observe la boule de poil, bien installée sur son coussin serti de diamants (se pourrait-il qu'il s'agisse de vrais ?). Il est si mignon qu'il pourrait me faire aimer les chats. Même si je sens un certain côté hautain dans son regard. Et son pelage ! Je tuerais pour avoir des cheveux aussi brillants. Ses poils semblent tellement doux en plus ! J'approche la main dans l'intention de le caresser lorsque la gouvernante qui dirige mon entretien m'en empêche en me tapant brièvement le bras, comme par réflexe.

— Stop ! Il est défendu de pénétrer dans l'espace vital de Carat ! Vous savez, c'est un chat très anxieux. Alors vous pensez bien que si tous les candidats postulant à ce poste commencent à mettre leurs pattes partout, le pauvre risque de nous faire une angoisse. D'ailleurs à ce sujet, une des règles d'or lorsque vous vous adresserez à lui est de précéder vos paroles d'un petit coup de triangle avant. Tenez comme ça.

J'observe cette femme, probablement âgée d'une cinquantaine d'années, et qui me fait incroyablement penser, à cause de son uniforme noir et blanc, à ces nannies qu'on voit à la télévision, attraper une barre métallique triangulaire. Une baguette dans l'autre main, elle frappe un unique coup sur la barre inférieure du triangle. Je suis obligée de me pincer la lèvre intérieure pour réfréner mon sourire pendant que les vibrations de ce dernier résonnent dans la pièce. Elle ne peut pas être sérieuse. C'est un canular, pas vrai ? Elle y met tant de sérieux, tant de solennité. Je comprends mieux cette histoire de chauffeur désormais avec tout ce speech téléphonique sur le fait que le chat n'avait pas à subir le stress des candidats, etc.

— Voilà, dit-elle un sourire satisfait tout en reposant l'instrument sur un coussin de velours. Cela le détendra et le rendra plus à même de vous écouter. Enfin, avec votre expérience dans le domaine musical, j'imagine qu'il est inutile de vous exposer les vertus de cette dernière, n'est-ce pas ?

J'acquiesce par un hochement de tête. Bon, je me suis peut-être un peu laissé aller tout à l'heure avec mes soi-disant cinq années d'études au conservatoire. En même temps, avec ses Bach, Beethoven et je ne sais plus qui à diffuser en respectant un planning bien précis, je n'avais pas d'autre choix que de faire bonne impression moi. Il me le faut ce job, j'ai besoin d'argent. Et au final je m'en sors bien s'il s'agit simplement d'agiter un truc sur un machin. C'est à la portée de tous, malgré l'importance qu'elle semble donner à cet acte si simple. Un petit mensonge, sans conséquences.

— Madame et Monsieur auront recours à vos services tous les mardis et jeudis soir, à partir de dix-huit heures. Parfois certaines journées seront aussi requises. Monsieur travaille beaucoup et Madame aime de temps en temps se ressourcer au calme dans leur résidence secondaire à l'abri de tout stress. Évidemment, elle ne prend pas Carat avec elle. Tout le monde sait que le transport en cage est bien trop stressant pour les chats de sa race.

— Évidemment, je confirme d'une voix professionnelle. D'ailleurs, pas plus tard que la semaine dernière, je lisais un article dans Félins Canins Câlins qui vantait les mérites d'un cadre stable et rassurant pour les chats.

Félins Canins Câlins ? Non, mais qu'est-ce que je raconte ?

— Jamais entendu parler de cette revue. Oh, que le temps passe, ajoute-t-elle en regardant subitement sa montre. Écoutez, Madame Perrin, votre dossier m'avait déjà fait forte impression et je ne vous cache pas que notre entretien valide cette dernière. Votre certification en premiers secours animaliers est un véritable atout qui, je le sais, va rassurer Monsieur et Madame. Aussi, si vous êtes disponible de suite, le poste est à vous.

— Vraiment ? dis-je sans réussir à empêcher la surprise de s'infiltrer dans ma voix. Il faut dire que je pensais sincèrement que mes bobards à la chaine et le manque d'assurance évident qui va avec s'étaient montrés tout sauf convaincants. À croire que mon interlocutrice n'est pas très observatrice.

Quelques signatures plus tard, me voilà de retour chez moi fanfaronnant comme jamais ! J'ai un emploi ! Et pas des moindres ! Alors là pour le coup, je peux dire que j'ai touché le gros lot ! Un véritable jackpot ! Un travail purement et simplement payé à rien faire ! Et puis, le gâteau ne s'arrête pas là ! Mon contrat comporte des frais professionnels ! Mes frais d'essence seront remboursés, et je dispose d'une enveloppe de vingt euros pour me faire livrer un repas chaque soir où je serai de garde ! Le rêve ! Sans parler du travail en lui-même. Franchement, il n'a vraiment rien de sorcier. Pour faire simple, tout ce que je dois faire se résume à donner des croquettes et faire trois, quatre papouilles à un minou. Facile !

Chapitre 21
Saleté de chiffres

— Oui, mademoiselle Perrin, je vous entends bien, mais pour la dixième fois, pouvez-vous détailler les frais professionnels dont vous me parlez depuis maintenant quinze minutes ? Pas personnels ! me demande le banquier qui, si je ne l'avais pas jugé acariâtre dès le début de notre rendez-vous, me donnerait sérieusement l'impression que je l'épuise.

— Mais je viens de vous le dire, il s'agit de…

— Permettez-moi de vous couper, mademoiselle, il poursuit avec sa voix donneuse de leçons en redressant ses lunettes, mais il semblerait que nous ne nous comprenions pas, je vous demande vos frais professionnels ? Pas vos dernières dépenses shopping mais ce qui concerne votre travail.

— Oui et moi c'est bien ce que je vous dis, je continue d'argumenter en reprenant en main les copies des factures que j'ai pu imprimer.

— Attendez, mademoiselle, peut-on revenir en arrière juste quelques instants ? Vous êtes donc en train de me dire qu'un coussin pour chat alors que votre concubin y est allergique est, à vos yeux, une dépense professionnelle ?

Bon sang, mais qu'est-ce qu'ils ont tous avec ce coussin à chat ? Et puis entre nous, je me passe volontiers de ses jugements. Ainsi donc, on ouvre son cœur pensant toucher les autres et voilà ce qu'on récolte !

— Mademoiselle Perrin ? poursuit mon banquier en agitant son stylo devant moi, s'il vous plait ? Il est temps de parler sérieusement. Car à l'analyse de vos comptes, et surtout au vu de l'étendue de votre découvert, il est impératif que vous preniez conscience de la gravité de votre situation et que vous commenciez à prendre les choses plus au sérieux. Si j'ai bien compris, vous me dites que vous êtes actuellement à la recherche d'un emploi ? Et que vos aides expirent bientôt ? C'est exact ?

Je reformule en lui expliquant que non, j'ai un emploi mais il semblerait que pour lui garder un chat n'entre pas dans cette liste. Ah ça, je peux dire qu'à cet instant précis, je regrette amèrement que la fille vue à l'accueil la dernière fois n'ait été en réalité qu'une stagiaire. Si seulement j'avais réussi à sortir de la banque avant de me faire alpaguer par ce conseiller…

— Donc si je comprends bien, aucune rentrée d'argent n'est prévue pour combler votre découvert ? Avez-vous un proche qui puisse vous avancer la somme suffisante pour au moins vous remettre à flot ?

Alors ça, non ! Jamais ! Plutôt mourir ! De toute façon, mes copines sont quasiment toutes fauchées. Mes parents sont blindés, certes, mais vu leur réaction hilare la dernière fois, hors de question de leur donner raison. Il me reste l'option Driss, mais là encore non merci. Non, non, non… Maman m'a confirmé qu'un couple est extrêmement fragile à la suite d'un déménagement, je ne souhaite pas prendre le risque d'attiser les flammes une nouvelle fois. Je crois que je n'ai plus le choix, une seule solution s'offre à moi :

— Et sinon, je le questionne en tentant de mettre mon ressentiment de côté, peut-on parler de vos formules de prêt ? Vous faites bien des taux zéro pour les entrepreneurs, non ? J'ai vu ça sur votre vitrine. Une petite avance de rien du tout afin de soutenir mon projet ? Non ?

N'importe quoi ! Mais alors vraiment n'importe quoi ! De quel droit monsieur « je porte ma cravate de travers » ose prétendre que je ne suis pas entrepreneuse ? Alors oui, certes, je n'ai peut-être pas d'entreprise au sens propre du terme, mais bon sang, si moi je ne suis pas une entrepreneuse, je ne sais pas qui peut l'être ! Car j'en passe des heures derrière mon téléphone ! J'ai même dû investir dans des verres spéciaux traités anti-lumière bleue. Cela n'est pas une dépense d'entrepreneur peut-être ? Incroyable. Vraiment incroyable ! C'est furieuse que je sors de la banque. En tout cas, ce qui est sûr c'est que le jour où je serai célèbre, je pourrai revendiquer m'être faite sans soutien. Dire qu'il n'a pas voulu donner suite à ma requête de prêt. Soi-disant que mon dossier n'est pas assez solide… Je vais lui prouver qu'il a tort !

De retour chez moi, je me fais violence pour ne pas m'affaler sur le canapé, accompagnée d'une boisson chaude et d'une petite collation. Quel dommage que l'espace de *co-working* ait encore été complet aujourd'hui… Je les ai appelés en sortant de la banque pour réserver un créneau, mais à l'annonce de mon nom, la femme de l'accueil a hésité puis m'a dit que tout était pris pour le mois. Trop bizarre. C'est tellement dommage, je me rêvais déjà à avoir mes habitudes toujours au même endroit pour y revenir quelques années plus tard accompagnée d'une équipe de télévision pour l'inauguration de la plaque commémorative à mon intention : C'EST À CETTE PLACE QU'IZZIE PERRIN A DÉBUTÉ LA CONSTRUCTION DE SON EMPIRE EN PARTANT DE ZÉRO. Ou quelque chose dans ce genre. Mais, pas grave ! Je me contenterai de bosser à l'appartement pour aujourd'hui.

Assise sur le tabouret devant le bar qui nous sert de table, je tente de recouvrer mes esprits. Au final le problème est simple : actuellement je perds plus d'argent que je n'en gagne. Et je suis bien consciente que garder un chat ne va pas me rendre riche. Mais au moins, ce petit travail me laisse du temps libre pour mon compte Instagram. Et une fois le premier partenariat décroché, je sais que les autres suivront. Et puisque les entreprises semblent éprouver des difficultés à savoir que j'existe (malgré mes milliers d'abonnés), j'ai décidé de prendre les devants ! Et pour ce faire, j'ai une toute nouvelle tactique : je vais démarcher les commerces de PRO-XI-MI-TÉ ! Parce que n'empêche, je n'en vois aucune le faire. Et moi, Izzie Perrin, je n'ai nulle envie de devenir une de ces pâles copies des pointures d'Instagram qui vantent toutes les bienfaits du même shampoing, des mêmes écouteurs sans fil, de cette même cure minceur. Je souhaite que ma notoriété profite aux petits commerçants. Ceux qui, comme moi, peinent à se faire connaitre. Trop acculés que nous sommes sous le poids de cette hégémonie des multinationales. D'ailleurs, en fouillant sur internet, j'ai découvert qu'il y a énormément d'entreprises dans notre ville. Certaines d'entre elles vendent même leurs produits à l'international ! Moi qui me plaignais de la laideur de cette immense zone industrielle devant laquelle nous passons pour aller faire nos courses, me voilà aujourd'hui bien heureuse qu'elle comporte autant de contrats potentiels. Car si mon idée fonctionne, c'est double gain ! À la fois, je suis rémunérée mais en plus, j'ai de fortes chances de figurer dans le journal local. J'imagine bien un article avec un titre du genre « Une influenceuse à la rescousse du commerce de proximité » ou encore « Super-héroïne virtuelle ». Une sorte de mère Teresa des temps modernes ! Mon plan est simple : hors de question de me remettre à écrire des lettres de motivation à la main ou de me contenter d'un appel traditionnel. C'est directement à partir de mon compte Instagram que je vais les contacter. Nul doute que la vitrine de mes 60K va les impressionner. Soyons honnêtes, je suis bien consciente que instagrammer de la saucisse de viande pur porc ne va pas m'apporter plus d'abonnés. En revanche, ce dont je suis certaine c'est que ce post va rendre mon compte professionnel. Et tout est dans le paraitre, nous le savons bien ! Il me suffit de quelques posts avec la mention #sponsorisé, pour que dans les yeux des gens, je gagne immédiatement en poids publicitaire !

J'ouvre ma messagerie, prête à envoyer ma première demande quand je tombe nez à nez avec un nom qui m'est plus que familier dans ma boite de réception. FitZenGirl m'a envoyé un message ! Oh la la ! J'ai un message de FitZenGirl, l'influenceuse aux presque quatre millions d'abonnés ! Incroyable ! Les doigts frémissant d'excitation, j'appuie sur ce dernier et c'est tout mon corps qui s'emballe lorsque je vois le pavé qui s'affiche ! Tous ces mots ! Toutes ces phrases ! J'en conclus qu'elle va m'apporter plein de conseils issus de sa propre expérience ! C'est la première collègue à répondre à mon SOS ! Quelle femme ! Quel cœur sur la main ! Encore sous le choc, je lis au ralenti le début de son mail : Salut, Izzie, ravie d'avoir reçu ton mot… Elle est ravie ! Et en plus elle m'a appelée par mon prénom ! J'ai l'impression que nous sommes déjà comme les meilleures amies du monde. Qui sait, nous bruncherons peut-être ensemble à Paris dans les prochains mois.

Chapitre 22
En'chat'ée

Saleté de chiffres ! Ah bah oui, ça pour en avoir dans son mail, c'est qu'il y en a ! Et beaucoup ! Dire que j'ai cru, ne serait-ce que quelques secondes, qu'il y avait une once d'humanité cachée en FitZenGirl ! C'est une véritable honte ! Un scandale !

— Mais tu crois que ça marche ?

Je souffle et secoue la tête de gauche à droite quand je me souviens que Stella ne peut pas me voir.

— Bien sûr ! je hurle dans mon portable. J'en suis certaine ! Je comprends mieux comment elle a pu s'offrir sa collection de sacs de luxe ! Franchement, elle en a du toupet ! Je suis trop choquée ! Je te jure, je m'en remets pas !

— Bah tu m'étonnes. Cent euros la *story* juste pour évoquer ton compte, c'est fou !

— Et encore, limite ça passe ! Soixante-quinze euros la *story* supplémentaire et, accroche-toi bien, mille euros le post ! Non mais mille euros pour apparaitre sur son *feed* !

— Incroyable... Bah tu vois, Iz, avant que tu ne te lances dedans, je ne pensais pas qu'il y avait autant de business derrière Instagram.

— Dire que je l'ai admirée ! Je la croyais lorsqu'elle appelait ses *followers* : la famille. Famille mon œil, oui !

J'me sens trop trompée ! Je ressens la même chose qu'à la fac quand on avait vu Hugo embrasser cette Espagnole !

Beurk… Ce souvenir qui remonte à la surface me donne envie de me réfugier sous un plaid devant Bridget Jones, à me nourrir exclusivement de petits pots pour bébés. C'est tellement décevant de s'apercevoir que des choses que nous prenons pour acquises sur les réseaux sociaux s'avèrent être fausses. Moi qui pensais que ses nombreux partages de compte étaient dus à son altruisme, à sa générosité. Au fait qu'elle appréciait un contenu et souhaitait nous le faire découvrir… Quelle déception. Dire qu'il s'agissait à chaque fois d'un pur échange pécunier ! Une commande établie et payée à l'avance par une autre influenceuse, qui, comme moi, attend un coup de pouce. Moi, Izzie Perrin, fais le serment solennel que même lorsque je deviendrai une star d'Instagram, je garderai toujours du respect pour mes fans. Ainsi que mes collègues ! Jamais, au grand jamais, je ne les vexerai de la sorte en envoyant un stupide contrat. Moi, j'emprunterai le chemin de l'authenticité ! Mes *followers* pourront me faire confiance. L'authenticité sera ma marque de fabrique afin de leur éviter toute désillusion violente et outrageuse.

— Écoute, Stel, j'te laisse. Le chauffeur devrait bientôt arriver et j'aimerais avoir le temps de publier un post avant de partir.

— Oh ! C'est ce soir que tu commences à garder Lama ?

— Carat, il s'appelle Carat le chat. Et oui, c'est ce soir. J't'appelle quand j'ai fini pour tout te raconter !

Une fois raccroché, je garde mon téléphone en main et me rends dans le dossier des photos instagrammables. Le hic avec le métier d'influenceur, c'est qu'il faut être régulier dans ses publications. Si je souhaite que mon compte soit visible, je dois poster quelque chose tous les jours, et mine de rien, ça met une certaine pression. Du coup, j'ai pris le réflexe d'en préparer en avance pour les jours où, comme aujourd'hui, le glamour n'est clairement pas au programme. Je fais défiler les photos les unes après les autres quand je réalise que je n'ai plus de stock… Oh bon sang! Et mon chauffeur qui arrive dans moins de cinq minutes… Quel stress!

— Nous ignorons l'heure à laquelle nous serons de retour.

— Aucun problème, je réponds avec une voix que je veux la plus professionnelle possible.

Il faut dire qu'ils en imposent les propriétaires de Carat. Beaux, grands, sûrs d'eux, le genre sans aucun défaut à mettre des complexes à n'importe qui. Comment peut-on être si beaux? Entre lui et son mètre quatre-vingts, son look décontracté chic et sa barbe… J'ignorais, avant ce jour, qu'il était possible de trouver belle une barbe. Et ce n'est rien par rapport à elle! Jamais je n'ai vu des ongles aussi longs! C'est bien simple, je cache les moignons qui me servent de doigts depuis que je suis arrivée pour ne pas dévoiler les peaux que j'ai arrachées ces derniers jours suite à tout le stress que j'ai ressenti. Oh la la! Je plains les futures baby-sitters de leurs bambins. Parce qu'au vu de la pression qu'ils me mettent pour un chat, je préfère ne pas imaginer avec leur progéniture. Bien que, au regard de leur discours, j'ai l'impression que Carat est considéré comme tel. Je ne serais d'ailleurs pas étonnée si j'apprenais qu'il était leur premier bénéficiaire testamentaire.

— Bien, poursuit Madame Snob avec sa voix si condescendante (et je ne suis pas sûre qu'elle le fasse exprès), si besoin, le guide technique est posé à côté de la cheminée. Vous y retrouverez toutes les informations concernant notre petit trésor.

Je tourne la tête en direction de l'endroit désigné mais n'aperçois rien d'autre qu'une énorme encyclopédie posée sur un bout de canapé en marbre. Non… Cela ne peut tout de même pas être ça !

— Tous les numéros d'urgence se trouvent sur la première page. Le reste est rangé par domaine. Vous trouverez un index à la fin et au moindre doute, à la moindre hésitation, vous appelez Nadège, notre assistante.

— Ah ! D'accord, j'ajoute déconcertée, je pensais que je verrais avec vous directement. Non parce que je n'ai pas vu Nadège en arrivant, je poursuis en bégayant devant leur air si sûr d'eux.

Bon sang, Izzie, un peu d'assurance !

— Évidemment, elle est chez elle, me répond le mari d'un ton glacial.

— Il faut bien qu'elle ait une vie, renchérit madame Snob accompagnant ses paroles d'un rire si ridicule que je me mords la langue pour ne pas l'imiter à haute voix. Sachez toutefois qu'elle est à notre service sept jours sur sept et vingt-quatre heures sur vingt-quatre. Donc si problème, vous l'appelez !

Je patiente encore quelques instants sur place, à écouter ce couple m'affubler de conseils plus abracadabrants les uns que les autres. Je doute que le sommeil de ce chat soit si perturbé qu'ils le prétendent s'il n'entend pas ses quatorze minutes de Berlioz ! Bon sang, à quel moment comptent-ils partir ? J'ai dû mal à voir l'intérêt d'engager quelqu'un si c'est pour lui tenir la patte au milieu du salon pendant des heures. Ah, et le salon justement, parlons-en ! Lors de ma première visite dans cette somptueuse demeure, j'avais pris place avec leur assistante personnelle dans une très belle pièce dotée de deux canapés en tissu et des fauteuils en velours à tomber ! Étaient posés sur une table basse, certainement sculptée dans un chêne millénaire, des vases remplis de pivoines ainsi que des livres de mode et autres objets décoratifs. Clou du spectacle : ce merveilleux tapis blanc immaculé (le genre de chose avec une durée de vie de trois secondes chez le commun des mortels). Mais j'ai appris en arrivant ce soir qu'en réalité il ne s'agit pas de leur vrai salon, mais plutôt de ce qu'ils ont appelé avec dédain leur petit salon. Un « petit salon » qui mesure quand même (à vue d'œil), la même superficie que mon appartement tout entier... À l'heure où je les écoute avec désespoir m'expliquer pourquoi il est essentiel que les caresses aillent dans le sens du poil et non l'inverse, nous nous trouvons dans une pièce encore plus somptueuse que la première. Dotée de deux cheminées en marbre, de moulures aux murs (et aux plafonds) et de cette incroyable baie vitrée donnant directement sur leur piscine à débordement, je me crois dans un film hollywoodien. Le canapé consiste en un enchevêtrement de sièges design collés les uns aux autres, hyper tendance et surtout sans fin. On pourrait y caser ma classe de CM2 tout entière en nous serrant bien ! Le tout donnant sur la cuisine... Et quelle cuisine ! Toute de marbre vêtue, elle est simplement incroyable ! Un mur entier est dédié à des équipements électroménagers, beaucoup trop high-tech, pour que je sois capable de définir à quoi ils servent... Et une crédence miroir mais qui se transforme en écran lorsque l'on appuie dessus. Bref, cette maison est tout simplement incroyable ! Et je serais dans la capacité de découvrir toutes les autres surprises qu'elle me réserve si Monsieur et Madame Snob se taisaient à la fin. C'est qu'à force de maintenir mon sourire commercial de circonstance, je commence à en avoir une crampe à la mâchoire moi, et ça fait super mal ! Allez, allez, allez...

Hop… Oui il sera bien massé à vingt-et-une heures tapantes ! Et oui, comptez sur moi, je ne ferai pas comme cette « incompétente de dernière *cat sitteuse* » l'affront de confondre du Berlioz avec du Mozart…

— Chérie, on ferait bien d'y aller si on ne veut pas rater le début du spectacle, intime Monsieur à sa femme après avoir regardé sa montre qu'il laisse volontairement apparente, certainement pour que tout le monde constate sa richesse.

— Izzie, vous êtes sûre que vous vous sentez à l'aise ?

— Madame Garroin, je confirme d'une voix professionnelle en rejetant mes épaules en arrière pour que tout mon corps ressente les effets de cette posture d'assurance. Croyez-en mon expérience, Carat m'a l'air d'être un chat exceptionnel et j'avoue qu'il me tarde de me retrouver seule avec lui pour apprendre à faire connaissance. J'ai votre guide sous la main, j'ajoute en attrapant le pavé de mille pages manquant d'en tomber à la renverse. Je ne manquerai pas de profiter des pauses de ce dernier pour l'étudier à la loupe. Vous pouvez partir l'esprit tranquille.

— Nadège avait raison, elle conclut visiblement soulagée, il semblerait que nous ayons enfin trouvé notre perle.

Ce constat la décide à lâcher ce pauvre chat pour me le confier. Oh la la ! Quelle horreur, beurk, pas si près de ma bouche s'il vous plait ! Le matou dans un bras et son mode d'emploi dans l'autre, je me force à sourire un dernier instant, espérant pouvoir poser tout ça au sol le plus vite possible. Ce n'est pas que je n'aime pas les chats mais… disons que je préfère les chiens. Voilà…

Chapitre 23
Engagement

— Allez, Carat, sois chic ! Refais-le juste une fois ! Le temps que je prenne la photo !

Agenouillée, les avant-bras au sol, dans la même position que ce têtu d'angora turc, je réalise que l'estime de soi tient parfois à un fil. Bon sang, suis-je vraiment en train de parler à un chat ? Si je continue ainsi, d'ici quelques semaines, je vais devenir aussi timbrée que peuvent l'être ses maitres à le traiter comme une véritable personne. Mais en même temps, je crois que je les comprends. Je suis là depuis deux heures et je commence déjà à tomber amoureuse… Il faut dire que Carat est plutôt chouette dans son genre ! Un vrai snob ce chat, il suffit de l'observer lever sa patte quand il mange. Il me fait penser à Stella. Elle qui met systématiquement son petit doigt en l'air à chaque fois qu'elle boit. Oh et puis j'ai découvert qu'il a plein de talents cachés. Par exemple, il ronronne en rythme sur du Chopin. N'importe quel morceau ! J'essaie d'ailleurs de le filmer depuis tout à l'heure pour envoyer ça à mes copines, mais il se tait sitôt la caméra de mon téléphone braquée sur lui.

— Allez, Carat ! Refais-le, s'il te plait ! Juste une fois pour moi ! Et… Oh je sais ! Obéis et tu auras le droit à une deuxième pâtée !

Comme s'il pouvait me comprendre, il redresse sa tête et semble tout à coup intéressé par ma personne. Afin de marquer l'essai, j'ouvre le placard et attrape une boite métallique que j'agite tout près de son museau.

— Hum c'est pour qui ça ? Mousseline de saumon sur son lit de canneberges, tu en veux ? Hein ! Alors ronronne, rrrrrrr, voilà comme ça !

Mon téléphone prêt à filmer dans une main et la pâtée dans l'autre, je montre l'exemple en fredonnant et magie des félins, Carat se met à faire de même ! Pour ne pas briser notre pacte de confiance, je verse la bouillie dans sa gamelle plaquée or (…) et l'observe se précipiter dessus. Au moment d'envoyer la vidéo à mes copines, mon téléphone me propose également de la publier en Réel sur Instagram. Pourquoi pas, après tout ? Un avantage de plus à garder un chat plutôt qu'un enfant, au moins pas de questions à se poser sur un quelconque droit à l'image. Ah la la ! Je me sens tellement heureuse d'avoir trouvé ce travail ! Ah ça, on peut dire qu'il en met du beurre dans mes épinards. Si je comptabilise, je suis arrivée à dix-huit heures et les Snob devraient être de retour vers vingt-trois heures. Dix-neuf, vingt, vingt-et-un… Je m'aide des doigts pour faire le compte et constate avec ravissement que cette première garde va me rapporter un sacré pactole ! À trente euros de l'heure, c'est presque deux-cents euros que je vais toucher ! Pour une soirée ! Incroyable ! Après avoir envoyé et publié ma vidéo, je décide d'occuper le restant de ma soirée à regarder un DVD. Monsieur et Madame Snob en ont une sacrée collection ! Et ils ont même une salle de cinéma ! Le seul hic, c'est qu'il y a trop d'appareils et de télécommandes, je n'arrive pas à allumer ce qu'il faut pour qu'elle fonctionne mais pas grave, je me contente du lecteur DVD et de la télé du second salon qui mesure presque la taille de mon lit ! Lorsque bien plus tard, j'entends les pneus de la voiture des propriétaires crisser sur le gravier, je prends conscience que j'ai été tellement prise dans le film que j'en ai oublié toutes mes obligations. À la hâte, j'enlève le DVD de son lecteur et me dépêche de le ranger dans son étui. Puis je me précipite dans le salon principal et allume le poste de musique dédié à Carat avec la playlist censée favoriser son transit et l'aider à entrer dans le sommeil. Et c'est en train de donner un massage des coussinets à leur précieux sur un fond de Wolfgang que Monsieur et Madame me trouvent lorsqu'ils franchissent la porte du salon.

— Ah, bonsoir, Monsieur et Madame Garroin, votre soirée a-t-elle été agréable ? j'ajoute sans pouvoir m'empêcher de faire monter ma voix dans les aigus.

Sans prendre la peine de me répondre, j'observe la maitresse des lieux se diriger vers son minou et commencer à lui parler dans un langage absolument incompréhensible. Monsieur rejoint quant à lui directement la pièce qui lui sert de bureau sans un regard en ma direction. Encore un autre de ces acharnés du travail à l'image de Driss j'imagine…

— La clé, si tu veux mon avis, pour percer, mais vraiment tu vois, dans la sphère Instagram, c'est le taux d'engagement.

— Ah oui, ça, c'est certain ! C'est la base quoi ! De toute façon, tout le monde sait qu'aujourd'hui c'est ça que les marques regardent et non plus le nombre d'abonnés.

Je tique en entendant cette dernière phrase et mets le deuxième écouteur dans mon oreille pour concentrer toute mon attention sur cette rediffusion de live Instagram. Taux d'engagement ? Mais qu'est-ce que c'est que ce truc ? Je n'en ai jamais entendu parler !

— De toute façon, il n'y a que si tu te construis une véritable communauté que tu réussis. Le reste n'est qu'illusion.

Bon sang, qu'est-ce que c'est que ce truc de taux d'engagement ? Et cette histoire de nombre d'abonnés qui ne compteraient pas au final ?

— To-ta-le-ment, poursuit l'influenceuse en réponse à cette spécialiste des réseaux sociaux qu'elle interviewe. Mais du coup, Claire, est-ce que tu pourrais rappeler aux abonnés qui nous regardent comment on fait pour le calculer. Comment connaitre justement le taux d'engagement de sa communauté ? Car je vois plusieurs questions à ce sujet dans les commentaires.

— Oui… alors, c'est très simple…

Vite, vite, vite, il me faut de quoi noter !

— Excusez-moi monsieur, je m'adresse au chauffeur qui me ramène chez moi, vous n'auriez pas un bout de papier qui traine par hasard, s'il vous plait ? Ah et un stylo aussi ? Merci !

J'attrape le prospectus qu'il me tend ainsi que son quatre couleurs à l'effigie du club de football du coin et note à la hâte cette fameuse formule magique. OK donc : *likes* + commentaires, le tout divisé par le nombre d'abonnés. Voyons voir ce que cela donne pour moi !

Nul, nullité, nullissime ! Voilà ce que je suis ! Au moins mon best-seller sur « Tout ce qu'il faut faire pour ne PAS percer sur Instagram » risque de connaitre un succès fou ! Mais pourquoi aucun des mille articles que je me suis embêtée à lire n'a jamais fait mention de ce fameux taux d'engagement ? Inutile d'avoir fait math sup pour savoir que mes cinquante mille faux abonnés font tache dans la balance ! Car je l'ai calculé, et mon taux d'engagement à moi ne représente que 0,4 %… Zéro virgule quatre petits pour cent ! Et elle a dit dans la vidéo qu'en dessous d'un pour cent il fallait vraiment s'inquiéter car ce n'était pas bon du tout ! Et que si la barre n'était pas redressée très vite, il valait mieux fermer son compte tout de suite plutôt que de perdre du temps à tenter de développer un réseau qui ne se développera jamais.

— Hé ho, Izzie ?

La voix de Stella à travers le téléphone manque de me faire sursauter…

— Ah, euh, oui, j'étais dans mes pensées, désolée…

— Bah oui, je commençais à trouver ça bizarre de réussir à parler plus de dix secondes sans que tu me coupes la parole !

— Écoute, je suis vraiment pas d'humeur à rire…

— Mais ne t'inquiètes pas, ma poule, il existe forcément mille moyens de créer des liens avec sa communauté. Laisse-toi le temps de trouver et tu verras que tu vas le faire exploser ton taux d'engagement.

— Mais je ne peux pas, Stel, il est là le problème !

— Tut, tut, tut, pas de ça, souviens-toi quand…

— Ils sont faux mes abonnés ! je hurle avant de mettre la main sur ma bouche trop honteuse de ce que je viens de lui avouer.

— Ah bah enfin ! répond immédiatement ma meilleure amie. Il était temps que tu me dises la vérité, Madame !

— Quoi ? Mais attends… Tu veux dire que tu… ?

— Mais oui, banane ! Tu es passée de deux-mille abonnés à cinquante-deux-mille en une journée. Tu pensais vraiment que je n'y verrais que du feu…

— Oh… Oui c'est vrai que vu sous cet angle… Mais pourquoi tu ne m'as rien dit ?

— Parce que tu n'étais pas prête à en parler. Tout simplement. Alors, j'ai pas voulu te tirer les vers du nez. Tu sais, poulette, je vais être franche avec toi, je t'ai jamais vue autant investie dans quelque chose depuis que je te connais. Et je sais que quoi qu'il se passe, tu vas trouver un moyen ! C'est impossible autrement !

Ah ! On devrait toujours parler à sa meilleure amie pendant les coups de mou ! Moi qui pensais que j'allais être la cible de critiques suite à ma révélation, c'est tout le contraire qui s'est produit. Et au final, Stella a raison, mon problème est plutôt simple à résoudre. S'il vient des abonnés, il me suffit de les enlever un point c'est tout ! J'ai bien payé pour les avoir, j'imagine qu'on doit pouvoir me les enlever en un clic ! Un mail à Franck, l'administrateur du site internet et dans quelques jours on n'en parlera plus !

En revanche, cela ne résout pas mon second problème ! Car une autre information m'a fait tiquer pendant le live avec cette experte des réseaux sociaux. Cette dernière a longuement précisé que pour percer parmi la centaine de milliers d'influenceurs, il fallait avoir un objectif clair et bien défini quant à la raison de sa présence sur Instagram. En gros, être en mesure de répondre à la question : qu'ai-je à apporter au monde ? Et c'est là que de mon côté le bât blesse. Car je m'en fiche de ce que je peux apporter aux autres, c'est plutôt sur eux que je compte pour m'apporter quelque chose. Je veux dire, il est évident que si je pouvais acquérir cette notoriété qui me fait défaut sans avoir besoin de m'embêter des heures durant sur le téléphone, je le ferais! Mais toujours d'après elle, il semblerait qu'un objectif tel que le mien, à savoir : obtenir un emploi d'influenceuse plus que bien rémunéré qui me permette de recevoir un tas d'articles gratuits, de manger dans les meilleurs restaurants sans débourser un sou et de voyager aux quatre coins du monde dans des hôtels plus luxueux les uns que les autres ne soit pas forcément de bon augure… Mais, j'ai beau réfléchir, je ne trouve rien que je puisse apporter. D'accord, je partage mes plats, mes looks, mes sorties… Mais je ne suis pas certaine que cela suffise… Enfin bon, soyons francs une petite minute, je ne suis même pas certaine que je me suivrais moi-même sur Instagram…

Chapitre 24
Catwoman

— Tout ça pour un chat ? hallucine ma meilleure amie avec dédain.

— Je te jure, Stel ! J'ai posté le Réel hier et il a déjà été vu plus de soixante mille fois ! On peut vraiment dire que Carat le snob crée un véritable buzz ! J'ai quand même eu plus de cinq-mille abonnés à mon compte en une nuit ! Tu te rends compte ? Cinq-mille ! Même moi je n'arrive pas à y croire ! J'ai eu un nombre de partages hallucinant ! Et les commentaires sont unanimes, tous en réclament plus !

— Oh la la ! C'est incroyable ! À coup sûr, une star est tombée dessus et l'a partagé et effet boule de neige quoi ! Bon, ça ne me surprend que moyennement. Tu sais les chats et les bébés… C'est vraiment la clé sur internet…

Je coince mon téléphone contre mon épaule et attrape une tasse pour me faire couler un café. C'est quand même incroyable ce que la vie peut réserver comme lot de surprises… Et cette notoriété soudaine, je la dois une nouvelle fois à un coup de pouce du destin ! Jamais je n'aurais pensé à publier cette vidéo en Réel si mon téléphone ne me l'avait pas suggéré ! Je regarde mon café couler, en me disant que je pourrais peut-être bientôt retourner les prendre dans ces salons de thé hyper chic.

— En tout cas, il semblerait que tu l'aies trouvée ta poule aux œufs d'or !

— Ma quoi ?

— Ta poule, Iz ! Mais bien sûr, c'est ça !

— Ça quoi ?

— Mais ta mission ! Ce que tu as à apporter au monde ! Celle qui donnera sens à ton existence sur Instagram. Le truc dont tu me parlais hier !

— Oh ! Tu penses qu'il faut que je continue les vidéos ? C'est vrai que je dois avoir une patte artistique. C'est peut-être la façon dont j'ai orienté la caméra, je reconnais fière de moi.

— Non, ce que je veux dire par là, c'est que c'est le chat qui a la patte ! Tu te rends compte ? Cinq-mille nouveaux abonnés en une nuit, c'est juste incroyable ! C'est le chat, Iz ! C'est lui qui doit devenir la star de ton réseau ! C'est lui !

— Euh sympa pour moi.

— Mais si, toi, tu restes encore là, mais c'est le matou qui doit dominer le compte. Tu n'es plus Iz machin chose, désormais tu deviens Iz, la fille qui a le plaisir de côtoyer Carat. Tu saisis ?

— Oui, mais je ne suis pas sûre que ça fonctionne toute ton histoire… après tout il s'agissait d'une vidéo, peut-être juste un buzz hasardeux, j'ajoute en demi-teinte, un peu vexée à l'idée de me faire voler la vedette comme ça.

— Il sait faire d'autres choses ce chat ?

— Oh oui ! T'as pas idée, attends de le voir lever sa patte à chaque fois qu'il mange, on dirait toi ! Ah et puis il sait faire du tricycle ! Et je t'ai parlé de cette pièce de leur maison entièrement aménagée en salle de jeu pour minou ? C'est abusé, elle fait la même taille que ma chambre ! Tout ça pour un chat, avec parcours, hamac, siège auto massant…

— Tu y retournes quand ?

— Demain soir ! Ils doivent assister à une inauguration, ils m'ont parlé d'un cordon à couper où je ne sais pas trop quoi. C'est trop bête d'ailleurs, car c'est justement demain la soirée VIP pour fêter la fin du chantier de Driss et le lancement du nouveau resto. Quand je pense que je vais rater ça…

— OK, alors tu sais ce qui te reste à faire. Demain, filme-le. Le plus possible. Fais le plein de vidéos et photos de réserve et poste ça. Si le buzz se reproduit une nouvelle fois, ça signifiera qu'il s'agissait de bien plus qu'un simple buzz.

Stella a raison. C'est peut-être Carat, en effet, qui va me permettre d'accéder à la gloire. Voilà pourquoi je décide d'annuler mes plans du jour et de le passer à la place à surfer sur Instagram et Pinterest pour trouver le plus d'inspiration possible. Carat n'est pas mon chat, il ne vit pas chez moi, mais il n'empêche que je dois absolument parvenir à y mettre ma patte si je veux que l'ensemble fonctionne. Et c'est comme ça que quelques heures plus tard, je me retrouve dans cette incroyable boutique spécialisée dans le bien-être animal. Si on m'avait dit qu'avoir un animal de compagnie serait si drôle !

— Excusez-moi, j'alpague la vendeuse qui passe à mes côtés, vous avez encore ça en taille S ?

— Ah ! Malheureusement la combinaison licorne est épuisée dans cette taille, mais si jamais cela vous intéresse, poursuit-elle en regagnant une petite pièce qui ressemble à une réserve, je viens de réceptionner ces petites merveilles !

Je l'observe sortir de son emballage un morceau de tissu et le déplier cérémonieusement. Oh waouh ! Je tends les deux mains vers elle pour recevoir cette pièce toute de strass brodée ! Incroyable !

— Tout a été cousu à la main par une couturière de la région. Une fois cet ensemble porté, votre chat ressemblera à une star féline prête à monter les marches du Festival de Cannes.

— C'est une pure merveille, je murmure en examinant de plus près le smoking.

— Et vous voulez savoir le plus beau dans tout ça, poursuit la vendeuse en approchant son visage du mien, j'ai le même pour vous, en taille adulte.

Mes yeux s'écarquillent. Je suis obligée de craquer. J'achète également un pull poche kangourou pour moi tellement chou ! En fait, comme son nom l'indique, il y a une poche au niveau du ventre pour y installer le chat. Si Carat se montre coopératif, cela va faire une photo d'enfer ! Mais le clou du spectacle, ce sont les lunettes de soleil pour chat, imitation d'une grande marque de luxe ! Si je le sais, c'est parce que j'ai bavé devant la dernière fois dans le dressing de Madame : d'après Google, sept-cent-cinquante euros la paire tout de même ! Je suis consciente de devoir faire attention à mes dépenses, mais là je suis obligée de prendre ce risque pour garantir le succès. Mon *cat sitting* a lieu demain soir et je compte bien les rapporter au magasin après-demain dès l'ouverture du magasin pour remboursement et ce sera réglé.

Le lendemain, en arrivant chez les Garroin, je suis bien décidée à enclencher le plan CAT sans tarder. À savoir : Canal Actif de Tendance. J'observe le regard intrigué de la gouvernante en direction de mon sac à dos de voyage lorsqu'elle m'ouvre la porte.

— Nadège, bonsoir ! Vous allez bien ?

— Bonsoir, Izzie. Je vous attendais pour partir. Monsieur et Madame m'ont demandé de vous informer qu'ils ne pensaient pas rentrer tard. Pour reprendre leurs termes « ils font juste une apparition à cet événement » et repartent.

J'accuse le coup avec le sourire. Inutile de lui préciser que cette information déclenche une énorme vague de stress en moi… Bon, le tout sera d'être efficace. Si j'ai peu de temps à ma disposition, il ne tient qu'à moi de le mettre en application efficacement afin de compenser cela. Une fois la voiture de Nadège hors de ma vue, je m'empresse de déclencher le plan CAT. Mon objectif est simple : étant donné que Carat semble jouir d'une superbe cote de popularité sur les réseaux sociaux, je suis bien décidée à y aller fort. Ma mission de ce soir est donc de prendre le plus de photos possible de lui et avec lui. D'ailleurs en parlant du loup, le voilà qui se frotte contre mes jambes :

— Salut, toi, je le salue en m'agenouillant à sa hauteur. Et alors, mon beau, ça va ? Que tu es doux ! Tu sais que tatie Izzie t'a acheté plein de jolis cadeaux. Oh oui, mon pépère. Regarde, j'ajoute en tirant du sac la souris télécommandée. Ah ah ! Tu t'en fiches de mon cadeau ? Ce sont des papouilles que tu veux, toi ? N'est-ce pas ? Les papa, les papou, les papouilles ! Hein, dis voir !

Oh bon sang, sortez-moi de là ! C'est plus fort que moi, impossible de résister. Allez, Izzie, ressaisis-toi ! Tu as une opération à mener. Donc où en étais-je ? Ah oui, optimisation du temps ! Au programme : créer du contenu pour mes posts et aussi pour mes *stories*. Et prendre suffisamment de vidéos pour avoir de la matière pour créer des Réels une fois de retour à la maison. C'est parti !

TEXTO DESTINATAIRE STELLA : 19 h 43

Pouah, mission CAT difficile à réaliser. Chat pas du tout coopératif. Se montre plus hargneux que Steph pendant une séance d'abdos, c'est pour dire… Bisous bisous

Il n'est que vingt-deux heures lorsque je rentre à l'appartement. Et je suis épuisée ! Qui a dit que garder un chat était de tout repos ? Mais au moins, mon objectif est plus qu'atteint ! J'étais d'ailleurs tellement absorbée dans ma tâche que j'en ai oublié de me commander à manger, mais pas grave, ce soir je me nourris à la satisfaction personnelle ! Même les griffures qui recouvrent mon bras n'écharpent pas cette sensation. Ah ça, je n'ai pas réussi à la lui enfiler cette combinaison de tigre, mais on peut dire qu'il se comportait tout comme. Mais bon, au moins j'ai pu prendre un *selfie* de nous avec nos serre-tête crinière donc c'est malgré tout une réussite. D'ailleurs, j'ai décidément eu raison de miser sur Carat, car Instagram vient de me prévenir que cette photo postée avec lui a un taux d'activité supérieur à 80 % par rapport à tous mes autres posts ! Incroyable ! Il est indéniable que mon truc en plus est là ! Carat sera ma valeur ajoutée ! J'ai déjà plein d'idées de vidéos à tourner la prochaine fois que j'y serai ! J'ai entendu Monsieur et Madame Snob parler d'un éventuel séjour pendant lequel ils partiraient sans leur trésor. Un week-end entier, j'en rêve ! Quand je pense au temps libre que cela me laisserait !

Chapitre 25
L'empire des sens

— Salut, mon cœur, m'accueille Driss quand je rentre en mettant pause à son jeu vidéo.

— Ah ! Mais tu es déjà là ? Je pensais que ta soirée d'inauguration risquait de durer…

— C'est ce que je pensais aussi, mais les proprios sont juste passés en coup de vent. Du coup je suis parti en même temps qu'eux. T'as mangé ? J'ai allumé le four pour y mettre une pizza.

J'acquiesce un grand sourire aux lèvres et file prendre une douche en vitesse avant de revenir. Le plus gros inconvénient de mon job c'est que Driss est allergique aux chats. On le savait déjà, malgré tout il nous a fallu plusieurs jours pour comprendre que ses crises d'éternuements soudaines n'étaient pas liées à une nouvelle allergie, mais juste aux poils que je rapportais sur mes vêtements après une séance de *cat sitting*. Il s'avère que sans le vouloir, j'en dépose un peu partout dans la maison. Voilà pourquoi, la douche est ma première étape désormais lorsque je rentre. Une fois mon corps et mes cheveux lavés, je rejoins Driss. Une pizza fumante et recouverte de parmesan fraichement râpé comme je les aime m'attend sur la table basse ainsi qu'un verre de Chardonnay. Quel accueil ! J'ai bien fait de ne pas manger. Je le laisse zapper quelques instants puis nous tombons d'accord pour une rediffusion d'un vieil épisode de *Friends*.

— Mais au fait, je le questionne au beau milieu d'une bouchée, tu vas pas me dire qu'ils ne servaient rien à manger à l'inauguration d'un restaurant quand même ?

— Si, si, mais tu sais ce que c'est. À mon poste, c'est plus le genre de soirée où tu sers des mains en te faisant des contacts plutôt que de trainer à côté du buffet. D'ailleurs, le grand boss m'a dit qu'il était super content de mon boulot et tu te rappelles Jacques ?

La bouche pleine, je secoue la tête de gauche à droite pour lui faire signe que non.

— Jacques, mon ancien chef. Il part à la retraite dans quelques mois et il semblerait que je sois en haut de la liste des candidats pour le remplacer.

— Waouh ! j'exulte, mais ça, c'est une super nouvelle !

— Plutôt oui. Mais attends hein, tant que les choses ne sont pas signées, elles n'existent pas. Ah ! Tiens d'ailleurs, on a parlé de toi, il poursuit avant d'engloutir une énorme bouchée.

— Comment ça, parlé de moi ?

Sceptique, je l'observe mastiquer goulument et attends avec impatience de connaitre la suite de sa phrase. Oh ! Je sais ! Si ça se trouve, une personne qu'il a croisée ce soir me suit sur Instagram ! Oh mince, Driss a dû se sentir sacrément bête à ne pas savoir que sa chérie était en train de percer… J'aurais peut-être dû lui dire que j'avais continué et que, ma foi, ça commence à marcher plutôt bien… Quoique en même temps, il ne m'a jamais demandé. Et puis quand j'y repense, je ne lui ai jamais dit que j'allais arrêter Il m'a assez prise de haut la dernière fois. Et à juste titre, je dois l'avouer. C'est vrai, je reconnais que je suis professionnellement instable et que j'ai une tendance à vite m'emballer, je le sais. Mais c'est différent cette fois. Et j'ai vraiment envie qu'il soit fier de moi le jour où il verra que je n'ai pas abandonné et que tous mes efforts ont payé.

— Il y a un poste qui va se libérer. Bon c'est officieux, hein. Clara, tu sais, qui bosse au service tarification, et bin elle est enceinte et elle a fait comprendre au patron qu'elle prendra un congé parental ensuite du coup.

— Ah ! Cool pour elle, je réponds automatiquement sans saisir pourquoi il parle de ça, là, maintenant. Et donc, j'ajoute pour le recentrer, tu disais que vous aviez parlé de moi ?

— Oui, du coup tu en penses quoi ?

— De quoi quoi ?

— Bébé, tu m'as écouté au moins ? Le taf, pour toi, belle opportunité tu trouves pas ? Et puis, il m'a assuré que même si les compétences ne sont pas toutes dans tes cordes, il y aurait des formations de prévues, alors… Pas de stress à avoir, tu vois. Mais grosso modo, ça ressemble à celui que tu avais chez StarLob à Meunarque.

Bouche bée, j'accuse le coup ne sachant pas quoi répondre…

— Et attention, beaux avantages : frais de déplacements, prime participation, intéressement, treizième mois. J'ai même négocié les tickets resto si tu venais à signer.

— Mais euh… c'est-à-dire que j'ai déjà un travail…

Bon je n'avais pas prévu de lui dévoiler mon plan de carrière sur les réseaux sociaux maintenant, mais je crois que je n'ai pas le choix.

— Oui le chat je sais, mais t'inquiètes, Iz, à ce prix, ils auront tôt fait de retrouver quelqu'un. C'est adorable de ta part de ne pas vouloir les lâcher, mais pense à toi avant de penser aux autres. C'est une super opportunité. Surtout que je suis certain que ça se concrétisera en CDI à la fin, vu qu'ils parlaient de créer un poste supplémentaire il y a quelque temps. Ah au fait, avant que j'oublie, tu as reçu un colis, me dit-il en tendant le bras vers le bar

Ravie de cette diversion inattendue, je me précipite trop heureuse d'avoir une excuse pour différer ma réponse. Bon sang, qu'est-ce que je vais faire. Je sais que Driss ne va pas comprendre si je refuse de m'intéresser à son offre pour pérenniser tous les efforts déjà mis sur mon compte Instagram. Mais en même temps, est-ce qu'une telle opportunité se représentera ? J'ai bien compris en arrivant ici que les emplois ne couraient pas les rues. Alors certes, j'ai détesté faire ce que je faisais chez StarLob, mais ça reste un travail de bureau… J'aurai toujours les soirées pour me consacrer à mes réseaux sociaux… Même si, soyons honnêtes, vu le temps que cela me prend, je sais que je prends le risque de monter beaucoup moins vite en faisant cela. Mais s'il s'avérait que je ne montais jamais, je risque de regretter amèrement de ne pas avoir considéré son offre. Argh… Perdue dans mes pensées, j'arrache machinalement le système d'ouverture de mon colis et tressaille en apercevant le logo de l'expéditeur sur la lettre qui recouvre le contenu : l'empire des sens !

— Oh ! J'y crois pas, ça a marché !

Je saute sur place tant l'excitation que je ressens est grande. Devant le regard interrogateur de Driss, je prends une grande inspiration et, le colis toujours en main déclare :

— Bon, chéri, j'ai quelque chose à t'avouer…

Et voilà comment, par un concours de circonstances, j'actualise ma situation auprès de Driss.

— Mais je ne te dis pas d'arrêter ! Bébé, je t'ai juste demandé si ça commençait à te rapporter.

— De toute façon, c'est toujours pareil avec toi ! Tu es incapable de te réjouir pour quoi que ce soit ! Tout le monde sait que ça marche pas comme ça, Instagram. Tu saurais si tu l'avais...

— Mais arrête, Iz ! Je dis juste que c'est bien d'investir, mais il faut que ça paie à un moment. C'est tout ce que je t'ai dit.

— De toute façon, tu ne crois jamais en moi, j'en conclus au bord des larmes...

— Stop, attends, mon cœur, il poursuit en me prenant dans ses bras. Tout part trop loin là. Cela n'a rien à voir avec le fait de croire en toi ou non. Tu sais très bien que ce que je pense de toi, je veux juste t'éviter une grosse déconvenue. C'est tout.

— Oui, mais j'ai vraiment envie de réussir...

— Et c'est tout à ton honneur, je te demande simplement de reconsidérer la situation sur du long terme et là on...

— Oh ! je hurle en mettant brusquement fin à notre étreinte ! Mon colis ! Bon sang comment ai-je pu oublier mon colis !

Je cours le chercher et le laisse tomber avec fracas sur la table basse !

— On vient de parler pour rien ! C'est pour ça que je t'ai annoncé que j'étais influenceuse, regarde, j'ajoute en sortant tous les paquets enveloppés dans du papier bulle ! Regarde tout ça ! C'est mon premier partenariat ! J'y suis ! Je suis entrée dans le cercle !

— L'empire des Sens, lit Driss en faisant la grimace lorsqu'il attrape le courrier m'étant destiné. Euh, mais, Iz, c'est pas l'usine en bas de…

— Oui, oui, c'est elle ! Celle de la zone industrielle ! Oh j'en crois pas mes yeux, regarde tout ça ! Trois, quatre, sept, huit… Neuf ! Ils m'en ont envoyé neuf ! Mon premier partenariat ! J'ai contacté cette entreprise la semaine dernière et vu la taille du carton, ils m'ont envoyé toute leur collection !

— Euh… ola attends…. Tu comptes montrer ça sur Insta ?

— Et comment ! Pas qu'un peu ! Je vais les tester une par une ! Bien les laisser chauffer pour que l'odeur se dégage partout et faire un compte rendu détaillé de chacune de mes expériences.

— Non, mais, Izzie, ça va pas la tête ? Tu es devenue complètement folle ? me répond Driss le regard complètement ahuri, en m'ôtant violemment des mains le paquet que je m'apprête à ouvrir.

— Mais ! Et voilà tu continues ! C'est quand même fou ça. Fais pas comme mes parents, toi tu es jeune ! Influenceur est un métier comme un autre ! Tu crois quoi, toi, que tes footballeurs que tu regardes à la télé, ont tout de suite commencé dans un club prestigieux ? Que nenni ! Alors si pour ma part, je dois commencer à faire la promotion de bougies et autres cires parfumées pour faire évoluer mon compte, je le ferai.

— Des bougies ? Mais…

Driss n'a pas besoin de finir sa phrase, car au même moment, j'arrache le papier bulle d'un paquet et l'illustration qui l'enveloppe est, ma foi, plutôt équivoque.

— Mais enfin, je comprends pas !

— L'empire des sens, mon cœur! ajoute Driss en s'esclaffant, tu pensais vraiment qu'il s'agissait de bougies ? Oh, tu me rassures dans un sens, j'ai cru que tu étais prête à tout pour avoir des abonnés supplémentaires.

— Quoi ? Mais attends, tu savais toi que nous avions un empire du sexe à quelques pâtés de maison de chez nous ?

— Mais bien sûr ! En même temps, on passe devant à chaque fois qu'on sort de la ville. Ne me dis pas que tu n'as jamais fait gaffe au logo, poursuit-il sans réussir à s'arrêter de rire.

— Mais c'est un bougeoir ! Oh... C'est vrai que maintenant que tu le dis...

Chapitre 26

A star is born

— De quoi j'ai l'air ? je questionne Giulia sur le chemin jusqu'au lycée pour la millionième fois.

— Du calme, Bella ! Ce sont des lycéennes, tu sais ! Toi, tu es influenceuse, tu porterais un sac poubelle qu'elles trouveraient ça stylé !

Mon amie italienne ne semble pas mesurer la portée de ce qui m'attend. Mon invitation en main, je relis cette phrase que je connais désormais par cœur : Madame Izzie Perrin, dans le cadre de notre projet sur l'ambivalence et l'omniprésence des réseaux sociaux, ce serait un honneur pour nous, élèves de seconde, de recevoir dans notre classe l'étoile montante d'Instagram que vous êtes, pour vous interviewer.

— Étoile montante, je répète lentement les yeux pétillants. Bah tu vois Giulia, c'est dingue, j'arrive toujours pas à y croire. J'ai jamais été interviewée avant aujourd'hui !

— Tu penseras bien à mettre en avant ton bras avec les bracelets et les bagues, hein. Pour les photos, tu sais. Comme ça je dirais bien à ma cousine de taguer ma marque.

Je ne crois pas qu'un article dans le journal de l'école puisse faire décoller ses ventes de joaillerie, mais m'abstiens de lui faire remarquer. Surtout que c'est grâce à elle si j'en suis là. C'est elle qui a parlé de moi à sa cousine. Moi : « l'étoile montante d'Instagram que notre ville a l'immense chance d'abriter ».

— Mais si je leur plaisais pas ? Attends, arrête-toi ! je la stoppe devant le garage à vélos. Tu vois, et si elles se rendaient compte au final que je suis juste une fille banale et c'est tout. Oh non, ça va trop être la déception… Les pauvres…

— Banale de quoi ? Les quatre-vingt-mille abonnés, tu trouves ça banal, toi, peut-être ? Allez zou ! poursuit Giulia en me tirant par le bras.

Quelques minutes plus tard, assise sur un tabouret sans dossier, face à une trentaine de paires d'yeux qui m'observent, je sens mon corps entier se couvrir d'un voile de transpiration. Et à moins que je fasse une réaction au café que j'ai bu en terrasse juste avant de venir, il semblerait que je sois en proie à une éruption cutanée due au stress.

— Oh la la ! Il fait chaud dans vos salles de classe, mes pauvres. J'avais oublié ce détail.

Je souris et tente de faire passer ma rougeur excessive pour une simple réaction à la chaleur. Une fois ma veste en jean enlevée, ne sachant pas où la mettre, je la dépose sur mes genoux, mais vois alors Giulia assise, tout au fond de la pièce me faire de grands gestes de la main. Mais qu'est-ce qui lui arrive ? Ah mince oui, les bijoux ! J'ai caché mes poignets sous ma veste, si bien qu'on ne voit plus les innombrables bracelets et bagues que je porte à l'effigie de sa marque.

— Très bien, Madame Perrin, on va vous poser quelques questions si c'est bon pour vous, commence la première des lycéennes qui me fait face, accompagnée de son mini micro.

OK, règle numéro une : paraitre cool et relax. Souviens-toi, Izzie. Coolax ! J'ai passé quasiment l'intégralité de ma soirée d'hier en *facecam* avec Stella pour me préparer. On a établi trois règles fondamentales selon lesquelles, si je les respecte, tout devrait bien se passer. Non parce que je me connais, j'ai toujours eu tendance à faire des choses bizarres face à un stress intense. Comme cette fois où je me suis mise à réciter la fable Le corbeau et le renard au beau milieu d'un entretien d'embauche. Et le pire, ce n'est pas tant le regard complètement hagard lancé par le chef qui me recevait, mais plutôt ma piètre tentative de joindre les gestes à la parole. Bref... Donc, règle numéro une : cool et relax. Puis en deux : rester évasive, m'efforcer de ne pas entrer dans les détails pour entretenir une part de mystère. Et enfin, règle numéro trois : ... Oh non, mince ! Zut de flute, j'ai oublié la trois ! Non, non, non, non, non ! Tout, mais pas ça !

— Madame Perrin ?

— Euh oui... Oui, euh... Izzie, tu peux m'appeler Izzie, je lui réponds le plus nonchalamment possible. On est relax, cool Raoul ! j'ajoute en agitant devant moi mon index et mon majeur tremblants en signe de V.

Non mais, Izzie, ça ne va pas la tête ? « Cool Raoul » ? Oh non ça y est, elle me revient... Règle numéro trois : bannir de mon registre toute expression ridicule ou obsolète. Oh voilà que j'ai envie de pleurer... On vient de commencer et c'est déjà un fiasco... J'expire discrètement le plus longtemps possible puis bloque l'air entrant plusieurs secondes pour me calmer. J'en profite pour appliquer la règle numéro deux en me contentant de hocher la tête de haut en bas ou de droite à gauche pour répondre aux questions suivantes et me concentrer sur ma respiration.

— Et pas non plus d'invitations aux soirées ?

— Non.

— Des trucs de VIP en avant-première ?

— Euh, non plus…

— Des présentations de nouvelles collections ?

— Euh, c'est à dire que… non.

— Des voyages pour découvrir un nouveau produit ?

— Pas encore…

Aïe… Plus je réponds non aux questions des lycéens et plus je sens la frustration croitre dans leurs yeux… Je les déçois, c'est évident… Cette rencontre, ma vie, tout les déçoit. Ils s'attendaient certainement à un peu plus d'excitation, mais la vérité est que je passe la majeure partie de mon temps assise sur mon canapé, les yeux rivés sur le téléphone.

— Super merci, me répond Lara d'un air un peu blasé. Alors euh, avant-dernière question, même si je crois qu'on a compris la réponse : est-ce que tu côtoies d'autres célébrités ?

— Euh non… Enfin à part celles que je vois par le biais de ma télé, j'ajoute en explosant de rire dans une ultime tentative pour détendre l'ambiance.

Bide ! Alerte, bide, bide, bide ! Bon sang Izzie, un peu de retenue. Oh la la ! J'ai tellement l'impression de les blaser. Il y a cette adolescente au fond de la classe qui bâille depuis tout à l'heure. Et déjà sept personnes sont allées aux toilettes depuis le début de mon entretien… Voilà qui veut tout dire… Je les ennuie ! Je fais un signe de tête désespéré en direction de Giulia et la vois me mimer avec la main de mettre la vitesse supérieure… Ainsi, mes interprétations sont bonnes. Euh, alors des célébrités, des célébrités, non bah non, je n'en côtoie pas... Car à part la fois où.... Oh, mais oui c'est ça!

— Enfin, après j'échange de temps en temps avec d'autres influenceuses, tu vois. Mais il est vrai que pour moi ce sont plus des collègues que des célébrités quoi...

— Ah oui, des connues? me demande Lara, le regard soudainement intéressé.

— Euh... (je fais semblant de réfléchir. Comme si j'avais le choix...), écoute la dernière en date c'était FitZenGirl, je lance en retenant mon sourire de fierté.

Ah! J'en étais sûre! À peine ces mots sortis de ma bouche, que tous les dos jusqu'à présent avachis sur les chaises, se redressent subitement. Je viens d'illustrer l'expression : captiver l'attention.

— Oh waouh la chance, je l'adore!

— Oh moi aussi, c'est trop ma préférée sur Instagram. Elle est trop sympa en plus!

— Mais du coup tu peux nous dire des trucs sur elle?

— Y aurait pas moyen de l'appeler en direct?

— Oh oui ce serait trop cool!

— Oh ça, ça va être génial pour notre article! Et du coup, on peut savoir des choses sur elle? Voilà, là, on a de la matière maintenant. Du coup, Izzie, vous parlez de quoi entre collègues influenceuses?

— Tu as des photos d'elle et toi? Vous vous êtes déjà vues?

C'est comme si tous les élèves présents dans la salle se réveillaient en même temps. Alors que jusqu'à présent les questions s'enchainaient les unes après les autres dans un calme olympien, l'ambiance s'est soudainement chargée en électricité. Je vois des doigts qui se lèvent de toute part. Bon sang, je n'y crois pas, FitZenGirl est en train de me voler la vedette! À ma première interview en plus! C'est trop injuste! D'autant plus qu'elle ne le mérite même pas…

— Ah! Ah! On se dit des choses et d'autres… je réponds sans vraiment savoir quoi ajouter.

— Oui bin on s'en doute, mais des choses de quel ordre? Oh ça doit être impressionnant de côtoyer une telle star, n'empêche.

— Oh vous savez, ça reste une personne comme vous et moi, hein.

— J'me sentirais tellement nulle à côté d'elle, commence à se plaindre Sophie, la petite rouquine assise à côté de Lara.

— Et moi alors! Elle est tellement belle, tellement parfaite! surenchérit une autre fille dont je n'ai pas retenu le prénom.

— M'en parlez pas… Et en plus d'être belle, elle est tellement gentille. Elle est allée dans un refuge pour chien j'ai vu en *story* hier. C'est trop cute!

Des cœurs apparaissent dans les yeux des filles présentes à mesure qu'elles se dévalorisent. C'est trop pour moi.

— Mais n'importe quoi, les filles, arrêtez de vous rabaisser à cause d'elle, j'explose. En vrai, elle est très loin de l'image qu'elle dégage! Si, si, je vous assure, j'ajoute devant leurs têtes stupéfaites. Regardez, elle m'a envoyé un contrat une fois parce qu'elle ne voulait pas partager mon compte gratuitement pour m'aider à me faire connaitre. Vous trouvez ça gentil, vous? Faire payer au lieu d'aider? Eh bah non! On est d'accord! Instagram, c'est pas la réalité! En plus, elle est forcément belle avec tous les filtres qu'elle utilise! Et vous au moins, vous êtes belles! Sans filtre! Au naturel! Alors, cessez de vous rabaisser! C'est compris? Et puis d'ailleurs, elle fait aussi…

Je continue de parler et observe Giulia faire à nouveau de grands gestes de la main! Mais qu'est-ce qui lui prend?

D'autant plus que l'énervement me gagne tellement que je ne cesse d'agiter la main qui sert de présentoir à sa nouvelle collection. Elle devrait être contente alors pourquoi me fait-elle signe de me taire ?

De retour chez moi, je me sens comme sur un petit nuage. J'ai enfin un partenariat ! Un vrai ! Pour faire simple, pendant que le bus me ramenait jusque chez moi, j'ai consulté ma messagerie Instagram. Action que je m'oblige à faire une fois par semaine. Et de préférence à un moment où je me sens forte, puissante. Et il vaut mieux, car bien souvent, celle-ci est truffée de mails me demandant les références des tenues pourtant précisées sous chaque post. Quand ce ne sont pas des remarques déplacées ou j'en passe… Bref, en un mot, c'est épuisant et inintéressant ! Mais là, coincé entre deux réactions négatives sur ma *story* où je me filmais en train de boire un *frappuccino*, il y avait le message d'une société de croquettes pour chat ! Oui, oui ! Pour reprendre leurs termes, ils me veulent absolument pour faire la promotion des produits qu'ils vendent sur leur site internet ! Avant de joindre l'entreprise au numéro communiqué dans leur mail et bien décidée à ne pas reproduire les erreurs de ce matin liées à mon manque d'assurance, je cherche sur YouTube de quoi me donner un mental de gagnant. « Cent affirmations positives pour réussir sa vie professionnelle ». Voilà qui est parfait ! J'enfile mes écouteurs, me poste le dos bien droit devant le miroir de la salle de bain et répète à haute voix : Mon potentiel est illimité. Mon potentiel est illimité. Je suis une redoutable femme d'affaires. Je suis une redoutable femme d'affaires. Ma voix est pleine d'assurance. Ma voix est pleine d'assurance. Je leur fais un cadeau en acceptant leur offre et pas le contraire. Je leur fais…

Quelques minutes plus tard, forte de mon mental d'entrepreneuse, je compose le numéro précisé dans le mail.

— Chat'pristi, Josiane au standard, bonjour.

— Oui bonjour Madame, Izzie Perrin au téléphone.

— Excusez-moi, Izzie qui ?

Voilà qui commence mal, ce n'est pas tout à fait l'accueil que j'attendais.

— Izzie Perrin. Vous m'avez envoyé un mail concernant une demande de partenariat. Enfin non pas un mail sur ma boite mail, mais sur celle d'Instagram. Vous savez dans l'onglet messagerie. Euh enfin bref, vous m'indiquiez que vous souhaitiez travailler avec moi. Enfin avec nous. Le, euh, le… moi et le chat. Voilà donc, je…

— Oui alors ne quittez pas, je vous redirige.

Oh la la ! Izzie, ce n'est pas possible ! Je savais que j'aurais dû préparer cet appel en m'entrainant pour de faux, devant ma glace. Bon sang, qu'est-ce que c'était que cette phrase à rallonge ? Non et puis sans parler de toutes ces hésitations. Allez, j'ai intérêt à assurer ma deuxième chance ! Profitant du temps d'attente, j'essaie de me souvenir des quelques phrases motivantes écoutées précédemment « Je suis une redoutable femme d'affaires, je suis une redoutable femme d'affaires… ». À force de répétition, je sens l'énergie monter en moi. À moins que cela ne provienne du choix de la musique d'attente ? Je me souviens, cette chanson avait servi d'hymne officiel à une coupe du monde il y a quelques années de ça. Qu'est-ce que j'ai pu danser sur ce tube ! C'est bien simple, je l'adore !

— Chat'pristi bonjour. Sophie, service marketing, que puis-je pour vous ?

— Bonjour, Izzie Perrin au téléphone, vous m'avez contactée pour que je parle de votre marque sur Instagram.

— Ah… Izzie comment, s'il vous plait ?

— Perrin, P-E-deux R, I, N. BackIz sur Instagram.

J'entends le clavier de l'ordinateur de mon interlocutrice s'agiter pendant que je me retrouve une nouvelle fois à attendre sans même qu'on prenne la peine de m'informer. Bon sang, si c'est leur façon de traiter avec les influenceurs, bonjour la relation de qualité. Ne sont-ils pas censés me séduire ? Tout faire pour que j'aie envie de signer chez eux et pas chez la concurrence ?

— Oui alors, Mme Perrin, écoutez, je ne vous trouve pas dans mon registre, je vais vous mettre en relation avec une de mes collègues, ne quittez pas.

Et voilà de nouveau cette musique qui se met à crier dans mes oreilles. Bon sang, que c'est agaçant ! Et puis bon, franchement, ils auraient quand même pu trouver mieux. Je veux dire, une musique de coupe du monde de football, ce n'est pas très classe. Un peu trop populaire. Trois écoutes plus tard, je rentre enfin en communication avec quelqu'un qui semble savoir pourquoi je l'appelle.

— Elise ! C'est bien toi ?

— Euh, oui… j'annonce surprise par le ton très, voire trop, amical de cette personne. Enfin, non, moi c'est Izzie.

— Ah OK ! Alors salut, Lise ! Moi c'est Tom, du service réseaux sociaux. C'est cool que tu nous rappelles ! Je suis ravi de t'entendre. Comment tu vas ?

— Euh, bien merci, je réponds de plus en plus décontenancée, mais c'est pas Lise, c'est Iz…

— Alors, dis-moi tout, à quel propos tu m'appelles ? il me coupe sans se soucier de ce que j'étais en train de lui dire.

— Ah euh, voilà je vous appelle, enfin je t'appelle, concernant un éventuel partenariat avec votre marque.

Enfin je veux dire, je vous appelle suite à votre prise de contact avec mon compte Instagram.

— OK, laisse-moi voir ça.

Je me félicite mentalement d'avoir pensé à utiliser le mot « éventuel ». Coup de génie, Izzie ! Bien sûr que je sais que, quelles que soient les conditions, je vais le signer leur partenariat ! Mon vrai premier contrat ! Mais hors de question de leur donner trop d'assurance ! De toute façon, je pense que les affaires, ça fonctionne de la même manière que l'amour. Si tu as un crush et que tu es célibataire, fais tout pour lui faire croire le contraire. Encore un des précieux conseils de tata Vicky ! Bon, même si j'avoue qu'avec Driss, cela a failli faire capoter notre premier rendez-vous. J'ai même dû lui courir après dans un couloir, quand je l'ai entendu dire à un collègue que je l'intéressais, mais qu'il n'irait pas plus loin puisque j'étais déjà prise. Mais bref.

— Mais je tiens à vous signaler que je suis actuellement en pourparlers avec plusieurs autres marques, je reprends pour combler cette énième minute d'attente. Vous vous doutez bien que j'irai au plus offrant ! D'autant plus que je ne préfère pas prendre trop de contrats à la fois pour être certaine de donner le meilleur de moi-même pour chaque partenariat, vous comprenez.

— Oh génial ! Super ! Oui c'est tout à ton honneur. Alors écoute, Izzie, vraiment tu m'enlèves une sacrée épine du pied ! Mon conseil : signe chez les autres !

— Comment ? Que je signe chez les autres ? je répète déconfite.

— Oui. Ici, tous les contrats se sont arrachés en quelques minutes. Du coup, je n'ai plus rien à te proposer vu qu'on a déjà sélectionné toutes les influenceuses pour le semestre à venir.

— Mais attendez, attendez, attendez, et le mail ? Enfin, je veux dire, je ne comprends rien ? Vous me vouliez moi, non ?

— Ah ça, non. Non, non, ne t'inquiète pas pour ça, Elise. Il s'agit juste d'un mail type envoyé à toutes les influenceuses que vise notre marque. Après, on ne s'embête pas, tu sais, on prend les trois premières à répondre le plus rapidement possible et le tour est joué pour les six mois à venir. Donc vraiment, ne culpabilise pas, si tu as d'autres offres, n'hésite pas ! Allez, bonne continuation, Elise, à bientôt j'espère !

— Izzie, c'est Izzie… j'ajoute dans un souffle, mais mon interlocuteur a déjà raccroché.

Quand je pense que je viens de passer à côté de mon tout premier partenariat, cela me rend folle. À croire qu'il faut être scotchée vingt-quatre heures sur vingt-quatre, sept jours sur sept à son téléphone pour réussir à suivre. Je suis tellement déçue… Je dois me créer un compte sur un de ces sites qui met en relation marques et influenceurs ! Même si c'est payant, qu'importe ! Impossible de rater une nouvelle occasion par manque de réactivité !

Chapitre 27
Iceberg, droit devant !

— Tu as fait quoi ?

Je baisse les yeux et passe mes nerfs sur mon tie and dye *frappuccino* en le mélangeant de plus en plus fort à l'aide de ma paille. À défaut de boire ce truc immonde, il aura au moins eu le mérite de me permettre de réaliser une photo hyper Instagrammable. Encore un des sacrifices de ce métier. Et hors de question de me prendre une autre boisson, vu le prix de l'unité dans cette chaine.

— Iz ! Je te cause ! Mais pourquoi tu as fait ça ? surenchérit Stella. J'veux dire qu'est-ce qui t'est passé par la tête ? Oh quand je pense que tu m'avais dit que tout s'était bien déroulé…

— Mais comment je pouvais le deviner ! On parle d'une interview pour un lycée d'une petite ville. Pas de la une de Forbes, j'ajoute pour ma défense.

— Mais plus rien n'est grand ou petit depuis les réseaux sociaux, ma belle ! Tu devrais pourtant bien être placée pour le savoir ! Le buzz, ça s'appelle ! Tiens, regarde cette humoriste-là, avec les paillettes ! Tu sais, mince c'est quoi déjà son nom ?

— Oui, oui, c'est bon je vois de qui tu parles.

La seule différence entre elle et moi, c'est qu'elle a consciemment posté sa vidéo sur les réseaux sociaux alors que moi cela s'est fait à mon insu. Certes, on peut se montrer tatillon sur les mots comme l'a fait Driss lorsque je lui ai tout expliqué, mais je suis désolée, je rétorque que pour moi l'autorisation que j'ai signée n'était pas claire ! D'accord, j'ai autorisé l'interview à être diffusée dans des médias, mais pour moi cela s'arrêtait au journal tiré à cent exemplaires et point barre. Bon sang, ils n'auraient pas pu écrire à la place : accepte que sa tête soit en top tendance de tous les réseaux sociaux pendant des jours et que cette dite tête et les propos sortant de la bouche lui appartenant déclenchent une troisième guerre mondiale numérique. Oui parce que c'est bien de ça dont il est question.

— Oh, Iz, ne te remets pas à pleurer ! Je t'assure si ça se trouve, toute cette histoire n'est pas si dramatique que tu le penses !

— Je vois pas comment cela pourrait être pire… Rien que ce matin au réveil, j'ai vu que j'avais été notifiée dans cent-huit *stories* ! Cent-huit personnes m'ont trainée dans la boue alors que je dormais ! Ajoute-les aux cent-quarante-trois d'hier et c'est presque trois-cents comptes qui me massacrent ! Bon sang, ce n'est vraiment pas une manière de faire ! je conclus en attrapant le mouchoir que Stella me tend et en me mouchant bruyamment.

Une chance pour moi que j'ai testé le nouveau mascara waterproof de Stéphanie qui trainait dans la salle de bain ce matin. Au moins, je n'ai pas à m'inquiéter pour une éventuelle apparition d'yeux de panda. Quand je pense que je suis bannie aux yeux de tous alors même que ma carrière d'Instagrammeuse commençait à peine. Et tout cela pourquoi au final ? Pour de la franchise !

Il est là mon problème, je me suis montrée sincère! Voilà qui m'apprendra.

— Tu sais, Iz, c'est pas parce que FitZenGirl et ses copines influenceuses aux milliers d'abonnés te trainent dans la boue que cela signifie que tout est fini.

— Évidemment que si! Ces nanas sont les Blair et Serena du lycée. Tout passe par elles! Et je les ai trahies! Ce que j'ai fait est grave! Moi, maintenant, je suis Jenny Humphrey. Vouée à l'exil! Et voilà, encore onze nouvelles notifications en moins de cinq minutes! Oh, je n'ose même pas les regarder…

— Bon stop! Donne-moi ton portable, m'ordonne ma meilleure amie, postant sa main ouverte devant moi pour que je l'y dépose. Aujourd'hui, tu déconnectes! C'est mon jour de congé et je compte bien te faire penser à autre chose. Alors hop, le téléphone, on l'éteint! Il sera temps de le regarder ce soir!

— Mais attends et si jamais Driss m'appe…

— Et alors? Il n'aura qu'à se mordre les doigts de ne pas avoir pris au sérieux ton problème quand tu t'es confiée à lui hier, un point c'est tout! En route, ma belle, ajoute-t-elle en finissant cul sec son café et en m'attrapant le bras sautillant gaiement vers la sortie! Je te promets qu'après notre journée de folie, ce soir tout ce cauchemar ne sera plus qu'un mauvais souvenir. Un très mauvais souvenir!

Mauvais souvenir, mauvais souvenir… Mon œil, oui. J'aurais aimé que Stella ait raison, mais j'ai passé une horrible journée. Même si j'ai tout fait pour ne pas trop lui montrer. Après tout, elle a annulé ses plans pour aujourd'hui après que j'aie débarqué chez elle à l'improviste hier soir suite à ma grosse dispute avec Driss. Quand je pense qu'il a osé qualifier l'épreuve que je traverse d'enfantillages de cour de récréation. Bon sang, j'ai sans le vouloir humilié publiquement FitZenGirl, je n'appelle pas cela un petit problème, moi. C'est plutôt scandale le mot qui sied le mieux à toute cette histoire. Je ne serais pas étonnée si cela faisait la une de ces magazines people qu'on expose en devanture des maisons de presse. Après tout, j'ai l'ai quand même qualifiée de requin qui profite des petites sardines dans mon genre pour s'enrichir. Une sardine ! Mais qu'est-ce qui m'est passé par la tête ? Une sardine ! Si au moins, j'avais choisi un animal mignon, ces montages d'elle et moi qui ont immédiatement commencé à fleurir sur le net se seraient peut-être avérés moins ridicules. Quand je pense qu'il y a même quelqu'un qui a créé un jeu où le requin avec sa tête doit manger des sardines représentées par moi et d'autres influenceuses. La honte. Quelle humiliation !

— Tiens, me dit Stella en me tendant mon téléphone une fois de retour chez nous ; enfin chez elle… Chose promise, chose due.

Je me précipite dessus et le rallume immédiatement pour me connecter à ma session Instagram. Eh oui, je suis constituée ainsi. Moi je fais partie de ceux qui, quand une catastrophe pointe le bout de son nez, ont besoin de l'analyser, la regarder sous tous les angles. En fait, c'est simple, j'ai toujours eu besoin de voir le problème et même de me rouler dedans, d'en ressentir son poids sur chaque parcelle de mon corps, s'incruster dans chaque pore de ma peau ! Voilà, ça c'est moi ! Le nombre de notifications apparaissant me fait tellement peur que j'en sursaute tout en poussant un énorme cri d'effroi.

— Je suis finie, Stel ! Finie ! Regarde le nombre de messages que j'ai reçus ! je hurle en lui tendant le téléphone. Les gens veulent ma peau. J'ai reçu tellement d'insultes hier soir…

— Attends, laisse-moi voir ça. Tu sais quoi, voilà ce qu'on va faire : tu vas te faire couler un bain chaud et pendant ce temps, moi, je vais m'occuper de faire le tri.

— Mais pourquoi faire ? Non, non, je me suis mise dans ce pétrin, à moi d'en assumer les conséquences.

— Cela n'a rien à voir, tu n'as qu'à me considérer comme ta… modératrice ! Toutes les entreprises ont un modérateur ! Même les stars en ont !

— Tu crois ?

— Bien sûr ! Figure-toi que la dernière fois j'ai lu un article sur Selena Gomez qui expliquait qu'elle n'allait plus sur Instagram. Du coup, elle a une personne qui travaille pour elle juste pour ça ! Et puis, tu dois préparer ta riposte ! Et cela ne pourra pas se faire si tu restes noyée dans cette négativité ! Tout ce que tu as à faire dans le bain, c'est de te concentrer sur tes contenus, c'est tout ! Moi, je m'occupe d'effacer tous les messages des *haters* qui n'ont rien d'autre à faire de leur journée. Marché conclu ?

— Marché conclu, je ronchonne mitigée entre le soulagement et la frustration.

— Oh la la ! Incroyable ! Tu fais le buzz ! hurle Stella en faisant irruption quelques instants plus tard dans la salle de bain.

— Merci, je crois que je suis au courant ! je lui réponds, blasée tout en déplaçant la mousse vers mes parties intimes.

— Oui, mais je ne pensais pas que ce serait à ce point !

Bon sang, Stella est vraiment la pire modératrice de l'année. Certainement même de tous les modérateurs existants au monde ! Si j'avais su que, pour elle, m'enlever cette épine du pied consistait à arriver en trombe dans la salle de bain et interrompre la zenitude du moment, jamais je n'aurais accepté son idée. Pour faire taire le son de sa voix, j'immerge mon visage dans l'eau. Je sais que je suis capable de tenir longtemps en apnée ! Sans doute plus que la patience de ma meilleure amie ! Après avoir compté jusqu'à quatre-vingts, je ressors ma tête de l'eau le plus lentement possible et ouvre doucement les yeux à l'image d'un prédateur cherchant sa proie. Manque de bol pour moi, Stella est toujours là. Pire, je constate qu'elle a profité de mon temps d'immersion pour aller prendre un tabouret dans la cuisine. C'est donc confortablement installée, en train de lire un magazine people, que je la trouve une fois de retour à la surface.

— Ah enfin, reprend-elle en lançant son magazine au sol ! Donc, je disais, tu as créé un buzz ! Mais un sacré buzz ! Iz, combien d'abonnés avais-tu avant que le scandale éclate ?

— Euh, environ quatre-vingt-mille, pourquoi ?

— Mais parce que c'était ça justement toutes ces notifications ! Tu ne devineras jamais combien d'abonnés tu as désormais !

— Oh ! Stella, t'es sérieuse ? C'est toi qui disais que je devais prendre du recul et tu viens là remuer le couteau dans la plaie… Bon sang, tu es en train d'annuler tous les effets de la bougie que j'ai allumée.

— Ma Dyptique ! Quoi ! Tu as osé ? Oh non, je l'ai mise là juste pour la déco, t'as idée du prix de ces machins ? Mais non, attention, on s'éloigne, Izzie tu es à cent !

— Cent ! je hurle apeurée.

— Oui, cent !

— Oh ! Oh, quelle horreur ! Voilà, voilà, je le savais ! Jamais, tu m'entends, jamais plus je serai franche de toute ma vie ! Pour une fois que j'ai essayé de me montrer sincère. Bon sang, t'avais raison avec ta règle numéro deux, sur le fait de rester évasive ! Purée, vive l'intégrité ! Je suis finie, Stella ! Quand je pense que j'ai osé refuser la proposition d'emploi que Driss m'avait faite !

— Mais stop arrête, laisse-moi fini…

— Non, mais pour qui je me prends, là, tu vois à prétendre réussir ! De toute façon, je le savais, tout le monde m'a prévenue une fois de plus, mais non, moi Izzie Perrin c'est bien connu, je sais tout mieux que tout le monde. Cent abonnés… Bon sang, tu parles d'une risée. Je suis la définition illustrée de cette bonne vieille looseuse, quand je pen…

— K ! hurle Stella ! Cent K ! Tu as dépassé les cent mille abonnés ! Cent-sept-mille pour être exacte !

Ainsi donc tout arrive pour une raison ! Maintenant que je ne considère plus mon téléphone comme une potentielle bombe à retardement, je ne le quitte plus des yeux ! On a même instauré un nouveau rituel avec Stella pour fêter ma percée comme il se doit ! À chaque nouvel abonné, nous faisons un trait sur une feuille et nous buvons une gorgée à chaque dizaine atteinte. Le cadavre des deux premières bouteilles de vin ouvertes sur la table et celle que Stella est en ce moment même en train de déboucher sont la preuve que mon compte affiche un nombre d'abonnés qui monte à une vitesse rocambolesque ! Oh la la ! Tout cela est tellement excitant.

— Tu imagines, attends (je compte en m'aidant des doigts) soixante, soixante-dix… cent, cent-dix, ça fait sept doigts ! Donc si j'enlève mes cinquante mille faux abonnés, je suis encore à soixante-dix mille ! J'ai réussi, je hurle en sautant sur le canapé ! J'ai réussi, Stella ! Même sans mes faux abonnés, j'ai beaucoup de monde !

— Quoi ? Oooooh ! répète Stéphanie en même temps qu'elle fait son entrée dans l'appartement. Meuf! T'as menti ! T'as acheté des abonnés ! Oh ! J'aurais dû m'en douter ! T'es une menteuse, va !

Oh bon sang… Moi qui pensais que les choses commençaient à s'arranger…

Chapitre 28
La guerre est déclarée

— Aïe ma tête !

Je tends le bras en grommelant pour attraper mon téléphone, mais ne saisis rien d'autre que de l'air. Bon sang, où est passée ma table de chevet ? Oh et pitié, enlevez-moi toute cette lumière ! C'est beaucoup trop agressif ! Mais qu'est-ce qui se passe ? Ma tête est en vrac, mon dos est en miettes. Je me suis rarement sentie dans un état si lamentable. Mon corps doit peser au moins six tonnes ! Je me retourne dans un effort surhumain pour chercher du réconfort auprès de Driss, mais ma rencontre avec le dossier du canapé-lit suffit à me rappeler que je ne suis pas chez moi. Ah ! Mais bien sûr, tout me revient maintenant… L'article, le scandale, le buzz, mon refuge chez Stella, cet autre buzz et notre soirée arrosée. Bien trop arrosée d'ailleurs… Ma courte nuit sur le canapé-lit aura au moins eu le mérite d'expliquer l'état de mon dos. Je me redresse péniblement et me coince la tête entre les mains. Bon, faisons le point… Au final, il semblerait que tout ce cauchemar socialistique n'ait pas été si catastrophique que ce que j'avais imaginé. Car, en réalité, malgré quelques messages haineux, j'ai surtout reçu des messages de soutien. Des mails du genre : « Tu as bien fait de ne pas accepter son contrat, c'est scandaleux». «Au moins, toi, tu t'es faite toute seule! Il suffit de regarder ton nombre d'abonnés, tu n'as pas besoin de FitZenGirl». (J'avoue que je me suis sentie plutôt très mal en lisant ceux-là, mais c'est bon, l'affaire est réglée! J'ai envoyé un mail hier à Franck, l'administrateur du site sur lequel j'ai acheté mes faux abonnés, pour lui demander de les supprimer). À dire vrai, j'ai aussi reçu des messages de journalistes pour des grands magazines people d'une part et aussi pour des sites internet très connus. Tous souhaitaient une interview de moi, certains ont même parlé d'argent! Et surtout, TOUS étaient en quête dudit contrat envoyé par FitZenGirl... Le hic maintenant que quelques heures sont passées, que je suis réveillée et à demi sobre (oui, car restons réalistes, vu la quantité astronomique d'alcool ingérée hier, il reste forcément des traces dans mon corps), donc, je disais, le hic c'est que je ne me souviens plus si j'ai répondu.

Rectification: évidemment que j'ai répondu, le hic c'est que je ne sais plus CE que j'ai répondu ni à qui...

Assise à la table de la salle à manger, après une longue douche salvatrice, les bouteilles d'hier pour unique compagnie, je fixe mon téléphone tel un ennemi des forces du mal. Bon sang, ce dernier aurait pu m'empêcher aussi de réaliser cette action idiote! Il existe bien des contrôles parentaux, alors pourquoi pas des contrôles alcoolo? Voilà qui serait une excellente idée d'application! Un système hyper performant qui parviendrait à calculer ton alcoolémie au nombre de fautes par mots écrits dans un message. Ou mieux encore, aux tonalités de la voix en ce qui concerne les appels ou messages vocaux! La détection de notre état de beuverie bien avancé pourrait permettre à l'application de bloquer tous les envois pendant douze heures ! Ce serait absolument merveilleux ! Et cela faciliterait grandement la vie des gens ! Du moins la mienne. Cela m'aurait par exemple évité l'humiliation, lorsque j'avais dix-sept ans, de chanter des odes téléphoniques à mon ex de mec qui venait de me larguer juste quelques heures plus tôt. Car avec du recul, on ne peut pas dire que j'ai apprécié qu'il diffuse ces derniers en cours le lundi. Les effluves de mon café fumant montent jusqu'à mes narines et je pense intérieurement que c'est plus du fond de tequila trônant devant moi dont j'aurais besoin maintenant plutôt que de mon double expresso…

— Alors, c'est comment ?

Je sursaute au son de la voix de Stella. Je tourne la tête vers elle et constate que l'alcool ne l'a pas épargnée non plus. La démarche chancelante, le teint blafard, les cheveux hirsutes, je peine à la reconnaitre. Son visage est recouvert de traces de maquillage et elle porte la même tenue qu'hier soir.

— J'ose pas ouvrir ma messagerie, Stel…

— Mais allez, si ça se trouve, on n'a rien envoyé et on a inventé tout ça !

— Inventé tout quoi ? je panique. Si tu te rappelles et que je me rappelle, ça veut dire que ça existe !

— Hmm… Pas faux. Pitié, dis-moi qu'il reste du café !

Oh la la ! Oh la la ! Oh la la ! Je me sens mal… Je crois que je vais vomir… Bon sang, je ne suis pas faite pour supporter ce genre de situations. Je me souviens que petite, je me plaçais toujours dans le camp neutre quand mes copines me faisaient la guerre. En fait, j'ai peur des disputes. Ou plutôt des querelles féminines. C'est bien simple, une fille en colère me terrifie… Et encore plus une avec quatre millions d'abonnés…

— Attends, Stel, bon, dans l'hypothèse où j'ai vraiment envoyé ce machin. On est d'accord qu'il y a de grandes chances qu'il ne se passe rien, pas vrai ? Après tout, j'ai déjà donné l'information donc cela n'a rien d'un scoop. Enfin, j'veux dire, FitZenGirl ne peut pas devenir plus énervée qu'elle ne l'était déjà, n'est-ce pas ?

— C'est en ligne ! hurle soudainement Stéphanie en sortant en trombe de ma chambre, enfin non sa chambre, désormais. Les meufs, c'est en ligne ! Izzie, tu es une star ! Et mattez-moi cette photo ! Ca-non !

J'observe l'image s'affichant sur le téléphone qu'elle tend devant mon visage sans pouvoir réagir. Je reconnais très bien cette photo, elle a été prise lors de notre week-end entre filles aux Canaries l'année dernière.

— Qu'est-ce que… enfin je veux dire… quoi ? Donne-moi ça, j'ajoute en attrapant le téléphone en même temps que Stella qui vient se glisser derrière moi pour lire par-dessus de mon épaule.

— Et regardez, ils ont quand même gardé ma main et une partie de mon bras sur la photo ! fanfaronne Stéphanie. Mon bras est en une de PotinsMania ! J'y crois pas ! Faut que je fonce l'acheter en vrai ! M'attendez pas ! elle hurle tout en enfilant un long manteau par-dessus son pyjama.

Je tourne mon regard vers Stella, en recherche de soutien, mais son visage affiche le même air déconfit que le mien. Sensible à mon regard plein de détresse, elle m'attrape le téléphone des mains et se met à lire à haute voix l'article. De mon côté, je suis incapable d'avoir accès à tout ce qu'elle raconte. À mesure que sa lecture avance, mon constat est sans appel : j'ai déclaré une guerre… J'ai déclaré une guerre contre FitZenGirl sans même le vouloir et surtout sans être préparée…

Interview exclusive... À l'heure où les réseaux sociaux prédominent notre existence, il en faut du courage pour oser se dresser contre l'hégémonie de cette sphère. Cette bravoure, Izzie Perrin (plus connue sous le nom de BackIz sur Instagram) n'en a pas manqué. En effet, du haut de ses vingt-quatre ans, cette jeune femme n'a pas hésité à dénoncer les bassesses qui composent le cercle très restreint des influenceurs aux millions d'abonnés. Sa plainte : l'absence de sympathie et la course aux *followers*... Tout cela a commencé par une interview, une simple interview pour un journal lycéen, mais n'allons pas croire que...

Cliquez ici pour faire défiler la suite...

Chapitre 29
Surcharge ++

— Non, mais arrête, mon cœur, la situation ne peut pas être aussi grave que tu le prétends.

— Non elle n'est pas grave ! Elle est bien pire ! C'est monstrueusement grave ! C'est gravissime ! Mais écoute un peu « tu as détruit ma vie, je compte bien te faire de même » ! Bon sang, comment je suis censée oser sortir de chez moi maintenant ?

— Ah ! Ah ! C'est la rançon de la gloire, bientôt tu auras peut-être des gardes du corps à tes côtés pour tous tes déplacements extérieurs. Mon conseil pour ta journée, met de côté ce fichu téléphone et prend du recul. T'as qu'à aller courir. Rien de mieux que la course pour remettre de l'ordre dans ses idées.

Incrédule, j'observe Driss enfiler ses chaussures et s'agenouiller pour faire ses lacets. Aller courir ? Moi ? Non, mais… Parfois, j'ai vraiment l'impression d'être en couple avec un homme qui ne me connait pas. Tout le monde sait que c'est le shopping qui remet de l'ordre dans ses idées. La course… On aura tout entendu. De toute façon, je sais que cette histoire lui semble aussi farfelue qu'une sorcière qui se plaindrait d'avoir une verrue sur le nez. Comme si, pour lui, ce qu'il se passe sur les réseaux sociaux n'existe pas dans la vraie vie. Il a, à peine, réagi hier à mon retour quand je lui ai montré l'article me concernant sur internet. (Oui au grand dam de Stéphanie, il n'a pas été publié dans la version papier… J'espère toutefois qu'elle respectera sa part du contrat. Elle m'a juré de garder le secret sur mes faux abonnés, à condition que la photo que j'envoie à ce journaliste comporte sa tête également. Au final, c'est son bras qui est resté, mais cela ne semblait pas la déranger). Le problème c'est que, qu'importe ce qu'il en pense, c'est réel. Toute cette situation m'affecte. Et je ne parle pas qu'en mon nom. Je me sens solidaire avec FitZenGirl. Je compatis à l'humiliation qu'elle est en train de subir. Je comprends ce que représente pour elle la perte de ces dizaines de milliers d'abonnés. Elle est passée de papesse d'Instagram à persona non grata en seulement quelques heures et cela par ma faute. Alors que je n'avais rien demandé…

C'est un peu comme si elle et moi étions assises sur ces balançoires à bascule qu'on trouve dans les aires de jeux pour enfants. Tandis que l'une monte si haut qu'elle a l'impression de toucher les étoiles, l'autre atterrit si fortement sur la terre qu'il n'y a pas que ses pieds qui le ressentent. C'est son corps dans son intégralité qui perçoit la chute. C'est exactement la même chose dans notre cas. Pourtant, je ne pense pas être une méchante fille. Je voulais juste être sincère lorsque j'ai fait cette interview avec ces lycéennes. Moi tout ce que je souhaitais qu'elles comprennent, c'était que dans la vie il ne faut compter sur personne d'autre que sur soi-même pour avancer. Qu'on ne peut pas attendre l'aide d'un tiers. Qu'il faut se retrousser les manches, un point c'est tout ! Il était là mon message ! Mais c'est loin d'être ce que les gens ont retenu. Et puis ce n'est pas totalement de ma faute aussi si la presse a eu entre les mains ce contrat. J'étais pompette ! Les journalistes ont profité de cet état vulnérable, ça compte, non ?

— Sinon passe à la SPA te prendre un chien de garde, me nargue Driss en m'embrassant. Allez, je ne devrais pas rentrer tard ce soir, on se prévoit un resto ?

— Ah ! Pas possible, désolée, je suis de garde de chat.

— OK, ça marche, une prochaine alors. J'ai l'impression qu'on ne fait que se croiser en ce moment. Je m'étais dit qu'on pourrait essayer de se bloquer quelques jours pour partir en week-end. J't'appelle dans la journée et on essaie de se caler une date.

Une fois Driss parti, je m'empresse de fermer à clé la porte d'entrée (on n'est jamais trop prudent) et relis pour la centième fois en douze heures le message que FitZenGirl m'a envoyé. Je l'ai reçu hier juste avant de me coucher. Pas étonnant que la nuit qui s'en est suivie ait été blanche… Appelons un chat un chat, il s'agit purement et simplement d'un message de menace. Driss trouve que j'exagère, mais pour moi on est de l'ordre de cette réplique de film hyper connue où le père de famille dit aux kidnappeurs qui ont enlevé sa fille : « Je vous chercherai, je vous trouverai, je vous tuerai ». Oh la la ! Et puis maintenant que j'y pense, c'est hyper facile de me trouver. Je tague le lieu de chaque endroit dans lequel je mets les pieds en espérant qu'à mon prochain passage les gérants m'offrent quelque chose en remerciement de cette publicité gratuite. Alors je n'ai certes jamais donné mon adresse, mais toute personne un peu observatrice peut sans difficulté comprendre mes habitudes et me tendre un piège. C'est bien connu, des détraqués, il y en a à tous les coins de rue. Et moi, je me suis jetée en plein dedans !

Et en ce qui concerne mon problème avec FitZenGirl, il faut que l'une de nous se montre mature et responsable. Il faut absolument calmer le jeu, apaiser toutes ces tensions. Et c'est à moi de le faire. J'ai eu le temps de réfléchir durant ma nuit d'insomnie, et puisque c'est à cause de moi que tout a commencé, c'est à moi d'y mettre un terme. Le point final de cette histoire. Mais un point tout rond, tout doux, pas ce grand trait d'exclamation qui fait peur. Je vais répondre à FitZenGirl, lui adresser un message dans lequel elle pourra sentir tout mon repenti, ma vulnérabilité et surtout comprendre qu'il ne s'agit en réalité que d'un énorme malentendu. Je rejoins le canapé et me réfugie sous mon plaid préféré. Le blanc avec les poils tout doux. Je lance un Disney en fond sonore pour parfaire le tout. De la douceur ! Voilà ce qu'il manque cruellement à mon quotidien ! Bon, la seule et unique chose qui m'apporte du baume au cœur en ces temps troublés est de penser à ces lycéennes dont le sujet de leur dossier, la puissance des réseaux sociaux, a été parfaitement réalisé. J'imagine que la note qu'elles ont reçue a dû se montrer puissante également !

— Allo, je réponds déboussolée, en réalisant que je me suis endormie.

— Iz, je viens de voir ton message ! C'est terrible ! commence directement Stella sitôt que j'ai eu répondu à son appel. Franchement, elle a l'air hyper remontée.

— M'en parle pas, je me sens terrorisée…

— Tu m'étonnes, il y a de quoi ! Tu veux que je vienne ?

— Mais… et ton boulot ?

— Boarf, que je télétravaille de chez moi ou de chez toi, ça revient au même.

— C'est trop gentil, Stel, mais je crois qu'il faut que j'assume pour une fois et que je m'en sorte seule.

— Comme tu veux, n'hésite pas si tu changes d'avis. Tu as un plan ?

— Écoute, j'ai justement réussi à écrire un brouillon de message que je comptais lui envoyer histoire de calmer le jeu, tu vois…

— Cool, ouais ça me semble être une bonne idée. Tu peux me le lire ?

— OK, bouge pas je mets le hautparleur.

Je me racle la gorge tout en cherchant dans les notes de mon téléphone le bon dossier.

— Alors j'y vais, c'est bon tu m'entends ?

— Oui, oui, parfait.

— OK… Alors je commence par bonjour. Bonjour FitZenGirl. Bon c'est bizarre de l'appeler ainsi. J'imagine qu'elle a un vrai prénom, mais je n'ai rien trouvé sur le net. Tu vois, elle au moins, elle sait préserver sa vie privée. Tu sais que je me suis fait la remarque ce matin que…

— Iz ! La lettre, s'il te plait.

— Ah oui pardon. Donc bref, je disais : Bonjour FitZenGirl. J'imagine que je suis la dernière personne que tu as envie de lire. D'ailleurs si ça se trouve elle m'a mise sur liste noire ou rouge non ? Enfin, je sais même pas si c'est possible sur Insta de toi à moi, mais quand on y pense il y a très peu de chances qu'elle lise mon message.

— Iz…

— Ah oui, oui. Bon attends je recommence : Bonjour FitZenGirl. J'imagine que je suis la dernière personne que tu as envie de lire, mais je tenais à te démontrer toute ma sympathie et te dire que je me sens profondément peinée pour tout ce qu'il t'arrive. Je te souhaite tout le courage nécessaire pour remonter cette mauvaise pente et insiste sur le fait que toute cette histoire n'est qu'un terrible malentendu. Je n'ai jamais voulu te faire du tort.

Cependant, si je puis me permettre, tu devrais peut-être voir toute cette pagaille comme une occasion de te montrer à l'avenir un peu plus dans l'entraide avec tes collègues. Tu sais, la gentillesse et l'aide sont des valeurs importantes pour que notre monde aille mieux. Voilà. Et je termine par des salutations et divers trucs de politesse comme ça.

Un blanc se fait de l'autre côté du téléphone.

— Stella ? Tu es encore là ?

— Oui, oui. Oui, je suis là.

— Alors tu en penses quoi ?

— Euh bah oui, écoute oui, c'est pas mal…

— Cool ! Je sélectionne et je lui envoie ! Ah attends, reste en ligne, j'ai un double appel ! Oh c'est Steph ! Quitte pas, hein ! Salut, Steph !

— Meuf tu es une star ! Mais une vraie de vraie, hein ! Je t'appelle de ma pause café là, t'imagines que ce matin j'ai entendu trois collègues parler de toi ! Je serais même pas étonnée si la gazette de Meunarque décidait de te dédier un article ! T'es trop une star, meuf !

— Ah oui ? je tente de dire d'une voix calme alors que j'ai envie de faire des bonds dans tous les sens. Et tu leur as dit que tu me connaissais ?

— Je me suis pas gênée ! En fait, j'avais jamais pensé à ça, tu vois. En gros, quand tu côtoies une star, ça fait aussi de toi une star en quelque sorte. Surtout qu'il y a mon bras sur la photo qui accompagne ton article donc… J'ai mis le même bracelet aujourd'hui, ça fait fureur !

Une star ? Bon sang, c'est vraiment comme ça qu'elle vient de m'appeler. Moi, Izzie Perrin, née à Meunarque, j'aurais atteint le rang des stars ?

— Meuf, t'es encore là ?

— Oui, oui, pardon, tu disais ?

— Je te demandais si tu avais eu des nouvelles de ce Franck? Il est crucial que tu gardes tes cinquante mille abonnés! Maintenant que tous les projecteurs sont braqués sur toi et surtout que j'ai fait tout le tour de mon bureau en disant que je te connaissais.

— Quoi? Enfin, qu'est-ce que tu veux dire?

— Tu dois annuler ton mail d'annulation! Et de toute urgence! Si tu les perds maintenant, ça va se voir!

— Oh oui, c'est vrai tu as raison, d'ailleurs figure-toi que j'ai reçu un message hier soir de…

— Mon chef arrive, j'te laisse!

Ah, bon au moins c'était bref! Mais Franck! Franck, Franck, Franck! Je n'ai toujours pas de réponse à mon mail d'annulation et Stéphanie a raison, je dois absolument parvenir à le joindre pour qu'il annule toute cette opération d'annulation! Je me rends dans notre conversation pour copier mon message afin de le lui renvoyer une nouvelle fois quand je me souviens que Stella est encore en attente. Je m'empresse de la reprendre en ligne.

— Désolée, Stel, t'es toujours là?

— Oui, oui, je suis toujours là. Dis, tu as déjà envoyé le message?

— À Franck? Non pas encore, mais comment tu…

— Franck? Mais c'est qui Franck? Je te parle de FitZenGirl, lui as-tu déjà envoyé ton message?

— Ah ça non, pas encore. Stéphanie m'a appelée pour me dire de réussir à joindre Franck par n'importe quel moyen. Figure-toi que ses collègues parlaient de moi, ce matin!

— Oui d'accord, mais euh juste, tu es sûre que tu veux envoyer la partie avec les conseils?

— Pourquoi pas?

— Bah ça fait un peu condescendant, non ? Et puis je suis pas sûre qu'elle voit ça comme le fait de calmer le jeu perso…

— Mais si ! Justement ! Tiens, tu te souviens de cette fille au lycée avec la démarche hyper je me la pète ?

— Euh oui…

— Eh bien je te rappelle que si, à l'époque, je ne lui avais pas fait la remarque, elle n'aurait jamais fait attention à ça et ne serait jamais allée chez le kiné pour y découvrir au final sa scoliose !

— C'est un point de vue.

Mon téléphone se met à vibrer une nouvelle fois (décidément je n'en peux plus), et après avoir éloigné l'écran de mon oreille pour en regarder la cause, je constate que c'est mon alarme qui se déclenche déjà.

— Stel, je dois te laisser, ma vente privée commence dans une minute !

— Ça marche, mais, promets-moi d'envoyer les messages avant, Iz, ne procrastine pas sur ça, c'est un sujet trop important.

— Oui, oui, t'inquiètes. À plus.

Je raccroche précipitamment et attrape mon ordinateur pour me connecter à ce site de vente en ligne. Ils ont annoncé hier un super arrivage de ces baskets à la mode. Le tout avec quatre-vingts pour cent de rabais, il me les faut absolument ! « La vente débute dans 40 secondes, 39, 38… ». De toute façon, les messages peuvent attendre, je ne suis plus à une heure près… « 27, 26, 25… ». Quoique, Stéphanie a raison, c'est peut-être justement une question de secondes avec Franck. J'attrape mon téléphone à la hâte et y copie-colle mon ancien message pour le lui envoyer en prenant soin d'écrire en majuscules auparavant : ANNULATION D'ANNULATION. « 13,

12... ». Bon allez et tant que j'y suis, je vais me dépêcher de faire de même pour FitZenGirl, au moins mon cerveau se sentira enfin mieux! « 9, 8... ». Je sélectionne son message à la hâte dans mon bloc-notes, me rends dans le fil de conversation et le copie sans même prendre la peine d'y jeter un coup d'œil ou de le relire pour vérifier les fautes d'orthographe. « 3, 2, 1 ! » ça y est, la vente débute!

Chapitre 30
Amour, gloire et beauté

— Toute la collection, tu dis? Gratuit? me questionne Giulia pour la seconde fois, toujours autant étonnée.

— Oui, je réponds en cherchant en même temps les photos que j'ai prises lorsque je déballais le colis. Quatre gammes au total! Cheveux gras, secs, normaux et colorés! Et c'est complet, hein! Shampoing, après-shampoing, masque, shampoing sec, solide... Regarde, j'ai même reçu une serviette en microfibres, et une brosse en poils de sanglier, j'ajoute en faisant défiler les photos.

— Oh, Bella! Tu deviens vraiment une influenceuse! Et ils t'ont payée cher pour tout ça?

— À dire vrai, j'ai pas encore été rémunérée. Mais je le serai bientôt! Et une grosse somme hein, je fanfaronne. D'ailleurs c'est moi qui régale ce soir! Prends tout ce qui te fera plaisir, je poursuis en lui mettant la carte des cocktails sous les yeux. Je reviens, je vais juste faire une *story* du cadre. Si le serveur arrive, tu peux me prendre une Pina Colada, s'il te plait!

Je me lève tant bien que mal de la chilienne dans laquelle j'étais un peu trop enfoncée et parcours le *rooftop* munie de mon téléphone portable! Ce bar est tout simplement incroyable! En réalité, je suis déjà passée des dizaines de fois devant ce bâtiment d'affaires, mais jamais je n'aurais soupçonné qu'un lieu aussi select puisse se trouver sur le toit! On se croirait à Ibiza! Enfin, je n'y suis jamais allée personnellement, mais en tout cas, ça ressemble beaucoup à ce que j'ai pu voir en photo! Sable au sol, chaises longues et transats en guise d'assises, musique lounge méga cool. Et pour couronner le tout, vue imprenable sur Châtillon et son fleuve!

— Izzie, bêle Giulia lorsque je passe à proximité! La mousse de ta Pina a presque disparu! Tu reviens ou je la bois?

— Une minute, je lui fais signe de la main, je termine ma vidéo.

J'enfouis mon capteur dans le feuillage du mini palmier et m'applique à l'en sortir le plus lentement possible. Je sens bien que les gens autour de moi me regardent bizarrement, mais bon... Je commence à avoir l'habitude. C'est aussi précautionneusement que si je transportais une bombe que je me déplace en mode travelling évitant les obstacles sur mon passage. Rien de pire qu'une *story* qui tremble! Parfait! Voilà qui est parfait!

— Bon et dis-moi tu cherches une assistante pour te filmer pendant que tu laves tes cheveux? reprend Giulia quand je la rejoins. Comment tu vois les choses? Un premier post sponsorisé c'est hyper important! Oh! Mais attends! Il faut que je fasse une collection de boucles d'oreilles! Je peux bricoler une paire rapide cette nuit si tu attends demain pour prendre ta photo! Oh oui attends, s'il te plait, ce sera super! Tu sais quoi, je finis vite mon verre et je rentre! Pas de temps à perdre, je dois me mettre au travail de ce pas!

— Du calme, du calme, je tempère ma copine. Tu as quatre semaines, alors prends le temps de profiter ! Surtout que ça fait longtemps qu'on s'est pas vues !

— Quoi ? Quatre semaines ? Tu postes que dans un mois ? Pourquoi ?

— Bah en fait je poste PENDANT un mois. Dans le contrat, si je veux être payée, je dois choisir quatre produits d'une gamme. Et après, je dois en parler quatre fois par jour, pendant quatre semaines. La règle des quatre, comme le commercial me l'a expliqué ! Donc rien ne presse, tu vois.

— Quoi, mais attends, Bella ! se stoppe net Giulia renversant par la même occasion un peu de son virgin mojito sur la table, tu veux dire que… Laisse-moi compter. Tu vas parler quatre fois sept, donc *quattro, otto, dodici…*

J'observe ma copine réciter en italien ce qui me semble être sa table de quatre sans oser l'interrompre.

— … *venti-quattro, ventotto* ! Oui, voilà, elle poursuit après avoir recommencé deux fois, donc tu vas parler vingt-huit fois de leurs produits par semaine et donc pendant quatre semaines ? Mais… C'est énorme !

— Euh… oui, j'avoue légèrement décontenancée, c'est vrai que vu comme ça….

— Mais comment tu comptes faire pour ne pas saouler les gens ?

Mince, Giulia a raison ! Moi-même je me désabonnerais immédiatement si je voyais les mêmes *stories* tous les jours pendant trente jours. En même temps, avec le chèque à quatre chiffres qu'ils me proposent à l'issue du contrat, impossible de refuser une telle offre.

— Je vais trouver ! T'inquiètes pas ! Il me suffira de parler d'autres choses pendant que je fais mes shampoings ou de changer de cadre ! Oui voilà, pas toujours dans ma salle de bain ! Je peux aussi les laver dans la cuisine ! Quoi ? j'ajoute devant le regard lourd de jugement que me lance Giulia. C'est original au moins ! Personne ne fait ça !

— Bella, si personne ne le fait, c'est bien pour une raison !

Oh bon sang, c'est vrai que même ma salle de bain n'est pas vendeuse, quand j'y pense. Et puis, ça va être difficile de me filmer dans ce mini espace de deux mètres carrés. Sans parler de cet horrible carrelage couleur saumon motif géranium… Jamais les gens n'auront envie d'acheter ces produits si je leur présente ainsi ! Et dans ce cas, au revoir le pourcentage que je vais toucher à chaque vente !

— Je pourrais venir tourner chez toi ? je demande désespérée à Giulia. Elle est grande, ta salle de bain, non ? Et au moins le carrelage est blanc.

— Argh… Tu sais moi entre mes colocs et mon cousin c'est rarement rangé ! Mais tes Snob, tu m'avais bien dit qu'ils vivaient dans une villa ? Ils doivent en avoir des salles de bain, eux.

— Oui cinq ! Une principale où tu peux te doucher à deux et une qui donne dans chaque chambre ! Et faut voir, elles sont toutes incroyables ! Douches à l'italienne, sono intégrée, baignoire, tu sais avec les pieds qui ressortent, je crois que ça porte un nom, mais j'ai oublié. Ah et tiens, l'une d'entre elles a même l'eau qui sort directement du plafond, sans pommeau ni rien !

— Tadam ! s'extasie Giulia d'une révérence de la main.

— Quoi ? Chez eux ? Tu crois. Hum non… C'est mes patrons, je peux pas faire ça chez eux !

— Mais pourquoi ? Imagine que tu gardes le chat et qu'il te fait pipi dessus, ou pire te vomit dessus ! Tu te doucherais non ?

J'acquiesce timidement de la tête.

— Donc c'est bien la preuve qu'utiliser les sanitaires de la maison n'est pas interdit dans le contrat. Oh et puis pense au luxe que ça donnerait à ton compte ! Et mes bijoux ! Je pourrais augmenter le prix si tu les présentes dans un environnement pareil, c'est sûr ! Tu m'enverras une copie de ton contrat ? Je vais m'en inspirer, c'est un super bon plan pour faire parler d'une marque, sans débourser le moindre centime !

— Bah si, si, ils me paient et pas qu'un peu d'ailleurs.

— Oui, oui, dans un mois et à condition d'en parler tous les jours pendant quatre semaines ! Bella, ils vont t'attendre au tournant, c'est sûr ! Un oubli et tout est dans leur poche ! Redis-moi la marque de ces shampoings. Il faut que j'aille voir sur LinkedIn qui est leur tête stratégique, car c'est un génie ! Un pur génie ! Je te recommande un cocktail ?

Le lendemain, c'est la tête pleine de doutes et d'interrogations que je gagne le domicile des Garroin. J'ai glissé quelques produits CareSelfHair dans mon sac. Juste au cas où… La porte d'entrée s'ouvre au moment où je m'apprête à sonner.

— Oh, Izzie, vous voilà enfin ! Il était temps, m'accueille Monsieur Snob avec sa sympathie habituelle.

— Ah euh… Oui, bonsoir, je réponds mal à l'aise. Je suis en retard ? Il me semblait pourtant que… Attendez, je vérifie mon planning, j'ajoute tout en cherchant dans mon téléphone l'heure qui avait été prévue.

Argh, je déteste l'effet qu'a cet homme sur moi… J'ai beau l'imaginer tout nu ou assis sur les toilettes comme on me le conseillait à l'époque où je passais des oraux, il n'y a rien à faire. Moi, les gens comme ça, qui ont du pouvoir et qui surtout le savent, ça me stresse. C'est comme si en leur présence, mon mode ratée de service s'activait instantanément. J'ai les mains moites, le cœur battant, je bégaie et quand enfin j'arrive à articuler assez de mots pour former une phrase, cela donne souvent lieu à quelque chose d'assez incohérent.

— Laissez tomber votre agenda, il reprend d'une voix sèche. Nadège est malade, le chat a eu ses vaccins hier et il a passé sa journée à vomir dans toute la maison. Évidemment, le jour où notre gouvernante n'est pas là ! Et j'ai beau expliquer à Béatrice que si on vous paie si cher c'est parce que vous êtes formée aux soins animaliers et donc apte à vous occuper d'un chat avec effets secondaires, madame ne veut pas venir. Malgré le fait qu'elle sache que sa présence à cette soirée auprès de mes associés est capitale. Bon, Béa, hurle-t-il en direction de l'entrée, Izzie est là, dépêche-toi !

— Ah vous travaillez même le soir ? je le questionne pour ne pas lui laisser penser que je ne m'intéresse pas à ce qu'il raconte.

— L'argent ne dort jamais. Vous avez des investissements ?

Je le regarde, coite. Investissement, investissement, qu'est-ce qu'il entend par là ? J'ai deux sacs… De marque, oui, mais je ne suis pas sûre que cela rentre dans sa définition.

— Oh laissez tomber, il me lance hautainement en allumant une cigarette. Béa !

— Euh… Moi non, mais mon concubin a investi dans l'immobilier, j'ajoute sans préciser que Driss a juste acheté à l'époque une place de parking à Meunarque qu'il sous-loue actuellement pour quarante euros par mois.

— Il doit donc savoir ce que c'est ! Et puis cette pression avec les chiffres ! À toujours demander plus ! Et j'en brasse pourtant de l'argent, ah ça vous pouvez me croire ! Mais ces Allemands et leur politique de travail… Nuit et jour ! Soir et week-end, à pousser, pousser, pousser… Mais pourquoi je vous raconte tout ça ? Bon Béatrice ! hurle-t-il plus fort que la fois précédente.

Une voix me parvient au loin et j'imagine sans mal Madame Snob affubler Carat d'une combinaison ridicule pour qu'il ne prenne pas froid tout en lui chantant une berceuse.

— Malheureusement, j'ajoute d'une voix sérieuse pour me faire bien voir de mon boss, le monde du travail est devenu tellement compétitif. La faute à la globalisation…

Un ange passe. Je reste quelques instants en apnée, pas certaine de l'attitude que je dois adopter face à l'hésitation de Monsieur Snob. Globalisation. Je ne sais même pas ce que signifie ce mot. J'entends juste Driss l'utiliser à outrance quand il se plaint de son travail.

— Tout à fait, Izzie, acquiesce mon interlocuteur d'un air surpris, mais surtout impressionné.

Prenant soudainement confiance, je m'accoude au chambranle de la porte et poursuis :

— Vous savez, mon conjoint est également dans le milieu des affaires. C'est à peine si je le vois. Il travaille sans cesse. Les supérieurs n'ont aucun respect pour la vie privée de leurs salariés. Prenez mon homme, c'est presque du harcèlement qu'Iznogood lui fait subir, pour soi-disant des choses importantes, mais qui sont en réalité insignifiantes.

— Iznogood ?

— Ah oui Iznogood, vous savez, le dessin animé ? « Je veux être calife à la place du calife », j'imite en me pinçant le nez pour donner plus d'authenticité à la scène.

— Oui je connais, de nom tout du moins, mais quel rapport avec…

— Ah ! C'est son chef, Iznogood. Évidemment, ce n'est pas son vrai nom, mais il est teigneux ! Il n'a qu'une ambition, prendre la place du grand chef. Enfin, c'est ce qui se dit. Vous savez, le genre de personne à faire travailler une équipe sans relâche sur un dossier et à s'en accorder tout le mérite en réunion.

— Oh bonsoir, Izzie, nous interrompt Madame Snob. J'imagine que vous parlez de Carat, conclut-elle faussement en s'adressant à son mari. Pauvre petit ange, son rappel de vaccin ne se passe pas très bien. Dites-moi, est-ce que…

— Rien du tout ! Dites-moi rien du tout ! la coupe Monsieur Garroin ! Béatrice, pour la millième fois, Izzie est formée. Pas vrai, Izzie ?

— Oui, oui, je réponds en bégayant et en regrettant amèrement d'avoir menti sur mon C.V. Bon sang, je n'ai aucune idée de ce qu'il faut faire avec un chat malade. J'espère qu'il ne va rien arriver… Oh je ne supporterais pas de vivre avec le décès d'un minou sur la conscience…

— Et Nadège qui est absente, j'ai mon portable, surtout n'hési…

— Oui, oui, elle sait, la coupe une nouvelle fois son mari en la tirant par le bras. Allez, on y va, monte dans la voiture.

Je me retrouve seule dans l'entrée en moins de temps qu'il n'en faut pour dire ouf, observant la voiture des Garroin s'éloigner dans l'allée. Allez, Carat, à nous deux !

Chapitre 31
Boss qui peut

— Alors, mon cœur, t'en penses quoi ?

Je sursaute quand la main de Driss se pose sur mon épaule. Ah oui, le restaurant, l'ouverture. Vite, procédons à une inspection rapide des lieux ! J'avance de quelques pas dans le hall et ne peux m'empêcher de lever les yeux partout ! Vieux articles de presse en guise de tapisserie, sol et moulures rouges…

— Waouh, c'est… c'est grand !

Tables et chaises en bois façon vieux bistrot, porcelaine dépareillée sur les tables, musique française du début des années 1900… Hmm… Plus j'avance dans le restaurant et plus un détail me trouble.

— Driss, dis-moi, tu vas me prendre pour une folle, mais c'est bizarre, je chuchote à son oreille, tu vois j'ai l'impression que c'est la réplique exacte du restaurant de Meunarque.

— Encore heureux ! Ce serait le comble !

— Quoi ? j'ajoute surprise en prenant place à table. Mais, mais pourquoi ?

— C'est une chaine Izzie, tu crois vraiment qu'on va prendre du temps à faire de nouveaux plans à chaque fois avec toutes les contraintes que ça implique ? Regarde comme ça a été compliqué déjà !

— Ah. Donc tu veux dire que c'est voulu ? Mais qu'est ce qui le démarque des autres, alors ?

— Absolument rien, mais c'est ça le but recherché ! Chaque client fidèle à notre enseigne, retrouvera ses habitudes dans n'importe quel restaurant. C'est rassurant.

— Rassurant… je répète dubitative.

— Bien sûr ! Même salle, même carte, même ambiance. De la stabilité en un mot.

J'acquiesce silencieusement pour clore la conversation, mais en réalité, je trouve ce concept complètement stupide. Enfin je veux dire, où est l'intérêt de sortir au restaurant si c'est pour tout connaitre à l'avance ? De l'emplacement des toilettes, aux recettes que propose le menu. Que devient ce frisson, mélange d'inconnu et d'aventure, lorsque l'on quitte sa table pour se lancer à la recherche des sanitaires. Et le fait de tergiverser mille heures devant les propositions d'entrées, plats et desserts ?

— En tout cas, constate Driss une fois que le serveur a pris nos commandes, il nous en aura fallu du temps pour trouver un créneau juste pour un resto !

— M'en parle pas ! On se voyait tellement plus souvent à Meunarque alors qu'on ne vivait pas ensemble…

— Oui… Je dois t'avouer que je ne m'attendais pas à ça non plus, il se confesse en murmurant de peur certainement que les gens qu'il connait l'entendent. On m'avait dit qu'Izno était exigeant, mais je pensais qu'ils exagéraient. Les gens ont toujours tendance à se plaindre d'un rien… Mais là…

— C'est marrant, tu sais Monsieur Snob, le maitre de Carat, le chat que je garde, bah c'est tout pareil pour lui. Il se plaignait la dernière fois de la pression qu'il recevait. Bon lui c'est différent, il m'a parlé d'Allemands qui…

— Ah tu vois ! il s'énerve en tapant la main contre la table ce qui fait s'entrechoquer les verres. J'en parlais avec Xavier, hier ! Les Allemands rachètent tout en ce moment, c'est dingue ! Pareil ici ! Un des grands chefs est allemand et Izno est complètement à sa botte ! Tout, tout de suite ! Avec des délais irréalisables ! Mais il dit oui à tout ! Et c'est moi ensuite qui cours à l'autre bout de la France et me prends les foudres des équipes. Quand je pense qu'à la base, dans le deal on a déménagé ici pour que je sois plus proche du siège et avec moins de déplacements… Mais passons, il conclut en voyant le serveur s'approcher de notre table deux assiettes gargantuesques dans les mains. Ce soir, on ne parle pas boulot.

Je me lèche les babines devant nos plats. En plus la présentation est dingue sur ces assiettes dépareillées. Cela va faire trop classe dans mon *feed* !

— Stop ! Attends, je coupe Driss en me levant alors qu'il s'apprête à entamer son steak tartare. Il faut que je le prenne en photo avant que tu détruises tout ce beau montage. Tiens, est-ce que ça te dérangerait de reculer un peu ? j'ajoute en me plaçant devant lui. Il me faut trouver l'angle parfait, tu comprends. Tiens attends, je vais placer mon verre de vin rouge juste là, et… ah oui, tiens prends déjà une bouchée, je poursuis en lui collant la fourchette remplie de bœuf dans la bouche. Voilà ! C'est mieux comme ça, ça fait plus authentique.

— Bon, mon cœur, t'as pris au moins vingt photos, il s'impatiente. C'est bon ? On peut manger ?

— Pourquoi, mon chou, tu as peur que ça refroidisse ?

Un fou rire et une cinquantaine de clichés plus tard, je retourne enfin m'assoir à ma place et recommence avec mon plat de moules-frites.

—Ah, mais parce qu'en plus, tu fais pareil avec le tien ?

— Bah évidemment. Quelle question... Pré-vi-sion, Driss ! Celui-là, je vais le garder bien au chaud, pour poster un autre jour.

— OK. Bon par contre, bébé, tu veux pas ranger ton téléphone juste le temps qu'on mange ? Pour une fois qu'on se fait un resto tous les deux, autant en profiter à fond tu ne crois pas ? conclut-il d'humeur coquine en me faisant du pied sous la table.

— Oui, oui, j'arrive, je réponds machinalement sans lever les yeux vers lui, trop occupée que je suis à copier-coller ma liste de hashtags. C'est juste que je dois poster cette photo à l'heure du repas si je veux qu'elle ait un sens. Sinon, cela ne sert rien. Voilà, c'est fini ! Tu veux voir ? j'insiste en lui collant le téléphone sous les yeux.

— Euh, à vrai dire, je le vois déjà, donc sans offense, mais non.

— O-K, je réponds sèchement en évitant de croiser son regard. J'oublie toujours que je perds mon temps à te poser la question.

— Quelle question ?

— Bah ça ! Tu t'es déjà connecté au moins une fois sur ma page Instagram ? Enfin je veux dire c'est quand même mon métier quoi...

— Mais j'ai pas Insta. Comment veux-tu que j'y aille ?

— Justement.

— Tu me reproches de ne pas être sur les réseaux ? C'est l'idée ?

— Euh oui évidemment ! Enfin, ça me semble être un minimum, en fait que tu t'intéresses à ma vie, je réponds, vexée comme un pou.

— Stop, attends, mon cœur. Où est le problème ? J'ai tout sous mes yeux, donc je vois pas pourquoi ça te chagrine en fait.

— C'est ton manque d'intérêt qui m'énerve...

— Stop bébé. Tout part trop loin encore, tu crois pas ? Pour une fois qu'on passe une soirée tranquille tous les deux, tu n'as pas envie qu'on en profite ?

— Oui, si évidemment tu as raison, j'acquiesce en plongeant une frite dans ma sauce marinière. Mais reconnais juste que tu es vraiment d'aucun soutien... Tu pourrais au moins me demander de te montrer ce que je poste. Pas besoin de te créer un compte pour ça.

— Mais... Mais, Izzie ! Je t'entends quand tu m'en parles ! Tu postes tes looks, c'est ça ? il attend un acquiescement de ma part avant de poursuivre, je les ai en direct devant les yeux ! Idem pour ce que tu manges, ce que tu visites ! Alors qu'est-ce que ça change ? De toute façon, tu connais mon avis sur les réseaux sociaux et crois-moi, tu n'as pas envie de m'entendre les qualifier de verrue au beau milieu d'un repas.

— Bah merci, mais tu viens de le faire, je constate en reposant, dégoutée, la moule que je m'apprêtais à avaler.

Je décide d'appliquer quelques minutes de retrait silencieux pour qu'il comprenne à quel point sa réaction me blesse quand un détail à l'entrée attire mon attention. Ne serait-ce pas... ? Ah, mais si, c'est bien lui ! J'aperçois le papa de Carat s'approcher de notre table, un sourire jusqu'aux oreilles (Tiens donc, étonnant, moi qui pensais qu'il ne savait rien faire d'autre que cette mimique de neutralité).

— Oh ! Driss, tu vas jamais me croire, mais Monsieur Snob vient d'entrer et il se dirige droit vers nous !

J'observe Driss regarder vers la direction que je lui suggère discrètement avec le doigt puis se lever et partir à la rencontre de mon patron. Bien ça alors, je n'en attendais pas tant niveau bonne impression. Mon état d'hébétude gagne du terrain lorsque les deux hommes se font un check du poing.

— Izzie, annonce Driss en me rejoignant, mon patron à ses côtés, je te présente Hervé. Hervé, voici Izzie, ma compagne.

— Izzie, mais bien sûr ! Je me disais bien que vous m'étiez familière !

— Ah, mais vous vous connaissez ? réagit Driss surpris.

— Le monde est petit ! Figurez-vous que ma femme fait appel à votre dulcinée pour garder notre chat ! Incroyable, non ?

J'ai besoin de quelques secondes pour reprendre mes esprits.

— Monsieur Garroin, ça alors !

Derrière mon sourire crispé, c'est un véritable raz de marée qui se passe à l'intérieur de mon cerveau. J'essaie de me remémorer mon *feed* et toutes les photos prises chez eux et à leurs dépens… Car j'ai eu beau me montrer réticente à l'idée de Giulia il y a quelques semaines de cela, il n'empêche que le premier cliché de leur salle de bain a eu un tel succès que je ne me voyais pas arrêter. C'est comme avec Carat ! Les Réels dans lesquels il figure font toujours un véritable tabac ! Bon sang… Je me demande à partir de quel moment on entre dans le domaine de l'usurpation d'identité… Je sais que je n'ai jamais clamé que ces biens et ce chat m'appartenaient, mais… Ils apparaissent sur mon compte malgré tout… Oh, tout cela me met très mal à l'aise… Oh! Oh non! Non non non non non! Mais, si Monsieur Snob s'avère être le chef de Driss et que donc, le chef de Driss s'avère être Monsieur Snob, cela signifie que j'ai grillé mon copain devant son chef! Me revient en mémoire la conversation que j'avais eue avec lui il y a plusieurs semaines de cela! Celle où, pour me faire bien voir et compatir avec ses ennuis professionnels, je lui avais expliqué que c'était pareil pour mon conjoint avec son chef Iznogood! Mais c'est lui, Iznogood! Pourvu qu'il ne fasse pas le lien! Cachant mes mains derrière mon dos, je croise mes doigts et fais de même avec mes orteils… Du calme, Izzie, relativisons! Pourquoi s'en souviendrait-il? J'ai eu cette conversation avec lui, il y a quoi? Un siècle? Non, plus sérieusement, cela fait des semaines! J'imagine qu'à l'époque il m'a écouté d'un air poli, sans réellement m'entendre. Après tout, je ne suis qu'une employée à ses yeux. Qui se soucie de ce que disent les sous-fifres? Et puis, quand bien même cela serait le cas, avec tout ce qu'il a en tête, il a dû oublier… Enfin, je l'espère, car s'il fait le lien, je suis une femme morte. Ou plutôt, Driss est un homme mort…

— Mais asseyez-vous donc, nous suggère Monsieur Garroin, ne restez pas debout pour moi. Je ne fais que passer, je suis parti sans le dossier pour Lyon, d'où mon aller-retour express, il annonce à l'intention de Driss. Vous êtes en amoureux, je vous laisse en profiter! Je connais le chemin. Driss, ajoute-t-il en lui serrant la main, on se revoit demain, réunion pour le projet Lyon justement. Et à bientôt, Iz… il se coupe brusquement laissant la main qu'il tendait dans ma direction en lévitation. Iz… répète-t-il une nouvelle fois le regard perdu dans le vide.

Je vois à l'expression de mon petit ami qu'il ne comprend rien à ce qui arrive à son chef, mais moi je sais.

Iz, Izzie, Iznogood. Il a compris. Il se souvient. Je suis mal… ON est mal…

Chapitre 32
Publicité mensongère

« Pour créer un fort taux d'engagement, vous devez vous montrer proche de votre communauté. Connaitre les noms qui se cachent derrière les pseudos de chacun de vos super-fan. J'entends par là, les personnes qui répondent et likent quasiment à chaque fois que vous publiez un post. Ce sont eux qui ont de l'incidence sur votre visibilité. Apportez-leur de l'importance. Chaque personne qui se cache derrière un pseudonyme est réelle. Elle existe pour de vrai. Si elle se donne la peine de liker votre publication et mieux encore de la commenter, la partager, intéressez-vous à elle. Est-ce une femme, un homme ? Quel est son profil, son actualité du moment ? Une chose est certaine, si vous voyez Instagram comme une machine à cumuler les abonnés, vous ferez peut-être recette un temps, mais cela ne durera pas. La prochaine, le prochain influenceur en vogue, prendra vite place dans leur cœur puisque vous n'y avez pas d'importance. Intégrité, intégrité, intégrité, voilà le maitre-mot que vous devez retenir absolument ! »

— Et en parlant d'intégrité, dit Driss en faisant irruption dans le salon où je suis en train de finir mon petit déjeuner devant un nouveau live de cette fille spécialisée en réseaux sociaux, tu as déjà testé le shampoing qui est dans la salle de bain ? ajoute-t-il tout en se grattant inlassablement la tête.

— Lequel ?

— Celui avec le bouchon rouge. Bon faut avouer qu'il y en a tant en même temps. Sincèrement, Izzie, je ne comprendrais jamais ton amour pour les cosmétiques. À quoi bon avoir autant de trucs ? Moi j'avais un savon et un shampoing solides et cela m'allait très bien ! Mais impossible de les retrouver depuis plusieurs jours.

— Quoi ? Tu parles de tes bouts qui sentent mauvais et qui passent leur temps à glisser dans le bac à chaque fois que je me douche ? Ne les cherche pas, je les ai jetés. Tu sais, je suis influenceuse, désormais, on n'a plus besoin d'acheter nous-mêmes des produits puisqu'on peut les tester gratuitement.

— Oui et en parlant de test, ajoute-t-il tout en continuant à se gratter la tête avec une grimace de douleur, tu l'as testé toi ? Trois jours que je l'utilise les matins et je t'assure que c'est pire que quand j'avais des poux à six ans…

— Oh tu exagères, ça ne peut pas être si horrible, c'est fou, vous les hommes, comme vous pouvez vous montrer douillets…

Je continue mon monologue tout en m'approchant de son crâne pour y procéder à une petite inspection. Oh quelle horreur ! Une fois devant, je manque de crier tant il présente des plaques rouges… Beurk.

— Mais tu en as parlé sur Instagram ? Sans avoir testé ? Tu es sérieuse ?

— Mais non c'est pas ça… C'est plus compliqué…

— Izzie, qu'est-ce qui est compliqué? As-tu testé ces produits oui ou non?

— Oui, j'en ai testé un. Le shampoing sec une fois et ensuite j'ai…

— Je reformule: Izzie as-tu testé TOUS les produits que tu incites à acheter?

— Non… j'avoue en nourrissant l'espoir qu'un tremblement de terre ait subitement lieu et qu'une faille m'emporte loin de cette situation plus que navrante.

— Mais attends, mon cœur, poursuit Driss en s'asseyant sur le canapé, tu écoutes des vidéos de nanas qui parlent d'intégrité et toi tu fais le contraire? J'suis perdu là. T'es pas censé être l'influenceuse de l'honnêteté justement?

— Mais c'est pas ça… J'ai commencé à les tester, j'te jure! Puis j'ai eu mon rendez-vous, tu sais chez la dermatologue, le lendemain. Et ce que je croyais être des pellicules est en fait une maladie: dermatite séborrhéique. Mais j't'en ai parlé, bref, du coup j'ai un shampoing spécial pour guérir. Et j'ai pas pu tester parce que j'ai pas le droit de mélanger ce médicament pour cheveux avec d'autres produits.

— OK je comprends… Mais tu pouvais pas l'expliquer? Faire une pause dans la publicité?

— Mais non impossible avec mon contrat! Quand tu commences, tu dois poursuivre pendant trente jours!

— OK… Bon de toute façon, je dois être un cas isolé. Je pense que mes cheveux ne supportent pas tous les produits chimiques qu'il doit y avoir. Tu aurais reçu des commentaires ou des messages si d'autres que moi avaient des irritations…

Ne souhaitant pas mentir une nouvelle fois, je préfère regarder mes pieds qui se dandinent de gauche à droite, en cherchant activement un nouveau sujet de conversation que je pourrais lancer.

— Izzie, reprend Driss la voix pleine de soupçons. Qu'est-ce que tu me caches ?

— Je regarde pas mes messages, je bougonne en espérant qu'il n'entende pas ma réponse.

Cependant, devant son visage d'incompréhension, je m'explique :

— C'est juste que, depuis tout ce qui s'est passé avec FitZenGirl, toute la haine que j'ai reçue, j'ai décidé de ne plus regarder les commentaires ou les messages perso. C'est ma façon à moi de préserver ma santé mentale.

— OK, du coup tu n'as aucun retour sur ces produits alors ? Ceux qui les ont achetés et…

— Si, si ! En fait j'ai un lien que je peux actualiser et voir le nombre de commandes passées à partir de mon code promo. T'imagines que pour chaque commande, je perçois quatre pour cent du montant. Tiens, attends !

J'attrape l'ordinateur posé sur la table basse et actualise la page des ventes qui était encore ouverte.

— Regarde je te montre, j'y vais plusieurs fois par jour, c'est bien plus excitant que d'aller au casino.

— Ah oui quand même, s'étonne Driss quand le nombre s'affiche.

— Oui, mais je toucherai cette somme seulement dans cinq jours, quand j'aurai rempli toute ma part du contrat.

— OK, OK. Mais, Iz, tu devrais vérifier tes messages. Juste voir si tu as des retours d'abonnés. Ton rôle est important, tu ne peux pas le prendre à la légère comme tu le fais. Écoute j'dois aller bosser, mais je m'arrange pour rentrer tôt et on fait ça ensemble si tu veux. J'peux checker pour toi si ça te stresse de tomber sur d'autres trucs.

La journée passe et malgré toutes mes tentatives d'occupation, je n'arrive pas à penser à autre chose qu'au programme de cette fin d'après-midi. Ce n'est pourtant pas mon genre de faire l'autruche en cachant ma tête dans le sable, mais j'avoue que j'ai reçu des messages si méchants (à en faire des cauchemars) que je n'ai plus le courage de les lire. Les gens s'énervent si vite sur les réseaux sociaux. Si je ne réponds pas en trois heures à la fille qui me demande la référence de ma tenue, je me fais harceler. Si j'ai le malheur de manger un avocat, je me fais traiter de pollueuse qui tue sa planète, d'allumeuse quand je porte une jupe, de sainte nitouche quand je porte un col roulé, de fille qui se la pète quand je mange au restaurant… Bref. C'est à la fois soulagée et anxieuse que j'accueille le tintement des clés de Driss dans la serrure en fin d'après-midi

— Voilà ce qu'on va faire, m'explique-t-il d'un air décidé, tu me connectes sur ta session depuis l'ordinateur, et toi tu regardes les commentaires sous tes posts en même temps, mais depuis ton téléphone. C'est bon pour toi ?

J'opine du bonnet à sa suggestion. Si seulement j'avais pris mon courage à deux mains cet après-midi et réglé moi-même toute cette situation. Cela m'éviterait de cette angoisse qu'il découvre les photos prises chez les Snob. Et impossible de les supprimer tant que mon contrat n'est pas terminé. Je suis dans une véritable impasse… Je me connecte et tends l'ordinateur à Driss quand la page des messages est lancée. Ici au moins, aucun risque qu'il tombe sur mes photos. Je me rassure en pensant à sa méconnaissance d'Instagram.

Impossible qu'il trouve comment se rendre sur mon compte. Assis, tous deux au bar de la cuisine, nous griffonnons de manière studieuse des notes, des noms, des extraits de commentaires. Et malheureusement, le constat est sans appel. Je le qualifierais même d'édifiant… Trente minutes plus tard, ce sont des centaines de témoignages accablants que nous avons collectés… D'ailleurs, en ce moment même, Driss est en contact avec le commercial de la marque avec qui je traite.

— Alors, je lui demande sitôt qu'il a raccroché ?

—Pff, laisse tomber, ces gars sont de véritables requins… Il n'a cessé de me parler de son armada d'avocats et juristes en tout genre.

Je suis complètement démoralisée. La lecture de tous ces commentaires m'a rendu tellement mal. Réactions allergiques, démangeaisons, perte de cheveux, problèmes de coloration et j'en passe… Me dire que je suis à l'origine de tous ces maux est insupportable.

— Hey t'inquiètes pas, mon cœur, me console Driss en me prenant dans ses bras. On ne va pas se laisser faire. Il me reste encore quelques mails à traiter et j'en aurais fini avec ta boite de réception. Ensuite, je rappellerai la marque, j'ai trouvé un autre numéro sur le net. On n'a peut-être pas d'avocats, mais on va pas lâcher le morceau pour autant. Et puis je te dis, ils tombent mal, avec la journée que j'ai passée je suis bien chaud et ils vont m'entendre.

— Oh mince, des problèmes au boulot ?

— Non, non, rien de grave, juste mon chef. Je sais pas ce qu'il avait, mais je m'en suis pris plein la tête pendant la réunion de ce matin. À croire que tout ce qui sortait de ma bouche était complètement stupide. Mais bon, du Izno tout craché, le grand chef était là, j'imagine qu'il voulait lui montrer qu'il savait manager.

Je déglutis péniblement. Toute cette situation est un véritable cauchemar. Si seulement, je pouvais me réveiller, là, maintenant…

— Bref, je m'y remets, reprend Driss l'air de rien en sortant l'ordinateur de sa veille. Tu sais quoi, on se fixe encore une heure et on va au ciné ensuite pour penser à autre chose, ça te va ?

J'acquiesce et déglutis péniblement. La vision de mon écran se brouille et je fais mon possible pour contrôler le torrent de larmes qui souhaite sortir. J'aimerais disparaitre. La boule que je ressens dans le ventre ne cesse de croitre et même l'automassage que je tente de m'administrer depuis une bonne minute n'a aucun effet sur elle. Je suis un aimant à problèmes. Quand je pense que j'ai mis des centaines de personnes dans la panade. Sans parler de Driss et son chef. Je sais que je devrais le mettre au courant. Il ne peut pas se « battre » s'il n'est pas au courant de toute la situation. Il m'en voudra c'est sûr, mais ce sera toujours pire si je ne lui dis rien. Je n'ai pas le choix, je ne peux pas le laisser continuer à aller au travail et subir les foudres de son chef sans en connaitre les raisons. J'inspire un grand coup, avant de me lancer :

— Driss, je… j'ai un truc à t'a….

— Merde, Izzie, mais c'est quoi ce merdier ! hurle mon petit ami en tendant l'écran de mon ordinateur vers moi ! Bordel, me confirme pas ce que je pense, t'aurais pas osé !

Les larmes ruissellent sur mes joues en même temps que je comprends ce qu'il se passe. Mon regard n'arrive pas à quitter des yeux ce qu'il connait déjà par cœur : moi faisant un bisou à Carat ; moi posant avec trois produits

CareSelfHair devant un évier, moi essayant une paire de lunettes appartenant à Madame Snob dans son dressing ; moi me filmant dans la douche de leur troisième chambre en train de laver mes cheveux.

— Izzie, dis quelque chose !

— Je… euh !

— Bordel, Izzie, ne me dis pas que t'as pris ces photos chez mon boss !

— Non attends, Driss, ne t'inquiètes pas ils n'ont pas Instagram ! je tente de le rassurer. Ils savent pas pour les photos et je les enlève dès que mon contrat avec la marque est finie ! Je savais pas que c'était ton patron, j'te le jure ! J'l'ai compris hier soir en même temps que toi ! Sinon j'aurais jamais fait ça !

— Tsss tout s'explique maintenant, je comprends mieux pourquoi j'en ai pris plein mon grade ce matin.

— Mais non, impossible, ils sont pas au courant, je te le répète ils n'ont pas Instagram. C'est à cause de ce truc d'Iznogood, c'est tout, rien à voir avec Instagram j'te l'promets.

— Iznogood ?

—…

Chapitre 33

Du feu aux poudres

J'attrape le quatrième magazine people posé sur la table basse des filles et tombe directement sur la page cornée en l'ouvrant. Sans surprise, un portrait non avantageux de moi occupe les deux tiers de la page.

— Ah oui, donc c'est officiel… je constate dépitée. Je suis partout quoi.

— J'suis désolée, Iz, répond Stella en me tendant une tasse de cappuccino. Si j'avais su que tu venais, je les aurais au moins cachés.

Je ferme les yeux et hume l'odeur réconfortante de café au lait. Dire que j'ai cru au moment où Driss a appris pour son patron et l'allusion à Iznogood que les choses ne pouvaient pas être pires… Bien mal m'en a pris…

— Est-ce que tu veux aller te reposer dans ma chambre ? J'imagine que tu n'as pas dû beaucoup dormir ces derniers temps…

Façon polie de sa part de constater que j'ai une tête de déterrée. Pas étonnant. Driss et moi avons passé une bonne partie de la semaine dernière à nous disputer… Inutile de tourner autour du pot : il a été suspendu. Trois jours de congé sans solde avec invitation à poser le restant de ses congés sans tarder… Tout ça à cause de moi. Car

Driss, en homme honnête et sincère qu'il est, a absolument tenu à parler avec son chef de sa découverte à propos d'Iznogood et de tout le reste… Et malheureusement, cette franchise n'a eu comme conséquence que de mettre le feu aux poudres. D'une, Monsieur Garroin a découvert l'existence de mon compte Instagram. Et bien qu'il n'en ait pas semblé choqué plus que ça au départ, ce ne fut pas le cas de sa femme. Madame Garroin s'est sentie « violée dans son intimité » pour reprendre ses termes. Et avec du recul, je la comprends… Je ne m'étais pas rendu compte sur le coup de ce que je faisais. Pour moi, je prenais des photos tout comme j'en prends en pleine rue, sans voir où était le mal… Mais là il s'agissait de leur sphère intime… Leurs pièces de vie, leur mobilier, ses affaires personnelles, leur chat…

— Tu sais, j'ai fait un constat hier soir avant de m'endormir, je commence après m'être brulé la langue en buvant une première gorgée. En fait, depuis mon premier boulot, je me suis toujours fait virer. Pas une seule fois, j'ai quitté un travail de mon plein gré.

— Roh ! Mais n'importe quoi tu exagères ! ajoute Stella à mon intention, tout en se mettant assise à mes côtés.

Je prends le temps d'observer la tasse que je tiens entre mes mains et poursuis après plusieurs secondes de réflexion :

— Tu vois ça, j'ajoute en lui désignant le contenu du mug transparent, bin ça le blanc, le lait c'est moi. Et le brun c'est le travail. Voilà ma relation à la vie active résumée en une boisson. On n'est pas liés.

— Mais non regarde, dit-elle en s'approchant de moi et en se mettant à touiller vigoureusement ma boisson. Elle ne veut rien dire ta métaphore. Parce qu'il suffit de mélanger les deux pour qu'ils prennent une tout autre teinte et se fusionnent parfaitement.

Mon regard se remplit subitement de larmes et c'est toute la tension que je retiens depuis des jours qui s'échappe.

— Mais tu vois même ça, je ne sais pas faire! je me morfonds. Même faire une métaphore réussie sur ma vie, c'est trop difficile pour moi! Je suis nulle, Stella! Une bonne à rien! Nulle, nulle, nulle!

— Mais non, ne dis pas ça! Et puis hé oh, ça arrive à tout le monde de se faire licencier, autrement ce mot n'existerait pas. De toute façon, je ne suis pas d'accord avec toi. Alors certes, cette année, tu t'es fait virer de tous tes postes, mais cela n'a pas toujours été le cas. Tiens quand tu étais hôtesse d'accueil par exemple! C'est toi qui as décidé de partir non?

— Mais non, Stel! Ils m'avaient proposé de partir de mon plein gré ou alors d'engager des poursuites contre moi pour diffamation vu que j'avais posté sur Facebook que Bidule avait loué une chambre avec Truc, souviens-toi! Donc en fait c'est presque pire que de se faire virer...

— Et la fois où tu gardais les enfants, tu sais ta colo de je ne sais plus quoi. Là aussi tu étais allée jusqu'au bout.

— Oui, mais ils m'ont blacklistée de toutes les autres agences de recrutement, car soi-disant passer plus de temps sur son téléphone qu'à surveiller des enfants était une faute professionnelle. Mais c'est eux qui préféraient regarder la télé que participer aux jeux que je leur proposais! Sauf que comme nous étions à plus de huit-cents kilomètres, ils n'avaient pas le choix et ne pouvaient pas me virer sinon ils n'auraient plus été dans les normes d'encadrement.

— Ah...

— Non je te le dis, je suis une calamité ! Même un chat ! Tu te rends compte, je ne suis pas capable de garder un chat ! Mais qu'est-ce que je vais pouvoir faire de ma vie, si je ne suis même pas qualifiée pour surveiller un pauvre matou ?

— Mais non, ne le vois pas comme ça ! S'ils t'ont virée, ce n'est pas parce que tu es nulle, c'est juste parce que tu as bafoué leur confiance et que tu as transgressé une bonne dizaine de lois sur la confidentialité, la vie privée et le droit à l'image c'est tout. Cela ne remet pas du tout en question tes compétences concernant la garde, ajoute Stella, un ton rassurant dans la voix, pensant vraiment qu'elle est en train de me rassurer.

— Mais c'est pire !

J'attrape la télécommande et augmente le volume du vieil épisode de *Grey's Anatomy* pour qu'elle comprenne qu'il vaut mieux mettre un terme à notre conversation. Après plusieurs minutes à me plonger dans la vie tout aussi déprimante de ces internes en médecine, le vibreur de mon téléphone me fait sursauter. Je bondis, espérant voir le prénom de Driss s'afficher sur l'écran.

— C'était pas lui ? me demande Stella la voix pleine de sollicitude quand elle me voit le reposer sur le canapé.

— Encore un numéro privé… Ces journalistes vont me rendre dingue, je te jure ! Je reçois plus de vingt appels par jour, c'est du harcèlement à ce stade, je me lamente.

— Tu veux pas l'éteindre ? Ce serait plus simple…

— Et si Driss appelle ? Je n'ai pas envie qu'il tombe sur mon répondeur.

— Izzie, se redresse soudainement Stella en posant ses deux mains sur mes genoux, tu t'attends vraiment à ce qu'il essaie de te joindre ?

L'arrivée impromptue de Stéphanie qui déboule à toute hâte dans l'appartement ne me laisse pas l'occasion de lui répondre et de faire, par la même occasion, face à la réalité.

— Stella ! J'en ai trouvé trois autres ! Et on me voit ! Ah, Iz ! elle s'arrête brusquement en constatant ma présence tout en cachant quelque chose derrière son dos. Hey, je savais pas que tu étais là, conclut-elle en me saluant maladroitement.

— Si, si, Izzie est arrivée tout à l'heure, lui répond Stella. J'ai essayé de t'appeler justement pour te prévenir.

— Alors quoi de neuf ?

— La routine, je lui réponds avec un sourire qui sonne faux ; comme si elle ne savait pas. Et sinon, c'est quoi les trucs que tu as trouvés ? je demande innocemment en entrant dans son jeu.

— Oh trois fois rien, des bricoles à lire, elle bégaie en se mettant assise sur le fauteuil. Des trucs pour occuper mes soirées.

J'acquiesce en saluant silencieusement la mauvaise foi dont fait preuve ma copine. On dit que ce sont dans les épreuves de la vie qu'on reconnait ses vraies amies et toute cette aventure m'aura au moins prouvé que Stéphanie ne figure pas sur la liste. C'est bien simple, je n'ai eu aucune nouvelle d'elle depuis que ce nouveau scandale a éclaté. Elle fait la morte sur notre conversation WhatsApp. Profitant du fait qu'elle se lève pour se chercher une boisson, j'attrape les trois magazines qu'elle a tant bien que mal tenté de cacher derrière le coussin. Sans surprise, ma tête ou du moins mon nom figurent sur chaque première de couverture.

ENQUÊTE EXCLUSIVE AU CŒUR DE LA MASCARADE DES RÉSEAUX SOCIAUX : LE CAS DE BACKIZ, CETTE INFLUENCEUSE NOMMÉE MENSONGE.

— Oh non, Izzie, gémit Stella en tentant de m'arracher la presse people des mains, arrête tu te fais du mal…

—T'en fais pas je suis rodée…

Moi qui pensais avoir fait un buzz avec cette interview donnée aux lycéennes et tout ce qui s'en est suivi, cela n'est rien par rapport à ce qu'il se passe depuis quelques jours. Il faut dire que la meilleure amie de madame Snob, journaliste de surcroit, s'est emparée de l'affaire et me voilà, une nouvelle fois, catapultée en top titres de pas mal de magazines… Et cela ne s'arrête jamais. Mon téléphone ne cesse de sonner. On m'arrête dans la rue pour me demander si je suis bien BackIz, et mon compte Instagram est devenu le lieu de rendez-vous de la haine et de la rancœur… Si je le pouvais, je partirais m'enfermer seule dans une yourte, nichée à trois mille mètres d'altitude. Entourée de chèvres, de brebis et avec pour seul et fidèle compagnon un chien de berger qui m'accompagnerait partout. Un chien… Oh non, cela me fait trop penser à Carat… Quand je pense que je ne le reverrai plus jamais. Aussi bizarre que cela puisse sembler, je m'étais vraiment attachée à lui. Ce ne sont pas uniquement les *likes* et les milliers d'abonnés et de commentaires qu'il a suscités. En fait, je me sentais vraiment bien à ses côtés, spécialement quand il se posait sur moi et me berçait avec ses ronronnements… Enfin, je peux toujours me consoler du manque en me rendant sur le compte Instagram Caratlechat. Compte créé il y a seulement quelques jours par Madame Snob. Et il faut croire qu'elle a su surfer sur la vague, car il affiche pas moins de quarante mille abonnés déjà. Ma lecture finie, j'attrape un autre magazine acheté par Stéphanie et le petit encadré qui figure en page trois me porte le coup de grâce final. Coup que j'attendais pour être honnête, je ne savais juste pas à quel moment il tomberait…

Zoom sur ces influenceuses qui prônent l'oisiveté !

Nouveau rebondissement dans l'affaire BACKIZ ! Nous savons désormais que cette influenceuse, devant son succès à l'intégrité qu'elle a revendiquée comme sa marque de fabrique, n'est pas si différente des autres. En effet, suite à une annonce sponsorisée, de nombreuses plaintes ont été recensées auprès de la marque de shampoing qu'elle promouvait et qu'elle a pourtant avoué ne jamais avoir testée. Mais ce n'est pas tout, une source proche nous a confié qu'elle aurait également eu recours à de faux abonnés. Son témoignage atteste que BACKIZ aurait eu recours à une transaction de faux *likes* et de 50 000 faux abonnés… *Article à retrouver en page six*

— Et voilà, c'est arrivé ! Je suis officiellement une honte nationale ! je déplore en implorant le ciel de s'abattre sur ma tête. Oh ! C'est pas vrai, je suis une calamité. À chaque fois que je pense que ça ne peut pas être pire, ça l'est !

— Quoi ? répond Stella en m'arrachant le magazine des mains.

Mais je ne lui laisse pas le temps de le lire :

— Ils sont au courant. Pour les faux abonnés. Je suis finie, la risée nationale…

— Oh ! Mais attends comment ils auraient pu savoir ! Personne n'est au courant à part nous trois et Franck. Oh ! elle s'arrête brusquement de parler et se lève avec furie, le magazine toujours en main vers Stéphanie, tranquillement occupée à faire infuser son thé. Comment as-tu osé ? C'est toi la source anonyme ! Avoue !

Jamais de ma vie, je n'ai vu Stella s'énerver. Pas même quand on la dépasse dans une file d'attente. Mon hébétude est telle que je reste scotchée sur le canapé, les yeux écarquillés à observer l'échange qui s'ensuit.

— Quoi, qu'est-ce qu'il y a ? demande Stéphanie comme si elle n'avait pas entendu la question tout en virant rouge pivoine.

— Ça là ! hurle Stella en pointant du doigt l'article. C'est toi la source ? Avoue ! Personne d'autre n'était au courant à part toi et moi, elle hurle en jetant le magazine à l'autre bout de la pièce.

— Hey ! la dispute Stéphanie, fais gaffe ! On voit presque ma tête sur celui-là ! C'est la photo où je pose avec Iz ! Alors, l'abime pas !

— Arrêtez, les filles, j'accours finalement pour interrompre leur dispute. Stella, je ne t'ai pas tout dit… j'avoue honteuse.

Je cherche mon sac resté dans l'entrée et en sors un tas de feuilles. Il s'agit des mails recensés par Driss lorsque l'affaire du shampoing a éclaté. Je n'y avais pas prêté attention jusqu'à ce matin dans le train. Je tends la feuille vers Stella en lui désignant du doigt la retranscription d'un mail :

— Expéditeur FitZenGirl, lit Stella à haute voix, elle te remercie de lui avoir donné cette information et te promet d'en faire bon usage. Je comprends rien. Izzie, de quoi est-ce qu'elle parle ?

— Bon… tu te rappelles quand on était au téléphone ? Et que je te lisais le message d'excuse que j'avais écrit pour elle ?

J'attends un signe d'acquiescement de sa part pour reprendre. Stéphanie quant à elle semble bien intriguée par mes aveux.

— Et tu te rappelles aussi qu'en même temps j'étais en ligne avec Steph qui m'a fait penser à rappeler à Franck de ne pas annuler mes faux abonnés. Bref, et il y avait aussi cette vente privée qui allait commencer. Tu te souviens, celle pour cette paire de chaussures sold out partout et qui…

— Iz, abrège !

—Bon… Je me suis plantée ! J'ai mal copié le message d'excuse et j'ai envoyé à FitZenGirl le même message que pour Franck…

— Tu veux dire que…

— Oui, elle sait ! J'ai moi-même dit à ma pire ennemie que la moitié de mon audience de l'époque était fausse… Alors, arrête avec Stéphanie. C'est forcément FitZenGirl, ça fait des jours qu'elle multiplie les interviews pour me rabaisser. Pas étonnant en même temps vu ce qu'elle a ramassé à cause de moi la première fois. C'était juste une question d'heures pour que ça sorte. J'imagine qu'elle a offert l'exclusivité au plus offrant…

Cette annonce a le don de mettre tout le monde d'accord et laisse les filles sans voix.

— Je ne pourrai jamais plus mettre un pied dehors ! Avec cette bombe, la presse va s'en donner à cœur joie ! Tout ce qu'il me reste à faire est de partir. Loin, très loin ! Là où il n'y a pas de 5G, là où personne ne connaitra mon existence. D'ailleurs, tiens, Stel, je te laisse mon téléphone ! C'est fini pour moi. Fini les réseaux sociaux ! Fini Instagram ! Fini les appels intempestifs des journalistes ! Fini Driss ! Fini ma vie !

— Elle déraille ? demande Stéphanie à Stella en occultant ma présence.

Ma meilleure amie ne répond rien et se contente juste d'attraper dans sa main le téléphone que je lui tends, le regard livide

Chapitre 34
Au plus bas

Accoudée au rebord de la vitre, j'observe le paysage défiler. Déjà une heure que le train avance et cela fait bien longtemps que je n'ai plus vu trace de civilisation ; si ce n'est les quelques fermes et vaches broutant dans les champs environnants… Les prémisses d'un arrêt se font sentir lorsque mon corps penche légèrement vers l'avant suite à la manœuvre de freinage du conducteur. Sans surprise, au même moment, la voix du contrôleur nous annonce que le train va entrer en gare de Coulières. J'attrape sans plus attendre ma valise et me dirige vers la porte d'où j'observe le paysage familier en attendant de pouvoir descendre. La vision du vieux bar PMU situé en face de la gare suffit à me remonter le moral. Tout est exactement comme dans mes souvenirs. Ce sont toujours les mêmes façades, les mêmes commerces et sans doute les mêmes vieillards assis sur le banc à regarder les gens passer. À croire que le village de Tata Vicky n'a pas changé depuis mon enfance.

Seule à descendre, je profite de la tranquillité du quai (le seul de la gare d'ailleurs) pour marquer un temps d'arrêt et respirer le bon air de la campagne. Observant depuis mon banc la place de la gare, je me revois enfant, courir dans les bras de ma tante lorsqu'elle m'attendait à ce même endroit. J'ai toujours aimé venir ici. Chaque été, je prenais le train pour passer la quasi-totalité du mois de juillet avec elle. Je m'invitais alors dans son quotidien à mille lieues de ce que j'avais l'habitude de vivre avec mes parents. Ici, pas de stress dû à des horaires, à des contraintes professionnelles, ou encore à ces règles de bonne conduite qu'on s'oblige à tenir pour convenance sociale. Juste ma tante, ses copines, ses toiles, ses pinceaux et les foires et marchés dans lesquelles je la suivais vendre ses tableaux. J'ai toujours vu tata Vicky comme une personne hurluberlue, ce genre de personnage qui n'a que faire des règles, des qu'en dira-t-on… À mes yeux de petite fille, ma tante a toujours été cette femme un peu loufoque qui semble vivre sur une autre planète. Une de celles qu'on qualifie aisément « d'originales ». Mais à bien y réfléchir, je me dis de plus en plus qu'elle vit. Tout simplement. Sans se soucier du regard des autres, de leur avis.

Plus j'avance dans les rues du village, à trainer difficilement ma valise sur les pavés, et plus la boule dans mon ventre perd du terrain. Comme si mes problèmes disparaissaient à mesure que je me rapproche de sa maison. C'est peut-être de ce sentiment que les gens parlent lorsqu'ils font référence au cocon familial. Alors que je n'ai jamais vécu ici plus que quelques semaines par an, c'est ici que je me sens le plus chez moi. Il est clair que je ne peux pas en dire autant de mes parents. En même temps, maman m'a déjà appelée une vingtaine de fois depuis que le scandale a éclaté pour me demander de faire cesser ce bazar, car cela commençait à nuire à leurs relations de travail. Comme si j'avais la main sur tout ça. Et comme s'il n'était pas plus important de se soucier de moi avant les autres et de ce qu'ils pourraient penser de notre famille. Au moins, je sais que tata sera là pour moi. Elle l'a toujours été dans mes coups durs. (Enfin du moins je l'espère, car dans mon élan spontané de départ sans réfléchir, j'ai oublié de l'appeler pour vérifier si elle était bien chez elle. Et puisque je me retrouve ici sans téléphone, resté chez Stella, je n'ai plus qu'à croiser les doigts…).

Je ne suis qu'à quelques mètres de chez elle lorsque je l'aperçois, avec soulagement, s'activer dans son jardin. Juchée sur une échelle pour récolter des cerises avec un grand chapeau de paille sur la tête et une robe multicolore, elle ressemble à un épouvantail. Le bruit des roues de ma valise foulant les pavés attire son attention :

— Izzie ? C'est bien toi, ma cocotte ? Oh, bah ça, quelle surprise ! elle hurle en posant ses outils au sol pour me rejoindre. Mais qu'est-ce que tu fais là ? elle s'étonne après m'avoir chaudement enlacée. Oh tu as une mine épouvantable, ma grande ! Toi tu as besoin d'un remontant ! Allez, installe-toi, j'arrive !

Je prends place sur la balancelle qu'elle me désigne de la main et me laisse bercer d'avant en arrière en attendant son retour.

— Moi qui pensais que ta mère exagérait comme toujours… Je t'aurais appelée si j'avais su ! elle constate une fois de retour en tapotant ma cuisse de sa main. Tiens bois ça, ma grande.

Sans rechigner, j'accepte le verre de pineau des Charentes qu'elle me tend et qu'importe s'il n'est que trois heures de l'après-midi.

— Rien ne va plus, tata. Driss va surement me quitter, je n'ai plus de job et je suis la risée du pays…

— Bon, et si tu reprenais tout depuis le début ?

Trois verres de pineau, une boite de Quality Street et un nombre incalculable de mouchoirs jonchant le sol plus tard, je viens enfin à bout de mon histoire.

— Bref, je conclus, du coup il s'avère que cette marque était une arnaque… Des produits achetés à bas couts en Chine, reconditionnés en France avec un super marketing et voilà… Sauf qu'avec ce que je t'ai raconté juste avant, on ne m'a pas ratée. Et puis l'autre influenceuse là, FitZenGirl, et toutes ses copines ne cessent de parler de moi. Donc entre ça et mes faux abonnés, ça fait effet boule de neige qui ne s'arrête plus… Pff, c'est même devenu une avalanche là…

— Hum je vois, se contente de répondre ma tante pensive.

— Bref… C'est mérité, hein… Bien fait pour moi, après tout.

Les yeux embués, je me mouche bruyamment et jette à même le sol le papier. Au moins ma tante ne m'en tient pas rigueur. Contrairement à ma mère qui m'aurait coupé mille fois dans mon récit pour me demander d'aller mettre mes mouchoirs à la poubelle.

— Mais tu étais au courant au moment de parler de ces produits qu'il s'agissait d'une arnaque ?

— Non, évidemment que non, j'avais confiance. Enfin c'est un shampoing quoi !

— Donc tu ne savais pas. Tu as agi en toute bonne foi.

— Oui, mais…

— Tut tut, tut, me coupe tata. Et tu crois que ces autres filles-là qui te trainent dans la boue testent tout ?

— Bah j'sais pas, peut-être…

— Izzie, je veux la vraie réponse…

— Non, bien sûr que non, je ne pense pas. Par exemple, cette fille, FitZenGirl, elle parle tout le temps d'un épilateur alors que je suis sûre qu'elle a fait une épilation définitive. Ses jambes ont l'air toutes douces, ça se voit même à travers l'écran. Impossible d'arriver à un tel résultat soi-même, j'en suis certaine…

— T'inquiète pas, ma cocotte, on va trouver une solution pour te sortir de là.

— Comment ça trouver une solution ? Il n'y a rien à faire, tata. J'ai merdé c'est tout. J'ai pas été professionnelle comme d'habitude. Je peux m'en prendre qu'à moi.

— Tut tut tut… Je vais aller te faire couler un bon bain. En plus, Thérèse m'a rapporté, de sa cure, des galets relaxants parfumés à la lavande, tu vas voir. Tu en ressortiras revigorée. Pose tes affaires dans la chambre et moi je vais te préparer tout ça ! Oh et j'ai des bâtonnets d'encens senteur au chanvre ! Je vais t'en allumer trois dans la salle de bain, que tu te détendes un peu ma cocotte !

Il semblerait que ce bain ait vraiment été reposant puisque je me suis endormie dedans ! Cela ne m'était jamais arrivé ! Une fois passée la frayeur d'avoir imaginé que j'aurais pu me noyer et mourir ainsi (c'est encore pire que d'être mangé par son chat), j'enfile mon pyjama et m'apprête à rejoindre tata quand je m'arrête net dans l'escalier, intriguée par la provenance de toutes ces voix. Je poursuis au ralenti ma descente et avance vers leur lieu d'origine pour au final rester bouche bée devant le spectacle qui s'offre à moi. C'est une véritable armada qui est réunie dans la petite salle à manger de ma tante. Plusieurs de ses copines sont assises autour de la table, un tableau blanc a été placé sur le rebord de la fenêtre et il est inscrit en grosses lettres capitales : OPÉRATION SAUVER IZZIE, avec des tas d'autres choses griffonnées dessus. Toutes ces femmes sont tellement occupées à parler entre elles, se contredire, qu'aucune ne s'aperçoit de ma présence, ce qui me permet d'aller quelques instants me poser au salon pour recouvrer mes esprits. Mais qu'est-ce que… Oh la la ! C'est encore pire ici !

— Ah te voilà, ma bichette, m'alpague tata en arrivant derrière moi, les bras chargés de victuailles. Viens, entre donc ! Tiens, assieds-toi là, elle m'ordonne en désignant l'unique fauteuil resté libre.

Les yeux ronds, je regarde ces mamies sans savoir quoi dire. C'est bien simple, j'ai l'impression d'avoir été catapultée dans une autre dimension. Oh ! Si ça se trouve, c'est la faute à son encens au cannabis ! Mince, suis-je droguée ? Mais oui, c'est forcément ça ! Comment expliquer autrement la présence de mamies en train de scroller Instagram chacune un téléphone à la main ? Je dois être en plein trip hallucinatoire. Pour m'en convaincre, je tâte les mains de la dame présente sur le canapé à mes côtés m'attendant à ce que l'objet que je pense être un téléphone se transforme en pelote de laine. Voilà qui serait censé ! Mais non, c'est métallique et froid… Fronçant les sourcils, mon cœur se met à s'accélérer. Je crois que je suis en train de faire une crise de panique… Mince, je n'ai jamais été droguée une seule fois de ma vie ! Je ne sais même pas si mon corps va réussir à le supporter ! Oh non, je suis trop jeune pour mourir d'une overdose ! Inspire, Izzie… Voilà, inspire, expire… On se calme…

—Bah alors, ma cocotte, ça va pas mieux ? me questionne ma tante en glissant sa main sur mon front tout en prenant place sur l'accoudoir du fauteuil.

— Euh… Je… Tata, je… Pff…

La panique que je ressens m'empêche d'articuler la moindre phrase.

— Vous avez vu, les filles, comme la ptite biche est affectée par toute cette situation… Janine! hurle ma tante un peu trop près de mon oreille, tu sais si ton petit-fils a bientôt fini?

— Voilà, voilà, annonce une voix d'homme (plutôt jeune d'ailleurs), tout en nous rejoignant au salon. Bon, la qualité d'impression rend pas top avec votre imprimante, mais en vrai c'est bien. Là c'est juste pour que vous ayez une idée du rendu final, il précise tout en tendant plusieurs feuilles à ma tante.

Assise à ses côtés, je hisse le cou pour mieux voir et n'en crois pas mes yeux! Ça alors! Si je me serais doutée…

— Beau boulot, petit, ajoute ma tante en lui donnant discrètement une liasse de billets qui me semble plutôt importante.

— Attends, tata, j'comprends rien! Je savais pas que FitZenGirl avait aussi fait un partenariat avec CareSelfHair! Mais… Enfin, comment avez-vous trouvé ces photos? je la questionne en faisant défiler les feuilles que je lui ai attrapées des mains. Je la suis depuis longtemps sur les réseaux et je n'ai jamais vu ça!

— Ta tante est une magicienne, ma petite, ne l'oublie jamais!

— Non, mais franchement, t'as trouvé ça où? je continue sans pouvoir lâcher du regard ce *selfie* d'elle en train de se vaporiser le shampoing sec de la gamme fruitée.

— Tu te rappelles quand on jouait au Kems quand tu étais petite?

J'acquiesce de la tête sans voir où elle veut en venir.

— Rappelle-moi quelle était notre arme spéciale? Pourquoi gagnait-on à chaque partie contre nos adversaires?

— Euh… parce qu'on bluffait, c'est ça ? Tu veux parler de notre faux signe ?

— VOI-LÀ ! elle répond en prenant soin de détacher ces deux syllabes. L'art de tromper son ennemi, ma biche ! Voilà le secret pour gagner une guerre.

— Oui, d'accord, mais attends j'comprends pas, c'est quoi le rapport ?

— Elles sont fausses ces photos, elle m'avoue en souriant.

— Quoi ? Mais… Mais je… C'est pas possible ! Non impossible que ce soit faux ! Enfin, comment ? je bégaie incapable de finir ma phrase.

— C'est le petit-fils de Janine, Lucas, qui a tout traficoté sur son logiciel photo ! Il est doué hein ! elle attrape mes deux mains et les pose contre les feuilles. Elles sont à toi ma bichette, tu sais ce qu'il te reste à faire ! Ces journalistes sont des vautours, ils se fichent de ce qu'ils se mettent sous la dent du moment qu'ils ont quelque chose… Avec ça, elle ajoute en désignant des yeux les photos, je peux t'assurer que plus personne ne s'occupera de toi ! Imagine : une vedette star de l'Internet qui efface d'anciens articles et pire, accuse une autre d'avoir vanté les mérites d'une marque frauduleuse alors qu'elle en a fait autant ! Si cela ne fait pas les gros titres, qu'on ne m'appelle plus Vicky la chipie ! Je te l'ai toujours dit, elle conclut en m'embrassant tendrement le front, personne ne s'attaque à ma nièce chérie.

Interloquée, mon regard ne cesse d'effectuer des allers-retours entre ma tante et les photos que je tiens entre mes mains… Ou devrais-je dire, la bombe qu'on vient de me confier… Libre à moi de décider du moment pour la dégoupiller

Chapitre 35
Br!tney, B!tch

— Iz, c'est de la folie ! hurle Stella en réalisant ce que je m'apprête à faire. Je peux pas te laisser faire ça ! Attends, on appelle Driss. Tu vas voir, je suis sûre qu'il ne pensait pas ce qu'il t'a dit. Tout va s'arranger. Il y a d'autres solutions, tu n'es pas obligée d'être aussi extrême.

— Si, crois-moi c'est la seule chose à faire, je lui réponds en vérifiant méticuleusement que tout le matériel dont j'ai besoin se trouve à portée de main.

Malgré la gravité du geste que je m'apprête à réaliser, j'ai rarement été sûre de moi à ce point. Je sais que les conséquences vont être énormes. Pour ne pas dire désastreuses, mais j'y suis préparée. Ces derniers jours passés chez tata Vicky m'ont permis de maturer mon idée. Pour une fois, je n'agis pas sous le coup de la spontanéité. Et c'est déterminée à aller jusqu'au bout que j'ai pris le premier train pour Meunarque ce matin. Cela fait seulement une heure que je suis arrivée à l'appartement des filles et je n'ai pas perdu de temps. J'observe une dernière fois tout l'équipement informatique que j'ai mis en place, ajuste une dernière fois la hauteur du trépied et vérifie que mon téléphone y est bien fixé.

— Ne fais pas ça, Iz, m'implore Stella. Toute cette histoire va un peu loin, tu ne crois pas ? Non, ça va même beaucoup trop loin ! Et si tu mettais tout simplement ça derrière toi. Passe à autre chose sérieusement ! C'est juste du shampoing. Des irritations. Et alors ? Il n'y a pas mort d'homme ! Tu vas le regretter, je te connais ! Ce n'est pas toi, tu n'es pas ce genre de fille. Ne fais pas ça !

Je marque un temps d'arrêt et réfléchis encore aux conséquences de mes actes. Évidemment que je joue gros en faisant ça ! Évidemment que c'est quitte ou double ! Mais soyons honnêtes, qu'ai-je à perdre au final ? Je n'ai plus d'appart, plus de mec, plus de boulot… Et puis de toute façon, je sens au fond de moi que c'est la chose à faire. La BONNE chose à faire, celle qui rétablira la justice dans toute cette histoire. Je vérifie du regard toute mon installation et respire un grand coup. Allez, Izzie, c'est le moment !

— Ne fais pas ça, me murmure une dernière fois Stella, la voix désespérée.

— Chut, ça tourne, je la coupe en lançant mon direct sur Instagram.

Assise en tailleur, sur le sol de mon ancien appartement, j'hésite quelques instants, mon reflet face caméra puis me lance :

— Bonjour à tous, j'annonce alors que le voyant rouge d'enregistrement clignote. C'est moi, Izzie. Izzie la menteuse, Izzie la traitresse, Izzie la sans emploi aussi… Izzie tout ce que vous voulez en quelque sorte.

À mesure que je parle, je vois le nombre de personnes se connectant à mon live augmenter. Stella semble être au téléphone dans la pièce voisine. Je décide de parler plus fort à mon tour pour combler le bruit de ses paroles.

— Ces derniers temps, les médias ont fait couler beaucoup d'encre sur moi. Et ce qui est drôle quand on y pense, c'est que je n'attendais que ça. Voilà le but, ma quête ultime depuis que j'ai créé mon compte Instagram. Tout ce que je souhaitais c'était d'être connue. Reconnue. Devenir une personne qui compte dans le domaine de l'influence. Moi, je voulais recevoir des vêtements gratuitement, voyager aux quatre coins de la terre aux frais des annonceurs, avoir plus, encore plus, toujours plus ! Tel était mon but ! Mais pour ça il faut une audience. Et on sait tous que le monde d'Instagram est impitoyable ! Alors j'ai triché. J'ai triché pour accéder à mes rêves, je complète des trémolos dans la voix. Mais vous êtes déjà au courant n'est-ce pas… La source proche disait vrai, j'ai acheté de faux abonnés. Ensuite, comme mon nombre ne montait pas assez vite, j'ai cherché d'autres solutions. Je me suis inventé de faux partenariats, rémunérés par personne. À vrai dire, j'achetais moi-même les produits et vous faisais croire qu'ils m'avaient été offerts par la marque. Pathétique, vous trouvez ? Attendez, vous n'avez encore rien vu. Moi qui prônais l'authenticité, j'ai basé mon premier vrai partenariat sur un mensonge et on sait tous comment cela a fini. Et c'est justement de ça dont je souhaite vous parler aujourd'hui. Voilà la raison de ce direct. Tout d'abord, je tiens à m'excuser publiquement auprès de vous. Vous m'avez donné votre confiance et je l'ai bafouée. Et pour l'avoir vécu, je sais à quel point c'est blessant et comme ça peut faire mal, j'ajoute les larmes aux yeux. Ces derniers jours, j'ai eu tout le loisir de réfléchir à ma situation, de faire le point et comprendre à partir de quel moment les choses sont parties en sucette et surtout à partir de quel moment j'aurais pu avoir le déclic, me rendre compte que tout allait trop loin. Prendre du recul, arrêter la mascarade.

Je marque une pause et déglutis péniblement. Ma vision est trop floue pour réussir à lire combien de personnes sont connectées et c'est tant mieux. Je ne dois pas arrêter. Je dois le faire ! C'est juste ! J'en suis convaincue. La pochette cartonnée dans laquelle j'ai glissé les clichés de FitZenGirl est à portée de main. Bien en évidence, posée contre le trépied pour me donner le courage d'avancer. Les pas de Stella dans le couloir me font comprendre qu'elle s'apprête à me rejoindre à nouveau. Il ne m'en faut pas plus pour trouver la force de continuer et aller jusqu'au bout de mon objectif. Pas question qu'elle me fasse changer d'avis. J'expire un grand coup et reprends :

— On a tous une part de responsabilité dans cette histoire. C'est vrai. Au final, je suis le bouc émissaire, car il en faut bien un, mais nous sommes nombreuses à avoir adhéré à cette marque. Toutefois, c'est mon live et c'est de moi dont il s'agit aujourd'hui. Mon incapacité à bien mener une tâche vous a mis en danger et je m'en veux terriblement. Et même si je sais que cela ne réparera jamais les préjudices que vous avez subis par ma faute, je veux que vous compreniez à quel point je suis désolée. À quel point toute cette situation m'a échappé, je complète les joues ruisselantes de larmes. Si tous les véritables problèmes sont partis des cheveux, au point où certaines d'entre vous ont dû se les couper, il me semble normal que je subisse le même préjudice. Au moins en guise de pénitence.

J'allume la tondeuse et le bruit sourd de l'appareil en marche me file la chair de poule. Allez, Izzie, il est trop tard pour reculer de toute façon. J'observe le regard médusé et implorant de Stella qui me supplie d'arrêter, mais je ne peux pas me dégonfler. Le premier contact avec mon crâne me fait tressaillir, mais plus les longues mèches brunes de ma chevelure tombent au sol et plus je ressens intérieurement que je fais ce qu'il faut, que mon action est juste.

ÉPILOGUE

— Et sinon, tu dors encore chez les filles ? me questionne Driss, sans oser plonger son regard dans le mien.

— Non, je lui réponds en baissant les yeux, trop gênée par cette distance entre nous que je ne sais pas comment interpréter. Elles m'assuraient que je ne dérangeais pas, mais je sais pas… C'est plus chez moi, maintenant… Et puis, mon ancien lit est plus confortable que leur canapé, je conclus en me forçant à sourire.

Eh oui… À vingt-quatre ans, je suis retournée vivre chez mes parents… Je ne me plains pas, j'ai au moins la chance d'avoir eu un plan B lorsque je me suis retrouvée sans emploi, sans appart, sans plus rien en somme. Il s'est passé tant de choses entre ma nouvelle vie à deux, mon nouveau boulot et cette pseudo gloire propulsée et ratatinée aussi vite qu'un boulet de canon. Ces derniers temps, j'ai eu tout le loisir de réfléchir à ces événements et le moins que l'on puisse dire est que, contre toute attente, ils se sont montrés enrichissants. Certes, je me retrouve, aujourd'hui, à un stade de ma vie bien moins avancé qu'il y a un an (au grand dam de mes parents d'ailleurs), mais je me sens différente. On dit souvent qu'une fille se coupe les cheveux quand elle veut changer de vie. Je crois que c'est le contraire qui s'est passé pour moi. C'est comme si à mesure que j'observais ces mèches tomber au sol, je me délestais également de tous mes fardeaux. Je ressens que cette transformation ne se limite pas qu'au reflet du miroir, elle est plus profonde. Le simple fait de repenser à ce souvenir me vaut des frissons dans tout le corps. Ma vie est devenue plus claire depuis que je suis passée à l'acte, depuis que j'ai assumé mes erreurs. Évidemment, mon quotidien n'est pas tout rose en ce moment, mais j'ai l'impression qu'il est juste. Indéterminé certes, dans le brouillard carrément, mais juste.

— Ça va pas ? me questionne Driss visiblement sensible à ma détresse et aux larmes qui commencent à perler sur mes joues.

Je les essuie discrètement, gênée à l'idée que quelqu'un dans ce café me voit pleurer et lui réponds d'un maigre sourire.

— Si, si, ça va. Je pensais juste à toute cette situation. À toi, à moi, à nous…

— Tu sais mon c… Iz, il se reprend, je t'ai jamais dit de partir.

— Oui, je sais…

— Non, je préférais que ce soit clair. C'est toi qui as pris tes affaires et décidé de ne pas revenir.

— C'était pour le mieux, crois-moi. Bon, mais sinon, qu'est-ce que tu fais à Meunarque ? je demande gaiement en espérant réussir à changer de sujet de conversation. J'avoue que ton appel d'hier m'a surprise. C'est pas ton genre de poser un congé en pleine semaine.

— Oui, mais, en ce moment, je ne bosse pas.

— Ah ouais, tu as pris des vacances ? Chouette…

— En réalité, commence Driss avant de marquer une pause pour prendre le temps de boire quelques gorgées de café, je ne bosse pas tout court.

Les yeux m'en tombent. Oh bon sang. Je n'arrive pas à y croire, Driss s'est fait virer. C'est de ma faute. Tout cela est de ma faute. Je savais que mes péripéties l'avaient mis dans le pétrin vis-à-vis de son boss, mais de là à se faire licencier… Et moi qui aie volontairement décidé de couper les ponts avec lui pour ne plus qu'il se retrouve en délicate posture à cause de mes actes. Cela n'a donc servi à rien.

— Oh non! Je suis désolée, je voulais pas que tu te fasses virer… je me morfonds sans réussir à finir ma phrase.

— Non, mais non, arrête, il me coupe en posant sa main sur la mienne. (Ce simple contact suffit à réveiller l'intégralité de mon corps et me rappelle ce que je sais déjà : je suis encore folle amoureuse de cet homme). Iz, ne pleure pas, je t'en prie. Il s'est rien passé. Enfin… Si, il s'est passé des trucs, un tas de trucs même, mais rien de mal, tempère-t-il. En réalité, c'est moi qui suis parti.

— Quoi ? Mais et ta promotion ? Les promesses d'Izno, enfin de Monsieur Garroin ?

— Hum… il ajoute pensif en se perdant quelques secondes, le regard dans le vide. Tu sais, ton départ puis tout ce qui s'en est suivi m'a laissé le temps de réfléchir. Je ne suis pas sûr de vouloir être à la botte de quelqu'un toute ma vie. J'ai assez donné dans le rôle du toutou de compagnie.

Il marque un blanc, mais je ne cherche pas à le combler, comprenant bien qu'il est plus en train de mettre de l'ordre dans la suite de ses pensées qu'en train de clore une conversation.

— Tu vois, je t'ai toujours vu comme une fille sans ambition. Et même si je faisais tout pour ne pas te le transmettre, à mes yeux, c'était un défaut. Et quand j'ai vu la facilité avec laquelle tu as réussi à t'enfoncer dans le pétrin, ça m'a rendu furieux. Parce que, putain, comme d'hab, j'ai eu l'impression que tu ne prenais pas les choses au sérieux. Que tu allais une nouvelle fois abandonner, te plaindre pour ensuite passer à autre chose. Et autant d'ordinaire, ça me saoule, mais ça s'arrête là, là c'était différent. Tu as impliqué plein de monde dans tes conneries et au départ, j'ai cru que tu allais faire comme d'habitude. Laisser le truc couler. Attendre que ça passe tout seul. Puis j'ai compris. J'ai compris que j'étais dans le faux, il ajoute avant de reprendre une gorgée de café. Tu as merdé en beauté, c'est clair, mais tu as réagi. Bordel, tu as pris ta vie en main, Izzie. Regarde-toi, quoi, il poursuit en désignant d'un geste éloquent de la main mon crâne recouvert d'un duvet de quelques millimètres. Tout ce truc, ce recul, ça m'a donné matière pour mettre les choses en perspective. Tout ça pour dire que j'ai démissionné, rendu les clés de l'appartement. Je crèche chez Lucas en ce moment. Tu vois, tu n'es pas la seule âme esseulée à cette table, il conclut un sourire en coin.

Je ne sais quoi penser de toute cette situation. Cela fait vraiment beaucoup de nouveautés à assimiler.

— Ah, au fait, j'ai croisé Giulia, par hasard la semaine dernière. Tiens, d'ailleurs, elle te passe le bonjour.

Je l'observe sourire devant ce souvenir et je ne peux m'empêcher de faire de même en pensant à mon amie. Pas un jour n'a passé depuis que je suis venue me réfugier à Meunarque sans qu'elle m'appelle, ou au moins m'envoie un texto. Elle est même venue me rendre visite à l'appartement, à l'époque où j'étais encore hébergée par les filles. Dire qu'elle et Stella ont accroché ne suffirait pas. Elles ne se sont pas quittées. D'ailleurs, on a prévu de partir en week-end toutes les trois dans un futur proche.

— Et je peux te dire que je me suis pris un sacré savon, reprend Driss en étouffant un rire. Elle est pas italienne pour rien ta copine, hein.

— De quoi, je hurle en recrachant quelques miettes de brownie. Oups, je constate honteuse, comment ça un savon ?

— Non rien t'inquiète, mais d'après elle je suis un sombre idiot de ne pas t'avoir appelée et aussi je ne mérite pas de porter le nom de petit ami d'Izzie, pour reprendre ses mots. Et encore un tas d'autres trucs, mais je ne sais pas précisément quoi en fait. Elle s'est mise à parler en italien à un moment et je reconnais avoir manqué de bravoure pour lui demander de traduire tout ça.

— Oh non Driss, je compatis avec une envie égale de rire et de pleurer.

— D'ailleurs, il est également possible que je l'aie jugée trop vite.

— Waouh et bien si je m'attendais à ça. À tout ça… Du coup, nous sommes vraiment deux âmes perdues sur le chemin de la vie.

— On peut dire ça. Et si tu veux encore de moi, j'aimerais bien y marcher à tes côtés.

La proposition de Driss suffit à rendre mon corps incandescent. Ainsi il m'aime toujours. Et il veut continuer à vivre avec moi. La joie qui m'envahit me fait perdre toute contenance et c'est sans aucune retenue que je quitte volontiers ma chaise pour le rejoindre sur la banquette. Mes lèvres se posent sur les siennes et je réalise durant notre baiser que les choses ne seront plus jamais pareilles entre nous désormais. Je me sens grandie, changée. Et il semble en être de même pour lui.

— Bon, il enchaine dans une piètre tentative pour calmer nos ardeurs, et si tu me disais quelle est la prochaine étape ?

— Comment ça ?

— Pour ton plan de carrière Instagram.

— Oh ça. Bah tu sais, je n'y ai pas vraiment songé. Prendre du recul dans un premier temps me semble pas mal.

— Je crois que c'est ce que tu fais depuis des semaines. Les gens t'attendent, Iz. Il faut que tu retournes sur le ring. Au risque d'attrister tes aficionados.

— De quoi tu parles ? je demande intriguée par son air mystérieux.

— Les filles ne t'ont pas parlé du hashtag #LibhairIzzie ? Ouais, je crois que c'est un éloquent jeu de mots par rapport à tu sais quoi.

— Ah non, mais c'est fou. Mais, comment tu sais tout ça, toi ?

— Que croyez-vous, ma petite dame, je suis votre *follower* numéro un ! C'est bien comme ça qu'on dit ?

— Ola attends, ça fait quand même beaucoup de changements tout ça ! Genre, toi, tu es sur Instagram ? T'es sérieux !

— Un peu mon neveu ! Et je vais même aller plus loin, j'ai envie qu'on y soit ensemble. Imagine, tu ajoutes ta créativité à mon sens des affaires. On pourrait profiter de toute l'attention que tu suscites et surfer dessus. Je pourrais m'occuper de gérer tes contrats, analyser les clauses à la loupe et toi il te suffirait de gérer tout ce qui a trait à la créativité, la création de contenus.

— Quoi ? Mais, et déjà comment tu connais ce terme ?

— Tu crois vraiment que je joue à Fifa à longueur de journée depuis que j'ai quitté mon taf? Je me suis documenté, mon cœur. Longuement. Et on peut le faire, ensemble, je t'assure.

— Si je comprends bien, tu es en train de me proposer de…

— De bosser avec toi oui. Temporairement. Mais tu as raison depuis le début. C'est ce taf qui est fait pour toi. Pas les autres. Tu l'as cru et même quand tout le monde te disait que tu étais folle, tu as poursuivi. Tu t'es frayé un chemin en déblayant tout ce qui se présentait devant toi et tu m'as ouvert la voie. Tu es inspirante, Iz. Et tu ne peux pas le garder pour toi ! Alors, qu'est-ce que tu en dis ? On fonce ?

Je retiens mon souffle devant cette proposition incongrue. L'homme qui s'est toujours opposé aux réseaux sociaux est-il réellement en train de me proposer de s'associer avec moi pour aider mon compte à poursuivre son décollage ?

— C'est d'accord.

— Vraiment, tu le veux ?

— Oui je le veux !

FIN

Vous pouvez retrouver l'autrice sur sa page Instagram : https://www.instagram.com/dina_toz/

Printed by Amazon Italia Logistica S.r.l.
Torrazza Piemonte (TO), Italy

34374900R00169